CATCH ME WHEN I FALL

墜落之際

妮基・法蘭齊——著　陳靜妍——譯

NICCI FRENCH

獻給賈姬與托曼

我走了兩次鬼門關。

第一次發生的時候，我是真的想死，以為死了就不再痛苦、不再恐懼。

第二次發生的時候，我並不想死。日子很痛苦，充滿恐懼，可是我終究決定繼續走下去。這是一段充滿混亂與恐懼的人生，既美好又令人厭倦、傷痛不已，有悲傷、有失敗，卻也充滿突如其來、不預期的快樂，讓你想閉上眼睛好好把握這一刻，記得這一刻，讓回憶幫助你度過難關：在黑暗中跳舞、看日出、昂首闊步穿越市區、迷失在人群裡、抬頭看見你的微笑。在我無助的時刻，是你救了我；在我迷失的時刻，是你找到了我。

我並不想死，可是有人處心積慮地想置我於死地。人們對我的好惡很兩極，兩者之間的差異有時難以分辨。就算是現在，當一切已然過去，我得以回顧那片走過而拋在背後的風景時，還是有我錯過的細節，不曾知曉的祕密。

死亡帶你跨越界線，來到一個孤獨而無人陪伴的境地。父親在我十六歲時去世，我還記得舉行葬禮的那個春日午後。母親希望我穿喪服，可是父親生前最討厭黑色，因此我穿上粉紅色洋裝，塗上最鮮豔的口紅，配上細跟高跟鞋。為了讓自己看起來像個野丫頭、蕩婦，我還特地塗上藍色眼影。我記得牧師說「塵歸塵，土歸土」，記得大家都在哭泣，互相扶持。我知道這些人希望我也哭泣，這麼一來他們就可以攬著我的肩膀安慰我。可是，父親生前最討厭別人哭，他喜歡我們表現出高高興興的樣子，因此，我在儀式進行的過程中維持臉上的笑容，甚至還因為大家看著我的表情而笑了出來。棺木下葬時，母親行禮如儀地在上面放了一朵白玫瑰，我則摘下手腕上的手鍊丟進去，頓時之間，一場高尚的英式葬禮宛如異教徒的葬禮。其中一條手鍊斷了，鮮豔的塑膠珠子在廉價的棺木上亂跳，發出短促而尖銳的聲音，打在父親的臉上。

有一段時間，我以為自己會因寂寞、憤怒而抓狂，可是我從來未曾跟任何人說過，因為不知道該怎麼說。過去十年來，我一直想向他傾訴：絕望的時候、陷入愛河的時候、厭惡、歡樂、反感、想報復的時候。

我死了兩次，只有兩次。以我這種愛表現的個性，你們會以為應該不只如此。

所以，他們都在這裡，愛我的人與痛恨我的人，希望我活下去與希望我死去的人，努力救我和想放手的人。他們凝望著彼此，手牽著手，有些在接吻，看起來都很快樂。我看得出他們在對未來的人生做出允諾，那精采而神祕的旅程，只是少了一個人。

第一次死亡

1

「我喜歡危險，」他說，「一向如此。妳們想喝點什麼？」

我想了一下告訴自己：荷莉，節制點。梅格和我離開公司才不過一個小時，我還處於亢奮狀態，放鬆不下來。一個演員朋友曾經告訴過我，他結束演出後得過好幾個小時才能放鬆。可是，十點半謝幕後才想接觸人群的話還挺麻煩的。所以，最後他接觸的大部分都是演員，只有他們才願意每天晚上十一點吃晚餐，然後睡到中午才起床。

我有一個大學同學是長跑選手，她很厲害，差點入選奧運代表隊。她跑步的速度和距離都很誇張，而且還只是熱身而已。熱身結束後，她會跑上很長的距離，很辛苦的陡坡。跑完後必須讓身體回到正常狀態，這一點也很難，她只好繼續跑步讓身體放鬆，最後再冰敷讓肌肉和關節冷卻。這個方法我倒是用得上，有時候我想把整顆腦袋塞進冰桶裡。

「有這麼難決定嗎？」他說，「梅格已經決定要喝白酒了。」

「什麼？」我問。

片刻之間，我忘了自己身在何處，得看看四周提醒自己。眞是太棒了。時序已經入秋，但這天晚上天氣炎熱，蘇活區的酒吧人潮滿到街上，彷彿夏天永遠不會結束，冬天永遠不會來臨，也不會再下雨。鄉間田野缺水，河床乾枯，農作物乾渴，倫敦市中心的天氣卻彷彿地中海岸一般。

「妳想喝點什麼？」

我要了白酒和水，接著一手搭著梅格的肩膀在她耳畔低聲說，「妳跟黛博拉談過了嗎？」

梅格露出不安的表情，顯然答案是沒有。

「還沒，」她說。

「我們明天得討論這件事，好嗎？」

「要氣泡水嗎？」那名男子問道。

「自來水就好，」我說，「梅格，明天早上要先處理這件事。」

「好吧，」她說，「那就九點鐘。」

我看著梅格，她則看著那個陌生人走到吧檯前。他長得很好看，看起來很誠懇。他叫什麼名字來著？對，他叫陶德。這天很辛苦，我們一群同事從辦公室步履蹣跚地過來這裡，進門後漸漸被人潮沖散。我看到一些熟悉的面孔，逃離辦公室的上班族露出快樂的表情，擠滿酒吧。陶德是我們的客戶，到公司確認提案內容，結果跟著我們一起到酒吧。此時他正在擁擠的吧檯前買酒，卻買不到，因爲一個很凶的客人一直對著吧檯後方的女酒保大吼。她是外國人，看起來像印尼人，那個很凶的客人大叫她給錯酒了，她卻聽不懂，「我跟妳講話的時候妳看著我，」他說。

陶德捧著飲料回來，一杯給梅格，兩杯給我，自己手上則拿著一杯啤酒。「他們不肯給我自來水，」他說，「這是瓶裝水。」

我喝了一口。

「所以你喜歡危險。」我說。

「被妳這樣一說好像很蠢，可是在某種程度上，我的確喜歡危險。」

接著，陶德驕傲又興致勃勃地告訴我們他某次的度假經驗，他和一群朋友不知爲了慶祝什麼，跑去非洲南部進行一連串的危險活動：在尚比亞泛舟，在波札那划獨木舟看河馬，從桌山的纜車上高空彈跳，和大白鯊一起潛水。

「聽起來好棒，」梅格說，「我覺得自己沒那個膽量。」

「眞的很夠勁，」他說，「也很恐怖，我覺得也許事後回想起來的感覺更棒。」

「有人被吃掉嗎？」我問。

「我們下水時有籠子保護，」他說，「而且沒看到半隻大白鯊。」

「籠子？」我扮個鬼臉說，「我還以爲你喜歡危險。」

他露出迷惑的表情，「妳開什麼玩笑？」他說，「我倒想看看妳只綁著一條橡皮筋當安全帶，再從幾百英尺高的纜車上往下跳。」

我笑了，希望自己臉上露出的不是惡毒的笑容，「你沒看過我們的介紹嗎？」我說，「我們安排過高空彈跳，也做過風險評估，安排保險。我可以告訴你，這些活動比過馬路還安全。」

「還是很刺激，」陶德說。

「腎上腺素有現成的，到處都拿得到。」我說。他會覺得被冒犯，還是會露出笑容呢？他自我解嘲地聳聳肩，露出微笑問道，「那麼對妳而言，什麼才叫危險呢？」

我思索片刻，「眞實的事，重要的事，比如搜索、拆除未爆地雷，當礦工，不過不是在英國，我是說俄羅斯或第三世界之類的。」

「什麼事最讓妳害怕？」

「很多：電梯、公牛、高處、噩夢，還有幾乎所有跟工作有關的事；失敗、公開演說。」

陶德笑了，「我不相信，」他說，「妳今天的簡報很成功。」

「我事前非常緊張，總是如此。」

「所以妳同意我的看法，妳喜歡挑戰。」

我搖搖頭，「你參加的高空彈跳、划獨木舟看河馬都在介紹手冊裡，你參加之前就知道該預期什麼。」我聽到背後的噪音而轉過頭看，那個男的又在向女酒保抱怨，這次更凶。她努力解釋，快被罵哭了。

「梅格，妳呢？」陶德轉身面對她問道，她抬起頭，露出靦腆的笑容，張嘴正要回答卻被我打斷。

「你說你喜歡冒險？」我說。

「對。」

「喜歡腎上腺素激增的興奮感？」

「我猜是的。」

「想表現一下嗎？」

「荷莉！」梅格緊張地說。

陶德不安地左看看右看看，我察覺到一絲興奮和緊張。接下來會發生什麼事？

「什麼意思？」

「你看到吧檯前那個男人了嗎？對女酒保很粗魯的那一個？」

「看到了。」

「你覺得他在欺負她嗎？」

「大概算吧。」

「過去叫他住手並爲自己的行爲道歉。」

陶德想開口卻咳嗽，最後終於說，「別鬧了。」

「你覺得他會揍你？」我說，「我還以爲你喜歡危險。」

陶德臉色大變，我們之間的對話不再有趣，他也不再喜歡我，「我只不過是在炫耀罷了。」他說。

「你害怕了。」

「我當然害怕。」

「當你害怕的時候，唯一消除這個感覺的方法就是做那件讓你害怕的事，比如和鯊魚一起潛水，只不過不用籠子。」

「不要。」

我把手上的兩個杯子放在桌上，「好吧，」我說，「那我去。」

「不要，荷莉，不要……」梅格和陶德異口同聲說。

那正是我所需要的鼓勵。我走到吧檯前，站在那名穿著西裝的男子身邊，這裡每個男的都穿著西裝。他大約三十五歲左右，頭髮稀疏，頭頂尤其嚴重。他的臉色紅潤，大概是氣溫的關係，也有可能是因爲那個星期的工作量和他的焦慮。我沒注意到他身材多高大，只注意到他寬肩上的外套不是很合身。我也沒注意到他還有兩個同伴，他還在含糊不清地罵那個女酒保。

「怎麼了？」我說。

他驚訝而憤怒地轉身問，「妳他媽的是誰？」

「你得向她道歉。」我說。

「什麼？」

「你不能這樣對待別人，你得道歉。」

「滾妳媽的蛋。」

他特別加強第一個字的語氣，中間還停頓了一下。難道他以爲我會就這麼走開嗎？還是以爲我會哭？我從吧檯拿起他面前平底玻璃杯裝的飲料，在他眼前揮舞，距離他的下巴不到一寸。我很想說，這時周圍的人都像西部片演的那樣，突然全都安靜下來，可是根本沒人注意到我們。那個男的低頭看著他的杯子，彷彿想看到胸前鬆開的領帶。我看得出他正在快速動腦思考：這個女的是瘋子嗎？她眞的會把玻璃杯砸在我的臉上嗎？就爲了這件事？當時我也該思索同樣的問題：如果他能因爲吧檯那個可憐的女人給錯酒就侮辱她，對她大吼，那我挺身威脅他會有什麼後果？陶德可能顧慮到了這些因素，我也該想到這個人有可能剛出獄，可能有暴力傾向，也許特別喜歡找女人麻煩，可是我完全沒有考慮到這些。我只是直視著他，感覺到頸動脈的抽動，覺得暈暈的，完全不知道接下來的五秒鐘會發生什麼事。

那名男子臉上表情放鬆，露出微笑說：「好吧，」他小心翼翼地拿走我手上的杯子，彷彿它可能爆炸，接著一口喝光裡面的酒，「只有一個條件。」

「什麼條件？」

「讓我請妳喝一杯。」

我正要開口拒絕，轉頭尋找陶德的蹤影，可是他跟梅格都不見了。我很好奇他們是什麼時候逃離現場的，當他們預料到即將發生什麼事的時候嗎？還是當他們看到發生什麼事之後？我聳聳肩說，「廢話少說。」

他對我的反應頗有風度，向那緊張的女酒保招招手後，再對著我點點頭，「這位小姐——妳叫什麼名字？」

「荷莉・克勞斯。」

「荷莉・克勞斯小姐說我對妳很沒禮貌，我該道歉。我想了想，覺得她說得對，所以，對不起。」那個女酒保看看我又看看他，我不覺得她聽懂了。那個叫吉姆的男人幫我點了一杯雙份琴湯尼，也幫自己又點了一杯。

「乾杯，」他說，「對了，她眞的是個她媽的爛到極點的酒保。」

我大口喝乾，他又點了一杯，整個晚上從這裡開始加速進行，彷彿我整天都坐在雲霄飛車往上爬，當我把杯子放在吉姆的下巴時，雲霄飛車來到最高點，停留片刻後加速俯衝，愈衝愈快。整個酒吧變成一個派對，裡面很多我認識的人，想認識的人，這些人也想認識我。我跟吉姆與他的朋友聊天，他們覺得杯子這件事很有意思，不停拿出來開他玩笑。

後來我跟一個男的聊起來，他們公司就在我們公司的中庭對面，他和朋友要去附近的私人俱樂部吃晚飯，問我要不要去，我就跟了。一切發生得很快，像一幕幕快照，像閃光燈捕捉到的時刻。我們來到一座充滿老舊木製面板與光禿地板的十八世紀連棟建築，俱樂部就在裡面。這天晚上，一切似乎都很容易，唾手可得，充滿可能性。跟我們一起用餐的客人裡，有一位是俱樂部的董事，跟服務生很熟，讓我們嘗到特別的菜色。我和一個女的深談了很久，她工作的機構很棒，好像是電影公司、攝影公司還是雜誌社，可是後來我一個字都不記得，只記得她起身離開時用力往我嘴巴一吻，我嘗到她口紅的味道。

有人建議去跳舞，附近新開的一家夜店這個時間正熱鬧。我看看手錶，已經過了十二點。我早上五點半就起床了，不過沒差。

我們這群人一小時前還是陌生人，這時卻十幾個人結伴步行前往。在路上，一個男的過來攬著我，用西班牙文還葡萄牙文還是什麼語言唱起歌來，美麗而深沉的歌聲迴盪在溫柔的秋夜裡。我抬頭看到天上的星星閃亮又接近，好像伸手可及。我也唱了什麼，不過不記得了，我只記得大家一起唱歌，一起笑鬧，抱成一堆，香菸的火星在黑暗中閃亮著。

結果，我們又回到辦公室附近。我還記得當時自己想著繞了一整圈又回到原點，只不過沒有離開時那麼累。我和用西班牙文唱歌那個一起跳舞，還有一個說他的名字是傑，有人在女廁裡給我一排快克。夜店既小又擠，一個眼神溫柔的黑人男子撫摸我的頭髮，說我好迷人。有一個女的好像說她叫茱麗亞，她上前說她要回家了，也許我也該回家，以免出事，還問我想不想一起搭計程車。可是我就是想等待什麼事發生，最好所有的事都發生。我不希望這一夜結束，不想關燈。我繼續跳舞，直到汗流浹背，舞步輕盈得彷彿在飛。汗水刺痛我的眼睛，頭髮和襯衫都黏答答的。

然後我們離開了。我記得傑也在場，也許還有唱歌那一個，有一個女生留著一頭美麗的黑髮，聞起來像廣藿香的味道。還有其他人在場，不過在我印象裡他們都只是夜幕中的人影。外頭夜色正美，氣候涼爽。我深呼吸一口，感覺皮膚上的汗水乾了。我們坐在深邃的河邊，聽著河水輕輕拍打在岸邊。我想跳進河裡游泳，順著深色水流漂到大海裡，沒有人能跟著我。我丟了一把硬幣叫大家許願，可是只有幾個掉到河裡。

「荷莉，妳許了什麼願？」

「我的願望是一直這樣下去，」我說。

我在嘴裡叼了一根菸，有人靠過來用雙手圍住打火機點火，有人把我嘴裡的香菸拿出來吻我，我也回吻他，雙手抓著他的頭髮把他拉近。另一個人來吻我我的脖子，我向後仰讓他吻。每個人都愛我，我也愛每個人，他們都有溫柔閃亮的眼神。我說，這個世界比我們所認知的要神奇得多，然後起身跑過橋上，每一步都像在飛，卻聽得到周遭腳步的回聲。其他人的腳步聲跟過來，可是追不上我，只能呼喚我的名字，「荷莉！荷莉！」聽起來像貓頭鷹一樣。我大笑著，一輛經過的汽車大燈照在我身上，然後又消失。

我終於在一排商店前停下來喘氣，被他們追上，我想是其中兩個，也許是，也許不是。其中一個人抓著我的肩膀把我推在牆上，說他終於抓到我了，不會放我走。他說我很野，他也可以很野。他拿起一塊磚頭，在我面前往後揚起手臂，我看到磚頭飛過空中、發出巨響，我們眼前的一大片窗玻璃出現星狀裂痕，架上堆成金字塔般的罐頭倒下。有那麼一刻，我彷彿要穿過那顆完美的星星進入不同的世界，成為一個全新的人。全新、乾淨而完整。

我們頭頂響起警報聲，帶著鼻音的尖銳聲響鋪天蓋地而來，他抓住我的手腕說，「快跑。」

我們一起飛奔，我以為應該還有三個人，但也許只剩兩人了。我們似乎步伐一致，不知為何停下腳步，搭上了計程車，疾駛在無人街道上，經過裝著鐵窗的商店和黑暗的房子。計程車開近一隻狐狸時，它橘色的軀體先是在街燈下定住不動，接著纖細的身影溜進一座院子裡，不見蹤影。

接下來發生的事，我有些記得，有些不記得，彷彿在看電影，又彷彿知道在做夢卻醒不過來，或有事發生在我身上，我卻是別人。我是我，也不是我。我只是一個走在他前面笑著上樓梯的女人，站在一個樓上的房間裡，只有角落燈光照亮一角，舊沙發上堆著抱枕，天花板垂吊著一個籠子，籠子裡有一隻藍色虎皮鸚鵡。眞的有一隻虎皮鸚鵡一面鳴叫，一面以心照不宣的眼神往下看著她，抑或這只是一個奇異的幻覺，在夜晚的明亮狂熱中發酵？一個女人，透過窗外看著她從未見過的屋頂和夜間花園。

「我他媽的在哪裡啊？」她說，讓外套滑到地板的一片黑暗裡，卻並非眞心想知道答案。「你他媽的又是誰？」接著她問，可是也不是眞的想知道答案。完全不重要。他聽了只是笑了笑，拉上窗簾，點了一根香菸遞給她，也許是大麻菸。她感覺得到血管深處顫動的興奮，靠在沙發的抱枕上，踢掉鞋子，光溜溜的雙腿塞進身體下方。

「現在我們該做什麼？」她問，可是她當然知道現在該做什麼，因此她解開襯衫的釦子。他看著她，那隻虎皮鸚鵡也看著她，鳥嘴傳出瘋狂而尖銳的顫聲。她喝下炙烈的透明飲料，感覺熱度傳遍全身，直到核心融化。音樂聲似乎傳自她的頭蓋骨底下，她分不清自己感覺的節拍和歌曲的音符。所有的一切都混合在一起。

有那麼一會兒，房間裡只有她和音樂，然後她就不是一個人了。我已經不是一個人了。我往後躺，讓他脫掉我的襯衫，柔軟一如我們坐在岸邊的河流。我們從沙發移到地板上，手指笨拙地解開釦子。我閉上眼睛，感覺到眼皮外的燈光閃爍，彷彿一整個無法控制的陌生世界想在我的腦袋裡爆炸。我對這個世界睜開雙眼，卻不知道自己看到了什麼。天花板的裂縫、一支椅子的椅腳、幾寸之外的牆壁、一張臉俯視著我、扭曲的嘴角。我嘗到鮮血的味道，用舌頭舔舔嘴脣。是我的血：很好；地毯摩擦我的皮膚：很好；手指用力抓著我的手臂、我的身體、深深進入。是我，也不是我；我和這另一個女人，她正在脫掉襯衫，鈕釦散落地上，往後倒在一張床上，頭髮散開，雙手拉下胸罩，承受身上的重量。她終於閉上雙眼，發現自己置身於一個明亮的世界裡，滿是形狀、鮮豔的顏色和突如其來的黑暗。

「好奇怪，」她說。我說。「不要停。」

2

我的臉頰有什麼東西在爬，是一隻蒼蠅往我的嘴角爬，我依然閉著眼睛。我伸手揮掉，聽到牠呆滯的嗡嗡聲離開，不用看就知道那是夏日將盡時會出現的大蒼蠅，吸飽了鮮血與腐朽，被捏爛的話會留下紫棕色的汙漬。

我沒有翻身，可是知道有哪裡不對勁。我努力睜開一隻眼睛，隨即感覺到一股刺痛傳送到大腦。我用乾燥的舌頭碰碰嘴唇，感覺它的腫脹龜裂，嘴裡的味道很噁心：腐敗、菸味、油膩、骯髒。

所有的顏色都不見了，我用睜開的那隻眼睛環顧朦朧中的一扇門，上面的鉤子掛著一件骯髒的灰色浴袍。我的視線轉向左邊，清晨黯淡而灰色的晨光穿透薄薄的窗簾。我屏住呼吸，動也不動，聽到身旁均勻的呼吸聲。我閉上眼睛躺在那裡，等著最後一片夢境消失，直到我終於和這天的這個自己面對面。我摸摸臉，麻木如橡膠面具。我默默數到五十後張開雙眼，輕輕挪動頭部，一股令人作嘔的疼痛從額頭後方湧到太陽穴。

我慢慢認出身旁的物品：我躺在一張雙人床的左側，身上蓋著一件歪扭的淺色棉被，中間有一個巨大的L型撕裂口。牆壁高處有一扇方型窗戶，下面放著一輛運動腳踏車，腳踏車上披著一條牛仔褲和一件胸罩。門邊的地上放著一個尼龍製運動提袋，上面放了一支壁球球拍。衣櫃門半開著，裡面的衣架掛著幾件襯衫。角落堆著一疊搖搖欲墜的雜誌，地上一個倒放的葡萄酒瓶，床底伸出一隻球鞋鞋尖，一張揉成一團的面紙，我眼前不遠處有一個放滿菸蒂的菸灰缸，滿出來灑在一條條紋四角內褲上。數位鬧鐘慘澹的綠色數字顯示四點四十六分。

我慢慢換成坐姿，床單上的血跡彷彿用畫筆優雅畫出。我瞪著前方，小心翼翼地把雙腳放在地板上，一站起來，腳下的地板就傾斜。我叫自己不要東張西望，卻彷彿有隱形鐵絲拉著我的目光，使我不由自主地轉頭，看了一眼床上的身影。棉被下方露出毛髮旺盛的小腿，一頭蓬亂的深色頭髮，手臂蓋著眼睛，嘴巴微微張開，就這樣。我轉過身去，並不想知道他是誰。不想知道，也不能知道。

我得尿尿。我悄悄走向門口，小心翼翼地開門，聽到開門發出的聲音時縮了一下。腳下的木質地板很粗糙，我推開眼前一扇以爲是浴室的門，結果裡面鋪著地毯，床上有人動了一下，從沉睡中抬頭咕噥了什麼。我關上門，全身黏糊糊的，很噁心。

我找到一間狹窄的廁所，搖搖晃晃地坐在馬桶上，冰冷黏膩的身體好像不屬於自己，我得非常努力才站得起來。走進客廳，撲鼻而來的是更衣室的體味以及通宵夜店的菸味和啤酒味，衣物散落各處——有他的、有我的。茶几翻倒，旁邊有一只破掉的馬克杯，另一個菸灰缸也是菸蒂滿溢，捏扁的啤酒罐在我腳下發出哐噹聲，旁邊躺著一瓶透明的利口酒。一幅俗氣的照片斜靠在牆上，旁邊一抹紅色，地上看似糙米的東西圍成整齊的一圈。我突然想到什麼，抬頭看到灑出來的種子上方吊著虎皮鸚鵡的籠子，鸚鵡在睡覺。

我從沙發後方撿起裙子，在角落找到皺成一團、只剩下一顆鈕釦的襯衫，連腋下都撕破了。我在茶几底下找到一隻鞋子，鞋跟搖搖晃晃，我緊張地要找另一隻，結果在浴室外的走廊找到。我屏住呼吸、躡手躡腳回到臥室，從運動腳踏車上拿起有著濃濃酒味的胸罩，也許是利口酒的味道。我的腳跟黏到東西，低頭一看，我一腳踩在一個用過的保險套上。我把它撕下來丟到地板上。

我從床底找到走廊，都找不到內褲，只好放棄。我得在這個男的或另一個房間的人醒來之前離開，這麼說起來也包括鸚鵡在內。裙子、胸罩、撕破的薄襯衫，我把下襬在腰部打結，把疼痛的雙腳套進搖晃的鞋子裡，外套套在襯衫外面，可是一整個很蠢，只有一顆裝飾用的鈕釦，幾乎無法遮住底下的東西。我很想穿上一套法蘭絨睡衣，躺在乾淨的床單上，嘴裡散發薄荷的氣息，還有乾淨的四肢……包包，我的包包呢？在大門附近，裡面的東西掉出來堆成一堆，我把所有東西都塞回去，打開門出去再輕輕關上，匆忙下樓來到灰色的街上，一陣疲倦襲來。我停下腳步，彎身喘氣。

我在哪裡？

我走到路口看路名：諾星利大道，郵遞區號ＳＥ７，這是哪裡？要離開這裡該走哪個方向？我的手錶居然奇蹟似地還在手腕上，上面顯示五點十分。我看看空無一人的街道，彷彿計程車會突然出現把我載走。我深呼吸一口，隨便選了一個方向前進，花了很長時間才走了一點點距離，好像哪裡都到不了。太陽還沒升起，氣溫很低，我像隻討厭的蛞蝓，沿著沒有開燈的房子在路上匍匐前進。

我終於來到一條有商店的馬路，一家報攤正在開店。我鑽進開了一半的鐵門，走向收銀檯後方的男人。正在堆報紙的他抬起頭，瞪大眼睛看著我，「發生了什麼……？」他結巴地說，「妳被搶了嗎——？」

「請問最近的地鐵站在哪裡嗎？」

他的眼神轉變成冷酷的不屑，我伸手把外套拉緊，表現出若無其事的樣子。

「往那邊直走大約半英里。」

我買了一瓶水和一小包面紙，在包包底部翻找零錢。

「謝謝，」我說，他瞪著我，我努力擠出微笑，可是臉部不聽使喚，嘴巴似乎過度緊繃而無法活動。

清晨的地鐵乘客無奇不有，混雜著前夜晚歸的踉蹌人們，與睡眼矇矓面對一天開始的晨起之人。

我在車站等首發電車，一名留著美麗長辮的男人過來坐在我身邊吹口風琴。我想給他一些零錢，可是他說自己不是乞丐，是個吟遊詩人，而我顯然是個落難女子。我把我的菸送他，他親吻我的手。我的指節擦傷了，指甲很髒。

上車後，我用水沾濕一疊紙巾拍拍臉，上面沾了睫毛膏跟血。我想利用窗戶反射照照自己的樣子，卻只看到蒼白而模糊的影像。我用梳子用力梳頭髮，換車搭北線到拱門區。

我在五點五十分回到深綠色的家門前，彷彿爬了一座山又跑了馬拉松才抵達。我用兩支鑰匙打開大門，小心走進玄關，把包包放在地上，旁邊是鐵梯和沒打開的油漆罐。我踢掉鞋子，走進廚房連喝了兩杯水。外面灰暗無風，後院的樹木動也不動。我脫掉襯衫塞進垃圾桶底部，用罐頭和咖啡渣蓋住。

樓梯變得好陡，我得手腳並用才上得去。我爬進浴室，脫掉身上的衣服捲成一團，塞進洗衣籃底部的其他衣服下面。我照照鏡子，很難不被眼前的影像嚇到：這個渙散、邋遢、妝糊、髒汙、染血的女人嘴唇腫起、雙眼布滿血絲，頭髮像鳥巢般黏在一起，可以放在外面讓垃圾車收走。

我把熱水開到我能容忍的熱度極限，然後再調更熱一點。針刺般的水柱打在身上。我洗頭洗到頭皮刺痛，在身上打肥皂，用力刷洗，彷彿要刷掉一層皮，重現光潔如新生的自己。我刷牙刷到牙齦流血，用漱口水漱口，在臉上抹乳液，擦化妝水，灑上大量爽身粉，在腋下塗了體香劑。

當我走進臥室，窗簾外的清晨已成白日，鬧鐘顯示六點十一分。我先確認鬧鐘一如往常設定在七點十分，然後鑽進被窩，雙手抱住膝蓋。

「荷莉？」查理咕噥著說，「幾點了？」

「噓，沒事，回去睡覺。」

朦朦朧朧睡著時，我才想到忘了把婚戒戴回去。

3

「荷莉，荷莉，我幫妳泡了咖啡，已經七點二十了。」

我還躺在床上，手臂蓋住雙眼擋住眩目的晨光。我四肢沉重、口乾舌燥、頭痛欲裂，再加上喉嚨痛。我無法面對這一天，也無法面對查理。

「荷莉，」他又叫了一次。

我移開手臂，成功張開眼睛看著他好看的臉龐與棕眼，看不出他臉上有厭惡或意外的表情。「早安，查理，你好早起。」

他看起來溫暖又堅定，一副邋遢、不修邊幅又很家居的模樣。他在家工作，不像我，每天得讓另一個面對外界的自己穿上套裝，站在鏡子前化上光鮮亮麗的妝、塗上口紅，然後用說謊的眼睛告訴自己：微笑，荷莉，微笑。他穿著灰色舊燈芯絨長褲和一件芥末黃的長袖襯衫，領口已經磨損。

我用一隻手臂撐起身體，喝了一大口苦澀而滾燙的黑咖啡。

「又加班了？」他問。

「不知怎麼的就沒完沒了。」

「我沒聽到妳進門。」

「你睡得很熟。天啊，已經這麼晚了？我一定是沒聽到鬧鐘響。我馬上下去。」

我又閉上眼睛，聽著他離開。我斷斷續續睡了幾個小時，現在只剩三分鐘的時間重新回到人界，和所有人一起自欺欺人。我用被子蓋住頭，強迫自己思考前一天晚上發生的事。其實不太像思考，我覺得自己好像被一個很厲害的人瞄準身上最脆弱的部分揍了一拳，沒有留下痕跡，但呼吸困難，彷彿被巨浪沖上岸後又喘又咳。我想到昨天晚上那個女的——也就是我——大笑、打情罵俏、毫不在乎、屈服於所有誘惑。不，不是屈服，而是招惹每一個誘惑，成為派對上的靈魂人物。現在的她只是個蒼白透頂、毫無價值的垃圾。我想到在那個房間裡，跟那不知名男子躺在另一張床上的自己。

性與愛就是這樣：人們寫歌寫詩拍電影，讓我們神魂顛倒地幻想，因為我們都想要，或是想要更好的性與愛。可是最後發生的時候，當你離開夜店、褪盡衣衫，只剩長滿痘子的背、骯髒的床單，身在你從沒去過的倫敦某爛區的噁心公寓，地毯上還有黏糊起皺的保險套的時候，只會讓你作嘔。我考慮下樓，在廚房坐在查理對面告訴他，當他昨晚安詳地睡在我們的床上時，我做了什麼事。整件事只是純然的愚蠢、骯髒、醜陋、惡劣而毫無意義。我想像自己告訴他時，他臉上的表情會如何改變。我鑽進棉被深處，在封閉的黑暗中大聲呻吟，為自己的行為作嘔。要是我能回到過去，在梅格離開酒館時一起走，離開那些噪音、燈光和笑聲，回家、回到丈夫身邊，純真地和丈夫一起依偎在乾淨的床單上入睡，今天早上問心無愧地醒來……要是……要是……

在我內心深處，有一部分的我很清楚知道自己的人生已經改變了。我的腦袋裡有一個小小的聲音說，「妳出軌了。」我想起學校宗教教育課裡教過的聖經內容，只要心懷慾望地看著某人，就已經在內心出軌了。可是我的心並沒有出軌，就連我的腦袋也沒有，出軌的是我的身體，我在淋浴時努力刷洗，彷彿可以從我身上洗掉那個身體。這件事太殘酷了，會像個巨大汙點玷汙我們之間的一切。我不能告訴查理。

我很擅長說謊，一向如此。十一個月前，在那個颳風、明媚又盡是承諾的秋日，我把他拉進婚姻註冊處，後面跟著兩個街上隨機找來、手足無措又害羞的證人。從那時候開始，我已經說過很多次謊：說謊、假裝、捏造，可是，昨天晚上這樣還是第一次。

我聽到查理在樓下走動，瓷器相撞，一疊郵件從信箱口掉進玄關光禿的地板的聲音。我掀開蓋在頭上的棉被，瞇著眼睛從棉被底下看著房間，我不只小腿很痛，眼睛也很痛，脖子的腺體腫起。我滿懷希望地想著也許快感冒了，那麼就有藉口躲起來，不要面對這個世界。可是我知道自己並沒有感冒，只是宿醉和內疚而已。

我命令自己，「荷莉，下床。」像機器人遵從主人指示般坐起來，頭痛欲裂。我把雙腳放在地板上，等著房間停止晃動，再拖著腳步到浴室用冷水洗臉。我瞪著鏡中的自己：以前被查理說是獅子鬃毛的深色金髮，濃眉下坦白回瞪著我的灰眼珠，對自己露出燦爛微笑的寬嘴。我的臉龐是如此清新快樂，為何心靈卻覆蓋這麼多層煤渣？

「妳騙不了我，」我皺起皮膚露出醜陋的笑容，鄙視地對自己說。「荷莉．克勞斯，我很了解妳，妳騙不了我。」

「妳今天是正常時間上班嗎？」查理從信封裡拉出一封信，看了一眼後揉成一團。
「我該走了，我九點得見梅格，在那之前還得先處理某個人的事。」
查理看看四周說，「聽起來不太妙。」
「我知道，」我說，「然後我們要忙著準備下週末的活動，會很慘。那是誰寄來的信？」
「下週末？我不知道下週末有什麼事，是什麼活動？」
「我跟你說過，要讓十二個行政主管划木筏越過池塘，幫助聯絡感情。你今天要做什麼？」
「妳知道的，處理一些雜事。妳要吃早餐嗎？」
「看看吧，」我猶豫不決地說。
我醒來時以爲自己下半輩子除了咖啡之外，什麼東西都不會下肚了，可是這會兒突然感到一陣虛弱又貪婪的飢餓感，還以爲自己快昏倒了。我昨晚有吃東西嗎？我像快轉影像般回憶昨晚，看到自己不停聊天、喝酒、抽菸，偶爾在內建錄影帶裡看到一些食物，可是，我只是用刀叉把盤子裡的食物推來推去，並沒有吃很多。我再回顧昨天更早的時候，午餐忘了吃；雖然五點半就起床，不過很可能早餐也沒吃。難道我已經變成某種不需要睡眠或食物的新人類嗎？
我翻冰箱，然後小口吃著豬肉派，喝下一杯優酪乳。吃起來像粉筆，混在一起的味道更差，像不同的粉筆裹在我的舌頭和口腔上方。我覺得很怪，把外在世界的東西在嘴裡搗爛後吞下肚，某些還成爲自己身體的一部分，光想到這一點就足以使任何人對食物望之卻步。只是，現在我的肚子裡有一股揮之不去的食慾，其實也不算是食慾，而是那種機器人需要充電時所發出的訊號。

查理細細端詳著我，「來，再喝點咖啡，要的話我幫妳弄點東西吃。」

「沒關係。」

「培根蛋、歐姆蛋、香腸，不過我們的香腸吃完了，其實培根也吃完了，我不確定還有沒有蛋。不過麵包還有。」

「不用了，」我笑著說——努力擠出笑容，腦袋卻有如針刺。我在台上，同時也是觀眾，看著自己模仿一個正常的女人。「你昨晚有什麼計畫？」

查理露出疑惑的表情，「妳是說昨天晚上嗎？」他問。

「我有那樣說嗎？」

「我昨晚在家，今晚還不知道。妳有什麼打算嗎？」

「我們可以找點事做，不做也行，也沒關係。」我過去站在他身邊，雙手伸進他濃密乾淨的頭髮裡，彎身聞他早晨梳洗後的溫暖乾淨，吻他暖暖的臉頰，「查理？」

「嗯？」

「噢，沒什麼。」

我伸手拿咖啡杯，卻笨拙地撥到地上，腳邊一灘咖啡。

「沒關係，」查理說，「我來清，」他蹲在地上撿碎片，用廚房紙巾擦乾潑出來的咖啡。

「那是我們在布萊頓附近的陶器坊一起買的。」我都快哭出來了。

「我可以把它拼好。」

「不行，你沒辦法拼好。眞的很對不起。」

「荷莉，妳看，只不過是把手掉了，我再把它黏回去就好了，根本看不出曾經斷過，交給我處理就好。」

我瞪著他，心裡想著：現在，現在就告訴他。別急著上班，握著他的手，看著他，在妳這愚蠢的人生裡坦誠相對一次。可是就在這時，門口傳來一陣急促的敲門聲。

「我去看看，」我說。

是隔壁的娜歐蜜。她今年初剛搬過來，是我們在這條街上唯一的朋友。她的外表跟我感覺到的一樣邋遢，一頭捲曲的深色亂髮，腳上還穿著拖鞋。「我是來乞討的，」她走進玄關說，「我咖啡喝光了。」

「我們還有很多，咖啡壺裡也有，喝一杯吧。」

她緊張地看著我，再看看查理，「如果妳確定的話……」

「我正要出門，不過查理在家。」

我留下他們兩人在廚房，走到街上，暗自慶幸街上沒有人認識我或知道我的名字。

其實，我喜歡接到那種不可能完成的企畫案，因爲只要稍有成績，客戶就會很感激。四年多前，我和梅格就是這樣認識的，只不過有時會覺得我們已經認識一輩子了，想到童年時期和少女時期都沒有她，會覺得很意外。當時我們都剛出社會，在一間亂七八糟的公司裡負責打雜。有一天，一名女客戶來確認第二天的一些安排，結果我們老闆德瑞克完全忘了。彷彿這樣還不夠，他把自己關在辦公室裡。大約一小時後我開門進去，居然看到他在哭。我到現在都還記得他那張可憐兮兮哭皺的臉和哭紅的雙眼，絕望至極，我只好安慰他會沒事的，我們會盡一切力量確保沒事。他用雙手握住我的手說，他的老婆跟裝潢師跑了。

我們沒什麼好損失的。我們才二十二歲，有無限可能。於是我們打電話給那名女客戶問了一些公司的細節，接著找了一家飯店，跟公司同事討論出一些活動，熬夜準備名片和簡短的演講。第二天，嗯，算不上史上最佳自強活動。梅格和我累得像狗一樣，讓客戶只用一片木板、一條繩索、一個水桶和其他愚蠢的東西穿過一片地毯。我們跟人打情罵俏、左右逢源，直到笑到臉都痛了——至少我的臉很痛。梅格是我們雙人搭檔中嚴肅的那一個，她不會打情罵俏——她喜歡上男生的時候會變得笨拙無禮，在不該笑的時候笑，臉紅到髮根。她從不愛現，但我會，我這麼做時，她會用那種混雜縱容和些微焦慮的表情看著我。她常常皺眉頭，因此眉心有一道細微的皺紋，總是哭喪著臉的樣子。

我們努力了一整天，在酒吧努力一整晚。午夜過後，那名女客戶過來擁抱我們說，謝謝，謝謝妳們，謝謝妳們，我們保住了她的工作。第二天，德瑞克激動地哭了出來。我坐在那裡看著他，向他保證沒事，我還記得自己在發抖。我們都站在高空繩索上，假裝一派輕鬆，可是只要往下看一眼就會發現沒有安全網，腳一滑就會摔下去。

可是，那也是我一生中最意氣風發的一晚。我聽別人描述過一個常常出現的噩夢：舞台上的戲還在演，他們卻忘了台詞。但那一天讓我知道，那最慘的噩夢完全不屬於我，相反的，那正是我所追求的。對我而言，表演結束才是噩夢的開始。

沒過幾個月，梅格和我就決定出來創業。我從來沒有那麼喜歡過一個人，她幾乎是我成年後唯一一個不需要對她虛偽的人，不需要特別讓她喜歡我，或覺得我很厲害。我一直都知道她很善良，當我在她身邊時有一種特別的感覺，好像我沒那麼壞，或是個比較好的人。也許，我終於在二十來歲時找到了第一個眞正的朋友。

我們大可以爲公司取個新世紀的名字，像《時髦》、《迷惑》或《追求》，不過，最後我們還是用姓氏縮寫——我的「K」和她的「S」取了《KS聯合公司》。我們花了五千鎊，請梅格一個念藝術的前男友幫我們設計商標，想像一下用K右邊的V橫放在S的上半部再連下來，彎回去後幾乎碰到K的最下面，除非看到，否則很難想像。我們覺得很漂亮，可是在公司開幕酒會的尾聲，我們都酩酊大醉時，有人指出這個商標看起來像殘障廁所的輪椅標誌，可是已經來不及改了，所以梅格和我決定，大概只有喝到爛醉的人才會這麼認爲。

我喜歡不可能的任務，可是就算不可能的任務也有極限。上星期公司一個員工休產假，另一個辭職，卻有一個兩天的員工活動要辦，而且是非常盛大、重量級的那一種。當我那天早上帶著頭痛和喉嚨痛第二次站在地鐵月台上時，災難即將發生的感覺宛如有毒瘴氣般圍繞著我，我開始在腦袋裡重新分配兩個缺席員工的工作內容，想出大略的時間表，思考接下來的七十二小時該做哪些事。火車從隧道裡衝出來時，我突然覺得：如果讓自己像棵樹一樣倒在火車前不是很好嗎？我永遠都不用再想辦法解決任何事，反正一百年後我也已經死了，這個擁擠的月台上的每一個人都死了，大部分的人大概會先經歷多年的孤獨和疾病，我只是提早報到而已。而且墳墓裡沒有試算表，沒有灰色，只有黑色，或者一無所有。也許還會有意外的收穫，見到天堂，那麼我會見到小時候養的虎皮鸚鵡、倉鼠，還有我的兔子和貓。而且我會再見到父親。

就在這時，我看到列車司機的路人臉，和沒刮鬍子的雙下巴突然接近過來。我看著我們這些月台上的乘客，全都站在鐵軌的月台邊緣，搖搖欲墜。他是否曾做過某天會有人跳下月台的噩夢？

我們的辦公室並不是父親會稱爲正常辦公室的地方。並不是說他曾經在正常的辦公室上班過，至少不是正常的父親會稱爲正常辦公室的地方。我們在蘇活區的外圍找到這個地點，從一家倒閉的網路公司接下租約，裡面沒有牆壁，沒有分隔牆，沒有門，而是像現代僧侶的飯廳，只有一大堆平行擺放的桌子。會議室是個乏善可陳的空間，我們和客戶開會時通常選在另一頭平台的長桌上，那是修道院院長會坐的地方。天花板上吊著工業用燈具，員工有置物櫃，可是沒有固定的辦公桌或電腦。只有我例外，顯然不論我坐在哪裡，總是弄得很亂，所以沒人想用我的位子。我們承接了網路公司原本的設計，一直沒有重新裝潢。梅格和我互相承諾有一天會把它改建成真正的辦公室，有牆壁那種，這樣我們就不用整天瞪著對方。可是我懷疑我們會自找麻煩。

我在八點五分走進公司大門，考慮到昨晚種種，單是此舉就值得列入金氏世界紀錄。辦公室空無一人，安靜無聲，這樣很好，我有大約半小時時間。我泡了一杯咖啡開始工作，聽到聲音時猛然轉頭，也許是來自街上的聲音。碰到這種狀況時，我總是忍不住露出緊張的微笑，彷彿我是自己辦公室裡的小偷。我輕而易舉就找到黛博拉的檔案，這個工作很簡單，因為我知道自己在找什麼。我像技術高明的小偷一樣，事先規畫，知道目標藏在哪裡。當我證明自己是對的時候，一股不好的感覺很快取代原本短暫的滿足感，因為我知道接下來該怎麼做。聽到樓梯傳來腳步聲時，我趕緊影印了一些文件，把檔案放回置物櫃裡。

4

我知道那是梅格，她總是第一個進辦公室，但今天例外。她穿著白色棉質襯衫，頭髮往後梳；耳朵戴著銀色小耳釘，素顏。我覺得她精神奕奕，彷彿毫無瑕疵的水果，像是蘋果或蜜桃。她看到我時嚇了一跳，過來坐在我身邊說，「經過昨晚之後，」她說，「我還以爲妳會晚點進來，妳後來去了哪裡？」

我聳聳肩，這表示晚點再說。我們晚點再說這件事。

她瞪著我。「妳做了什麼蠢事對不對？」

不要低估梅格，這一點很重要，她能看穿我，甚至能看穿我的聳肩。

「現在不是時候，」我說。「我提早進來是因爲想查一些東西，妳看。」

我把影印的文件攤開給她看。

她皺眉專心看著。「妳得解釋給我聽。」

「這就是黛博拉所謂的文件，」我說。「發票、報告、支出表、計畫，妳知道，我們做的那些事。」

「對，這我看得出來。」

「都是亂寫的，」我說。「妳看這份報銷申請，她根本沒有出席薩塞克斯郡的那份工作。」

「對，可是——」

「這是下週末的評估報告，她寫了一整個星期的那一份，她說已經完成的那一份，就是這一份。」

梅格拿起一張幾乎空白的紙，「妳怎麼知道？」她說，「也許剩下的部分放在家裡。」

「我已經全看過了，我唯一的疑問是她到底是不老實，還是撒謊成性到連自己的幻想都相信。對了，她上星期從朋友葬禮回來時錯過的那班火車？我查過了，根本沒有這班車。」

梅格顯然很震驚。「妳確定嗎？」

「確定。」

「我們得找她來談一談。」

「我們得開除她。」

「荷莉，我們不能這麼做，我們得遵守一定的程序。」

「梅格，我們是小公司，黛博拉這種人可能會拖累我們。我們可以好好處理，跟她談一談，解釋情況，請她離職。我們甚至可以建議她去就醫，今天就這麼辦，她一進門就著手處理。」

「記得嗎？她去參加會議，今天和明天都不在公司。」

「那就等她回來，不要再拖了。」

梅格咬著嘴脣。「我不確定，」她說，「最好先跟翠莎商量一下。」

「翠莎也許負責管理這家公司，可是我們是老闆，應該由我們決定。」

「我們像個大家庭一樣。」

「所以才更不能容忍黛博拉這種人。」

梅格情緒激動時，臉頰總會變成粉紅色。「妳怎麼做得到？」她好奇地問。

「做什麼？」

「昨晚妳在酒館差點跟人打架，接下來卻跟那個很有可能殺了妳的男人喝酒，我們是確定妳不會被殺之後才離開的。後來妳去了哪裡？我到家時打電話給妳，可是妳還沒到家。今天妳幾乎天一亮就來了，還扮演起福爾摩斯，妳怎麼有辦法把自己的生活分得這麼清楚？難道妳的公私生活完全不會混在一起，不會互相影響嗎？」

「那就是公私分明的重點。」我一面說一面整理那些影印的文件。「鐵達尼號就是這個問題，如果進水問題可以阻隔開來，船艙破洞就不會有那麼大的影響，可是進水問題卻蔓延開來，最後船也沉了。如果將進水控制在船艙的單一區域裡，他們就會依照計畫抵達紐約。」

「鐵達尼號？妳到底在說什麼啊？」

我帶著專業的專注表情參加會議，掌握所有資料，寫下客戶的建議，向他們保證這個週末的活動會符合所有需求。我面帶微笑，傾身聆聽客戶的話，也沒有對表情傲慢的藥廠資深行政人員不禮貌。

「團隊默契，」他摸摸下巴說。「共同的目標、知性的探索、相互關係、共同利益，朝著同一個方向前進。這就是我們所需要的。」

或者加薪，我想，還有換老闆。「這就是我們的用處，」我說。

「我有一個同行推薦你們，他說兩天的活動結束後，他們不但很興奮，而且士氣高昂，我們也希望有這樣的成果。」

「士氣高昂，」我說。「我們會盡力。」我聽到我們一個女實習生壓抑著咳嗽，我瞪了一眼警告她。

他離開時，我堅定地與他握手，露出最友善的微笑。

「走吧，」梅格說，把外套遞給我。「去喝咖啡。」

「可以在這裡喝就好，我們有很多——」

「沒那麼容易放過妳，我們去盧伊吉，在那邊可以好好談。」

於是，我們頂著強風來到街角的昏暗小咖啡店，裡面的裝潢很溫暖，很舒服，暗沉的燈光宛如船艙，義式咖啡機發出嘶嘶聲響。

「我昨晚對那個傢伙很不好嗎？」我問，「他叫什麼名字？」

「陶德，」梅格說，「我覺得他有點被嚇到。」

「不過聽起來他人還不錯。」

「是很好，」梅格面不改色地說。我對她揚起眉毛，她唰地臉紅，目光移開，「妳昨晚做了什麼好事？」過了一會兒她問，「我們來這裡就是爲了講這件事的。」

我看著她滑嫩的圓臉、下巴的酒窩與蓬亂的捲髮，在我看來總是散發出濃濃的愛德華時代風味。她怎麼可能了解？「喔，妳知道的，繼續玩了一陣子，」我啜飲著咖啡，燙到上唇，我品嘗那陣痛覺。「也許後來喝太多了。」

「後來呢？」

「妳是我的朋友，不是我媽。都只是好玩而已。」

「你們後來去了哪裡？」

「我們去了——」我突然停下，我不知道「我們」是誰，也不知道我們去了哪裡。我對昨晚的印象不是很清楚，只有跳來跳去的模糊片段。昏暗的房裡擠滿人、河邊、玻璃碎片、計程車、床上的狂熱、翻雲覆雨的身體。我揉揉太陽穴，努力想除去那些影像。

「怎麼了？」

我喝光咖啡，放下杯子時發出尖銳的碰撞聲。「梅格，如果妳眞的要知道，其實我記得的不多。」

「因爲妳醉得一場糊塗？」

「妳知道的，有點像作夢。」

「妳是幾點回家的？」

「妳這麼問好像回到少女時代喔，」我說。「快六點。」大約五個小時前。我想著，五個小時怎麼過得這麼慢？

「六點？天啊，荷莉，妳怎麼可能還在運作？查理怎麼說？」

「他什麼都沒說，他在睡覺，然後就到上班時間了。」

「他不介意嗎？」

我想到查理蹲在廚房地板上小心翼翼撿起我打破的杯子。「我覺得我們該回公司了。」

「有男人嗎？」她的話比較像是在陳述事實而不是問題。

「什麼？」

「妳昨晚搞上男人了嗎？」

「類似。」我咕噥著說，強迫自己大膽地直視梅格。

「類似，妳是說妳跟人上床了？」

「那不代表什麼。」

「怎麼可能不代表什麼？」

「我是因爲喝醉酒又太興奮才會跟陌生人上床，到此爲止。」

「或是才剛開始而已。荷莉，妳有聽到自己說的話嗎？」

我聽得到。我的聲音很遙遠，我小心聆聽，努力了解這些字的意義，它們似乎沒有界線，卻如同骯髒的河流般聚集在一起，我得專注才能看清楚。

「查理怎麼辦？」她輕輕說，聲音中帶著一股不祥的嚴肅。

「查理就是查理。」我空洞地說。

「妳要告訴他嗎？」

「既然都已經發生也結束了，何必讓他難受？不會再發生了。」

「妳怎麼知道？」

「我——我不會讓它再發生的，那是——」我在迷霧般的腦袋裡尋找那個字。「一時越軌。」

梅格望著我良久，我的心不安地噗噗跳動，可是我強迫自己回瞪著她，沒打算低頭或迴避她的目光。可是最後我還是讓步了，因爲她的表情非常清醒而認眞，彷彿做了什麼決定。我突然覺得她的表情好像是在可憐我，我無法忍受這一點。

我和查理會認識是梅格介紹的。查理跟梅格的表哥是藝術學院的同學，所以梅格才會認識查理。她邀請我跟他們三個人一起去看電影，我還記得是哪部電影：《愛情不用翻譯》。我記得那天天氣很暖和，我們一起走在街上時大風捲起樹葉，在我們身邊旋轉。我記得那天的穿著。我沒想到那天會成爲值得紀念的日子，所以只穿了膝頭撕開的牛仔褲、帆布靴、最舊的皮外套。我也記得查理的穿著，梅格和路克則淡出成爲背景。我的眼裡只有查理，他的每一個手勢，說的每一句話，往我這邊傳來的每一個眼神。我感受到一股既美妙又揮之不去的震撼，知道他的眼裡也只有我。在酒吧裡，我們的雙手不期然地碰觸，我像觸電一樣。我們在電影院裡分開坐，我坐在梅格身邊，當時罹患重感冒的她一直用手帕擤著紅紅的鼻子，眼睛一直流淚。我當時是否覺得「梅格也喜歡查理，所以妳不可以喜歡他」？沒錯。可是我也想到他正在看我，感覺到他看我的眼神裡充滿千言萬語，非常眞實。我知道，這是個開始。

電影散場後，路克和查理邀請我們一起去對街的小餐館吃飯，可是梅格說她得回家休息。我跟她一起搭計程車離開，起先尷尬到不知道該說什麼好，也沒有眼神接觸。計程車停在她家門口時，她一手放在我的膝蓋上說，「荷莉，沒關係，妳知道他喜歡的是妳，不是我。」我咕噥了什麼，接著梅格表現出典型慷慨的一面說，「就算他沒有喜歡妳，也不表示他就會喜歡我，妳並沒有把他搶走。」她拿手帕用力擤鼻子，吻了我的臉頰後下車。

如果當時她沒有這麼說，我會怎麼做？我很想相信自己什麼也不會做，可是誰知道？我等她打開大門進屋，然後叫計程車司機轉頭開回原來上車的地點。我到的時候路克和查理還在吃飯，我跟他們坐在一起，用他們的杯子喝紅酒，吃他們的薯條，努力不去想躺在床上的梅格，和她不停流淚的眼睛。我吃了一口檸檬雪寶，一手放在查理的大腿上，他用小腿勾住我的腿，我們愈來愈靠近，一面假裝在聽路克說話。然後他帶我回家。

梅格說我會喜歡他，我也的確很喜歡他。她說他一開始會很害羞，熟了之後就很風趣——他的確很風趣，從我們一認識他就逗我笑。她說他是個有才華的藝術家，什麼都會——油畫、水彩、炭筆素描。在藝術學院時曾經畫過四格漫畫，主角是一個什麼都做不好的超級英雄，卻變成地方崇拜的對象。他的畢展內容是利用工程廢棄物的裝置藝術。我看過照片，很厲害。我一認識他就告訴自己，就是你了。如果法律許可的話，我會在我們認識的第二天就嫁給他，可是卻花了一個月的時間。

那天在計程車上分手後，梅格和我就只向對方說好話，其他的事絕口不提。我們大概永遠不會好好談這件事，就算等我們老了，當令人昏頭的愛情成爲過去也一樣。可是沒必要假裝，我一直都知道她想跟查理在一起，就因爲他愛上我，並不表示她不想跟他在一起。她不是那樣的人，她很慢熱，要很久才會點燃愛苗，可是一點燃就會慢慢地、穩穩地燒，很難澆熄。查理和我從不提這件事，可是他對她特別好，很熱情，偶爾會逗她；梅格在查理面前則很害羞、難爲情，有點粗魯。如今向梅格坦承自己出軌，我對自己蹂躪了這麼多寶貴事物感到非常羞愧。

「問題是，」我緩緩地吐露，終於誠實面對。「問題是梅格，我不知道自己爲什麼這麼做。我並不是在否認這件事的發生。我不想告訴查理是因爲，這樣就會有了意義，可是整件事其實非常愚蠢。」這還不夠，我對自己太寬容了。「討厭又殘酷的愚蠢。」

我們沉默良久。我看著她的臉，看不出她在想什麼。她皺著眉頭，一隻手指撫摸著咖啡杯緣，終於問道，「妳和查理之間出了什麼問題嗎？」

我搖搖頭。「我們之間的婚姻不像……嗯，我本來要說我爸媽，可是他們也不是什麼模範夫妻，對不對？應該說不像妳父母吧。我們常常各過各的，我總是忙著工作，他總是忙著讓自己的事業起飛，有時關在房間裡一忙好幾個鐘頭，我進去時，他看我的表情好像面對的是陌生人。我知道一切發生得很快，我是說我們的婚姻。我本來就不是會安定下來的那一種，可是我知道我們的選擇是對的，嗯，我的選擇是對的，也許查理的選擇不是，也許我不是什麼好選擇。可是，面對婚姻的時候眞的不該停下來想太多，做就對了。抓住妳想要的，抓住愛情。」

我精疲力盡地靠在椅背上，不知道自己是否相信剛剛的那一番話，或至少內心某處相信，只是無法深入碰觸到那部分的我，所以只能裝腔作勢，假裝有感情，然後等待感情變成眞的。這就是我處理的方式：假裝成自己，也許久了終究會再變回自己。

「妳還好嗎？」

「如果今晚能提早休息就太好了，可是我不會有事的，妳問的是這個吧，對嗎？」

她狐疑地看著我，一根手指放在嘴角，那是她思考時的習慣動作。「朋友，妳該小心點。」她說。

我打電話回家給查理。「今天過得還好嗎？」

「還好。」他說。

「你開始畫插畫了嗎？」

「還沒，我需要時間準備。」

「我知道，可是你如果丟了這份酬勞就太可惜了，你也知道我們多需要——」

「我都已經說會做了，對不起，不是每個人都能在早餐前就完成十件事。」

我的胸口湧上一陣憤怒，但隨即出現一股羞愧。我哪有資格對人生氣，更何況是查理？

「你說得對。」我告訴他六點前會到家，會在路上買晚餐，也可以叫外賣。

「太好了。」他說。

「我愛你。」我還沒說完，他就掛了電話。

我確實準時下班。本來打算當個好太太，上超市，然後在購物車裡裝滿一星期份的食糧，預先計畫而不再隨遇而安。我能好好煮一頓飯，也就是雞肉料理，想當然是連我都會煮的雞肉料理。可是，我現在一想到食物就想吐，同時卻又覺得很餓。

我在前往地鐵站的路上經過一排商店，其中一家小型超市的窗戶破了一扇，貼在上面的塑膠布在風中拍打著，人行道上一名穿著灰色尼龍工作外套的亞裔女性正彎著腰。一陣令人作嘔的記憶緩緩進入我的意識裡：我昨晚來過這裡，這扇窗戶被打破是我的錯。我在她身邊停下腳步，她抬頭看著我。「眞慘。」我說。

她只是聳聳肩，疲倦的表情近乎無奈，彷彿把這件事情當成颳風下雨一樣，是人生必須面對的一部分。「不是第一次了。」

我在店門外拿起一個籃子。「我剛好得買點東西，」我說，「眞不知道以前爲什麼從沒來這裡買過東西，下班都會經過這裡。」

我把雞肉料理拋在腦後，買了一包咖啡粉、一些茶包、幾品脫牛奶，回家才發現那其實是經過加工以防止酸掉或無法食用的牛奶。我也挑了兩顆用保鮮膜包裝的乾癟黃色蘋果、八捲裝粉紅色超柔軟衛生紙、幾瓶洗碗精、四包香菸、半公升裝標價過高的琴酒、萊姆汁，還有我很討厭的濃縮柳橙汁，查理更討厭。我得再拿一個籃子才裝得下多穀麥片、芝麻籽麵包、一瓶橘子果醬、一條可塗抹奶油、幾包口香糖、消化餅乾和啤酒。付帳後，我拿起袋子轉身離開，把手的重量壓迫著我的手指。

我在下一條街經過銀行，在街上的提款機查詢餘額，帳戶裡還有一百四十二鎊四十三便士。我領了一百四十鎊乾淨又漂亮的新鈔，翻翻皮包找到一個舊信封放進去，在信封上潦草的寫了幾個字，看起來像低能無賴的筆跡：「修窗戶用」。我深呼吸一口，走回店裡把信封放在櫃檯上，櫃檯後方的那名男子大概是外面那個女人的先生。

「我在外面的人行道上發現這個，」我說，「一定是要給你們的。」

他露出困惑的表情，我離開了，店門外下起雨，是那種馬上會把你淋濕的豆大雨珠。我希望自己的話很有說服力，他不會把錢交給警察。如果上帝存在的話，祂會怎麼說？祂也許會說我該坦白以告，但我卻只是站在雨中淋得一塌糊塗。

我進門時大聲叫人，可是沒有回應。我把剛剛買的東西拿出來整理，探頭進查理的書房，他不在，可是收音機還開著。書房亂得一塌糊塗，地上散落著紙張、一疊疊的書倒下、菸灰缸推到椅子和繪圖桌下方、ＣＤ散落在每個平面上。在他桌上的素描簿上，一條微弱的鉛筆線最後成爲精緻的塗鴉。另外還有五杯喝了一半的茶、兩個氧化的蘋果核、橘子皮。窗台上放著我那天早上弄破的杯子。我仔細察看：幾乎看不到黏著後髮絲般的細痕。我關上門。

我現在去睡覺的話一定會睡死，因此，我穿上舊牛仔褲和查理沾滿油彩的T恤，強迫自己行動。我打開一樓所有的燈，在黑暗的夜晚裡假裝白天，然後把梯子架在走廊上，爬上去刮掉壁紙。我在幾個月前搬進來時開始這份任務，卻一直沒有完成。好奇怪，居然能習慣住在一間有著醜陋剝落壁紙和光禿石膏牆的房子裡。

四十五分鐘後，查理穿著那件我買給他的漂亮軟麂皮外套進門，我還在進行工作。我下了梯子親吻他的眼皮，他擁抱我布滿灰塵、疼痛、疲倦又內疚的身體。

「我真想知道妳哪來的精力？可以分我一些嗎？」

在這一刻，我大可以退後一步，直視著他說，「查理，昨天晚上，不知道為什麼，我也不知道對方是誰，但我跟一個陌生人上床了。」我的體內湧上一股毛骨悚然的感覺，彷彿一股純然而無限的冰冷，彷彿恐懼貪婪的舔噬。

但我報以天真無邪的微笑。「我們得做出重要決定：要外帶中菜、印度菜還是泰國菜？」

後來我們上床，做愛，炒飯。我不知道該怎麼稱呼，因為我什麼都不想做，只想閉上眼睛一直睡一直睡一直睡，可是我不能這麼說，發生這一切之後尤其不能。因此，當他露出那個特別的笑容時，我也報以微笑，雖然我的表情緊繃，眼睛酸澀。他伸手擁抱我時，我也伸手擁抱他，將他拉近，在他的耳畔低語。他不知道，想都想不到，我的心根本不在那裡。

5

我站在地鐵車廂裡，夾在兩個汗流浹背的壯碩男之間擺盪著，感覺到一股存在的自由。並沒有地心引力般的自然定律強迫我去上班，繼續舊生活的軌道。我可以待在車上，在萊斯特廣場換車到希斯洛機場，搭上任何一班飛機，餘生永遠不要回英國。不過首先得回家拿護照，錢呢？所有的錢都花在房子上了，當作投資的話大概沒關係，可是絕對有流動周轉的問題。在國外生活也很困難，行動自由的觀念出現時，簽證大概還沒有那麼重要，抵達機場時不需要被拷問要停留多久，是否打算找工作。自由還是有限度，想成為什麼樣的人也有限度。

於是我下了車，搭上電扶梯來到飄著細雨的灰色早晨，想到還在床上的查理，不知道他是否有工作要做。我決定該打通電話給他，伸手進皮包卻找不到手機，進辦公室後也找不到。我努力回想最後一次用手機是什麼時候，卻想不起來。前一天我都用辦公室的電話，所以手機不是在家就是掉了，最有可能是在那個迷失的夜晚弄丟的，也許早就被偷了，也許被一個正常人撿到。我一輩子都在弄壞東西、丟掉東西。我的雨傘都用不過一個星期，所有的東西——皮包、太陽眼鏡、鑰匙、帽子，只要不是永遠黏在我身上或綁在我身上的東西，都會被我弄丟在世界各地。不過手機就是有這個好處，因為你可沒辦法打電話給太陽眼鏡問它們在哪裡。我撥了自己的電話號碼，響了幾聲之後，一名男子接聽，「那是我的手機，」我說。

「我可不是偷來的，」那個聲音說，好像說了很好笑的笑話一樣笑了。

「姑且相信你，」我說。「我好像是在蘇活區的酒館還是夜店弄丟的。」

「酒館或夜店？」

「我不太會記店名，」我說。「有可能是華道街的酒館或……那附近路口有一家夜店，叫做什麼屋的……」

「『紅屋』。」

「對，」我說，「那就是掉在那裡了，很抱歉，我總是到處亂丟。不知道你能不能還我？我可以叫快遞去拿。」

「妳在哪裡上班？」

「蘇活區。」

「我在河岸區，我午休時拿過去給妳。」

「那就太棒了。」

「我很樂意。」

「手機現在在你身上嗎？抱歉，真是個愚蠢的問題，顯然就在你的手上。」

「我正在考慮該怎麼處理手機。」

「嗯，你可以不用煩惱了。」

我們約了一點鐘在迪恩路的咖啡店碰面後，就掛了電話，接著我埋首於當天的工作裡，彷彿捏著鼻子跳進滿是泡沫的水流中。我寫了一份長達兩頁的待辦清單，包括該打的電話、該寫的訊息、該開的會、該做的安排與決定、一些想法，彷彿老式科幻片裡的邪惡外星生物，愈是把它砍掉，它就變得愈巨大、愈凶狠。我沒有時間思考或感受，只能回應眼前最直接的刺激，處理它，然後拋在腦後。我的視線範圍內有東西來來去去，尤其是梅格。我們一起討論，果斷做出決定。有人把滿滿的咖啡推到我面前，把空杯拿走。我一口一口吃著食物，並不知道自己吃了什麼。接下來再抬頭時已經一點十分了，我茫然地看看四周，不確定自己在哪裡。清單上的待辦事項已經被一連串的箭頭與潦草的筆記取代或劃掉。我的辦公桌很乾淨，就算實際上不是如此，但精神上已經清空了。所有的東西都在檔案裡或變成其他人的問題。我把剩下的東西整理成一堆，塞進置物櫃裡，大聲告訴梅格我一會兒就回來。梅格回答了什麼，我沒聽清楚就已經喀答喀答下了樓。

我一進到咖啡店就看到高大、健壯的他，外套掛在椅背上，襯衫袖子捲起，濃密的黑髮整齊往後梳，桌上放著一支手機。我毫不猶豫地說，「我猜那是我的手機。」

他起身露出微笑，伸出一隻手和他握手，他卻沒有馬上鬆開，而是用力握緊我的手指。

「哈囉，荷莉，」他說，「我美麗的荷莉。」

我突然懂了，記憶如小蟲般爬進我的大腦，我幾乎感覺得到它進入我的意識之中，但心裡只想著，噢不要，拜託不是這件事。我考慮拿起手機就跑，可是身體重得像鉛塊一樣。你可以跑，可是躲不了，以前爸爸跟我在家附近的公園玩捉迷藏時總會這樣大叫，就算當時都讓我覺得很害怕。我從他手中抽出自己的手。

「連白天也一樣美麗。」他說。

「抱歉，」我說，「我不……我不能……」

「別說抱歉。」

「我是說，那是個愚蠢的錯誤。」

「我可不這麼認爲，」他帶著微笑說，「對了，也許妳不記得，我叫李斯。」

「我不想記得，我喝醉了，如此而已。」

「妳很野。」

「我要走了。」

「不，妳還不能走。」

我伸手去拿手機，他緊緊抓住我的手腕，用力把我拉過去。「放手。」

「別說妳不想再來一次，經過那一夜之後是不可能的。」

「放手，」我更堅定地說。

「當時妳跟我一樣想要，妳說——」

「別鬧了。」

「已婚是嗎？」他轉動我的手腕露出婚戒，「他是誰？是哪個可憐蟲？我猜猜看，是大衛、康納、佛瑞德、查理還是衛斯理？啊，是查理嗎？」

「你這變態，放開我的手。」

「反正他的電話號碼已經存在我的手機裡了，其他人的也是。」

我強迫自己直視他的雙眼，想到他還有我們一起做過的事，全身一陣作嘔。「不要表現得那麼可悲，」我說。「過去的就過去了。」

「而且妳的內褲還在我這裡，記得嗎？黑色蕾絲邊的。」

我的眼前出現一陣紅色迷霧，我扭動手腕，可是他抓得緊緊的，手指陷入我的肉，「怎樣？」我說，「如果你以爲可以勒索我的話，那你比外表看起來還要笨。」

「是嗎？」他說，「如果妳以爲可以假裝什麼事都沒發生就走出這扇門，那麼……」

他話沒說完，我就用另一隻手用力甩了他一耳光，留下刺痛的紅色指印，緩緩褪去。

「妳這小賤貨。」他氣沖沖地說。

「抱歉，你們要吵架的話，」我們背後有一個聲音說，「請到外面。」

「我要離開了，」我說，「你最好離我遠一點。」

「妳這是自找麻煩，」我離開時他大叫，「我保證妳會有麻煩的，妳完蛋了，眞的完蛋了。」

6

我在附近走了一個小時，在附近的市場買了一顆油桃當午餐。就算如此，回到辦公室時我還是怒氣沖沖，處在自己的情緒迷霧裡。我很氣那個男的，對自己的憤怒則帶著苦澀與輕蔑，感到既羞辱又難過。我步履蹣跚地走進所謂的會議室裡，發現梅格和翠莎正在低聲說話。梅格轉頭看我，似乎有點難爲情，好像被我抓到做了什麼不該做的事。

「我和黛博拉談過了，」她說，「關於最近的一些問題。」

「黛博拉？」我說，「我以爲她去出席會議。」

「她提早離開了，」翠莎說，「剛進辦公室。」

「然後呢？」

「我們向她提出一些値得關切的問題，想聽聽她的說法。她承認工作進度落後，不想告訴我們是因爲那是蘿拉的錯。」

「什麼？」

蘿拉才來幾個月，既年輕又主動，學得很快，但目前的責任只是泡咖啡送檔案之類的。

「她想讓她參與庫克那個帳戶。」

翠莎開始解釋一個複雜的故事，說哪個環節出了問題，可是被我打斷。

「不，不，不，」我說，「那是胡說八道。這件事交給我，由我自己跟黛博拉談。翠莎，請她五分鐘後過來見我好嗎？我得先打個電話。」

就算是現在，我都還能在黛博拉身上看到幾個月前我和梅格第一次面試她時的樣子。她身材高䠷、打扮無懈可擊、充滿自信，好像她才是負責面試的人。我們並沒有一見如故，不過那正是重點：我們並不是在找新的摯友，而是需要一個肯努力、有效率、令人望之生畏的員工；黛博拉一進門，我們就看出她具備這些條件。她的推薦信有點怪，顯然和先前的雇主之間有點問題，可是就算這一點也沒有使我們擔心，尤其是我，我喜歡雇用個性有點稜角的人。我告訴梅格公司已經有很多白臉了，需要一張黑臉。問題在於，她扮演黑臉的對象應該是其他人，而不是我們。

她走進會議室時，依然是一副無懈可擊的模樣。

「羅漢普頓那裡進行得如何？」我問。

「還好。」她說。

「有什麼特別值得注意的嗎？」

她聳聳肩。「並沒有，」她說。「我提早離開了。」

「噢少來了，」我說，「我剛剛打電話給喬．帕瑪，他剛好是會議主辦人，妳根本就沒報到。」

我得承認，黛博拉被抓到時露出的沉著反應很令人印象深刻，她露出迷惑而有點受傷的表情。「妳在暗中監視我嗎？」她說。

「那是我份內的工作，」我說，「這是我的公司。」

「我去了會議，」她說，「也許忘了領名牌。」

可是我手上有檔案，我攤開影印的資料，就像無法打敗的一手好牌。

「這是什麼？」她說。

「妳知道這是什麼，」我說，「我們討論過妳的工作內容，當時我一時心軟，只給妳一個警告，沒想到妳居然把責任推到蘿拉身上，到底是怎麼回事？」

「她沒經驗，」黛博拉說，「是我一直在罩她。」

「妳瘋了嗎？」我說，「妳永遠不肯認錯是嗎？看看這些文件，妳根本一直在說謊，一直在詐騙公司。」

她看著我，完全不為所動，「我對自己的工作很拿手，」她說，「妳很清楚。」

「妳被開除了，」我說。我看看手錶，不記得日期，甚至不記得是幾月份。落葉了，不是嗎？「我們會付妳到月底的薪水，可是我要妳現在就離開辦公室。」

冗長的一陣沉默，這會兒她認真聽我說話了。

「妳不能這麼做，」她說，「我為了這份工作放棄了一份好工作，我有公寓，有貸款。」

「妳說得沒錯，」我說，「妳對自己的工作很拿手，我不知道出了什麼問題，但妳顯然不能在這裡這樣繼續下去，我不知道妳是否需要協助……」

黛博拉的表情好像房間裡突然有什麼惡臭，「妳少呼嚨我，妳這個自以為是……」她停下來，彷彿找不到更糟糕的字眼形容我，「妳知道嗎？他們都不喜歡妳，妳以為自己很棒，充滿幹勁、瘋瘋癲癲、志得意滿、擄獲人心，可是妳騙不了我們，其實妳很可悲，妳是個空殼。」

我深呼吸一口，強迫自己輕聲緩語地說，「妳該走了。」

她笑了，「妳他媽的以為自己很聰明，」她說，「總有一天，有人會讓妳那張自以為是的小臉蛋好看。」

我無法克制不笑，「黛博拉，妳這是在威脅我嗎？」

她站起來，惡狠很地說，「妳還以為每個人都會臣服於妳，妳真的這麼以為。遲早有人會對付妳的，到時妳就知道了，只需要一個就夠了。」

她的離開，像一陣輕度颱風席捲辦公室。我步行到舊克普頓路上的一家麵包店，他們賣一種很特別的奶油蛋糕，上面的餅皮很鬆軟，眞是西方世界最棒的發明之一。我買了十個蛋糕和十杯卡布其諾咖啡，公司裡一人一份。回到辦公室後，我看到翠莎和梅格震驚的表情，走過去問她們，「妳們覺得我做錯了？」

她們互望一眼。

「我不知道，」梅格說，「事情很複雜。」

「不，一點也不複雜。」我說。

我召集員工，簡短說明公司的問題，爲什麼出問題時大家溝通很重要，不過，這個啓發人心的演講在幾分鐘內就變成奶油蛋糕讚美大會，大家像在兒童生日派對上一樣埋頭苦吃。

四十五分鐘後，梅格和我開車離開倫敦，梅格很仔細地看地圖，我則開太快。我們正要前去視察週末活動的場所。「場所」聽起來很正式又很平淡，好像是那種房間一式化的現代旅館，有選擇豐富、標價過高的迷你吧台，小巧的健身房，生意人出席九點的會議前可以先去划船機划個十五分鐘，還有會議設施。不過，我們選的並不是這樣的地方，而是牛津郡一座半改建的水磨坊，外牆爬滿五葉地錦。除了川流其中的小溪之外，延伸出去的紊亂土地盡頭有一座飄著浮萍的小池塘，十幾間不盡相同的客房，壁紙底下可能濕氣過重。這個地點很完美：有樹可爬、有水塘可以跌進去、有裝著百葉窗的餐廳、晚上他們得坐在同一張餐桌前，方圓幾哩內沒有別的房子。梅格朋友的朋友最近才買下這裡，原本打算離開倫敦壓力繁重的生活，現在才發現眞正的壓力來自站在滴水的樹下，以及牛糞。

「這種感覺好棒，」我說，「讓我想起只有妳我的時光。」

「對，」梅格發出空洞的笑聲，「令人懷念的日子，」一陣沉默，我還以爲她在看地圖，「我猜黛博拉的事應該沒關係，希望她不會告我們。」

「希望她會，」我說，「我們會給她點顏色瞧瞧。」

梅格只是咳嗽。

從不同的地方離開倫敦時，會感覺她是個不同的城市。當妳開向牛津時，似乎沿途不斷滴水，可是不過眨個眼，眼前就出現一片翠綠。整個早上要下不下的雨滴終於落下，從車輪往上噴，我打開雨刷，透過每次刷乾淨的圓弧狀玻璃看到灰色、濕透、空曠的景色。我打開收音機戳著按鈕選台，然後又放棄，關掉收音機。

柯琳和理查在等我們。他們在寬闊的客廳點了爐火，煮了一壺咖啡。柯琳遞出一盤放著覆盆子的迷你海綿蛋糕，我連吃了兩個，臉頰鼓鼓得像倉鼠。我伸長雙腿感覺爐火的溫暖，嘆了口氣。外頭小溪潺潺流過，陽光穿過厚重的雲層，微弱的光柱投射在木頭地板上。

「也許我該這麼做，」我說。

「做什麼？」

「逃離倫敦。」

「這實在不算逃離倫敦。」

「逃走，」我幻想著，「重新受傷。」

「什麼？受傷？」

「重新開始，」我糾正自己，眼皮往下沉又猛然張開，坐直身體，喝下美味濃厚的咖啡，聽著雨滴打在窗框上。外頭的花園晶亮翠綠，到了星期六，七男五女會在那裡玩遊戲。

「好了，」我伸手拿最後一塊蛋糕。「工作吧。」

我們先參觀客房：可以，不過最上層的樓梯口需要防火毯和小型滅火器。接著參觀廚房，居然有一扇正常尺寸一半的門通往外面的潺潺小溪。

「這扇門安全嗎？」梅格問，她總是比較實際的那一位。

「我們又不是要來這裡開托兒所。」我說。

「這扇門通常鎖著，」理查說，「這只是建築特色。」

我花了點力氣拉開沉重的門栓，推開小蓋子探頭出去，水滴打在我的臉上，風吹亂頭髮遮住了臉，我嘆口氣，閉上眼睛。

「荷莉？」

「唔。來了。」

我把頭收回，關上門。

「妳想討論星期六晚上的食物嗎？」

「我相信沒問題的。」

「我列出了了午餐菜單，還有星期天的早餐，也列了一張妳要他們煮咖哩時可以用的食材清單，如果妳可以看一下——」

「我相信沒問題的，」我又說了一次。

「喔，」柯琳的表情帶著些許意外與困惑，不過馬上恢復精神，「還有飲料。」

「我完全信任你們。」

「可是——」

「只要確定準備的份量比妳估計的多很多，然後再加倍就對了。我們去看看外面。」

「妳要不要換個靴子？草地還很濕。」

「沒關係。」

梅格和我經過小溪，穿過曾經一度應該是菜園的地方與鬆軟的地面，來到湖邊觀賞一片茂盛而翠綠的美景。我拿起一顆石頭丟進水裡，看著它立刻被浮萍覆蓋住，消失無蹤。我們互望一眼，咯咯發笑。

「我很期待看到他們全部從木筏上跌進那裡，」我說。

「我們希望他們把我們推薦給朋友。」梅格說。

「我們會提供毛毯，對他們睜大眼睛拋媚眼，」我說，「他們會推薦我們的。」

梅格做了個鬼臉。「被妳說成像應召女郎一樣，」她說。

「我們不是嗎？」我說。

「荷莉，別說了，」她說，「不要用這種語氣，妳看過我們收到的信——提高生產力，提升士氣。」

我一手攬著她的肩膀，她也攬住我。「沒錯，親愛的，」我說，「我讀過宣傳手冊，妳注意到了嗎？」

「什麼事？」

「小鳥發出討人厭的聲音，風吹著樹的沙沙聲，除此之外眞的很安靜，很難相信這裡跟倫敦是同個世界。」

「我們正要回去那裡。」

「我眞正想做的是住進其中一個客房睡覺，等妳週末來的時候再叫醒我。」

「不幸的是妳必須回去面對那個人生，還有老公。」

回程梅格負責開車，我負責看地圖和說話。「既然不能住進去，那我眞正想做的是爬到後座睡覺。」

「請便，」梅格說。

人們總說在這種時候最有安全感，夜深時被爸媽開車載著在車上睡著，覺得很安全。我被父親開車載的記憶主要是離開倫敦參加某個派對，可是找不到地方，然後爸媽開始吵架，我爸開車失控，偏離路面，連人帶車掉進溝裡。農夫得用牽引機才能把我們拉出來。其實挺好玩的。

我沒有爬到後座，不過卻睡著了，梅格停在我家門口高興地說到家了，我才醒來。

「妳是全世界最棒的駕駛，」我說，「我睡得超熟的。」

7

接著便到了星期天晚上，然後活動結束了。我回到屋內，梅格在柯琳和理查的廚房裡，雙手捧著咖啡。「妳可以出來了，」我說，「他們離開了。」

梅格報以疲倦的笑容。「妳確定沒有人還躲著沒走嗎？」

我搖搖頭，「他們離開時我數過了，」我說，「還有咖啡嗎？」梅格對著水槽邊的咖啡壺點點頭，我把黑咖啡倒進馬克杯裡，上面寫著時髦的訊息，「我老覺得應該還沒結束，」我說，「應該大叫『安可』或獻花之類的。」

「只要他們的支票不跳票就好了，」梅格說，「妳睡了多久？」

「不確定，我有睡嗎？」

「我睡了。」

「妳每次都有睡。」

「妳知道嗎？睡覺沒有罪耶，睡覺也不是不道德或懶惰，妳不需要熬夜來證明自己。」

「我知道。梅格？」

「什麼事？」

「妳有快被榨光的感覺嗎？」

「榨光？」

「像那些用來擦地板的舊抹布，擰一下就跑出很多可怕的髒水。」

「我有沒有聽錯，」梅格說，「在這個影像裡，如果妳是那塊舊抹布，那麼那些噁心的髒水就代表我們剛剛共處一個週末的馬卡丹聯合事務所的員工。」

「然後妳把舊抹布放進櫃子裡，下次再看到時已經變得又硬又髒又臭。」

她的語調變得更嚴肅。「現在是星期天晚上，外面在下雨，妳已經紮紮實實忙了好幾天了。」

「妳累了，」她繼續說，「妳需要回家，看看查理，好好泡個澡，關掉鬧鐘上床睡覺。」

「對。」

「我不知道『紮實』是不是正確的字眼，也許是『心虛』。」

「我們明天可以晚點上班，我覺得我們至少虧欠自己這一點。」

「當作抵薪水。」

「也許我們再過不久就可以眞正開始領薪水了，我們經營得還不錯。」

「有時候，我覺得我們婚姻裡唯一算成年人的部分，是開始擔心貸款的問題。」

「我們不會有問題的。」梅格說。

「妳今晚說的話都很讓人安心。」

她看了我一眼，冷冷地說。「那就是我的角色，不是嗎？」

「妳呢？」我問。

「什麼意思?」

「妳在跟那個男的交往嗎?陶德?還是我對他糟糕至極,不但把他從我身邊嚇跑,也從妳身邊嚇跑了?」

「我不確定。」她瞪著前方。

「你們有——」

「別問了,我不想談這件事。」

「等妳想說的時候……」我想再補充點什麼,可是沒辦法說出正確的字眼。

每個人都有自己的故事,只是有時候不知道那個故事是什麼,或是自己所扮演的角色。比如你爸媽覺得你輕浮、不負責任,比如你的朋友認爲你是個樂觀外向的人,比如辦公室的人認爲你是派對上的靈魂人物:結果你就被困在這個版本裡,困在這個有限的空間裡,最可怕的是,大多數的時間你根本就沒有意識到這個情形。這是因爲我們不了解自己,我們需要別人解釋我們是誰,讓我們變得眞實,但也因而漸漸以這樣的方式看待自己,以爲自己在這樣的故事裡,像齣喜劇,像齣滑稽劇,失去了其他部分的自己。但是偶爾看到不同的自己,給自己不同的說法,你會成爲一個完全不同的故事,更有深度、更陌生、更有意思,擁有全新的意義。

梅格和我就是靠動搖別人維生,讓他們暫時改變行爲模式。可是他們回家,我們也回家,眞正不同的是什麼?你被原來的舊世界包圍,又恢復成原來的那個你。人們認爲自己能改變人生,改變自己。造一艘木筏,越過池塘,玩個遊戲學習放鬆往後倒在同事的懷抱裡,坐在一起圍成一圈，談談自己曾經犯過的錯誤、後悔的選擇，然後就能重新開始。

當然，當我說「你」的時候，其實指的是我自己，荷莉．克勞斯，不論我如何努力都無法逃離的一個人。我那個週末非常努力，比以往還要努力，是一群精力充沛、陶醉其中的人裡最精力充沛的那個人。現在我的油箱耗盡，櫃子裡空空如也。

我想起其中一個年約四十的參與者史都華，也許更老一點。他的個子高瘦，稻草色長髮有點髒，帶著些微的頹廢風。他總是把很難聞的捲菸叼在嘴角，穿著一件破舊的皮外套。他是那群人裡憤世嫉俗的那一個，團體活動時臉上總是帶著一絲嘲諷的表情。他就是我的挑戰，我要解除武裝的對象。所以我在晚餐後找到他，我們聊到很晚、非常晚，大家都上床了，只剩下外面的風聲和水聲。然後我們進攻理查留在餐桌上的那瓶威士忌，他告訴我他兩個兒子的事。

「他們已經是青年了，」他說，「我離開他們的母親時，他們分別是三歲和兩歲，當時我無可救藥地愛上一個女人，可是那段感情並沒有維持下去。總之，他們現在是青年了，看在老天的份上，傅格爾都快十九歲了。他們有女朋友、會嗑藥，我幾乎算是隱形人，他們眼裡根本沒有我，就算我說了什麼他們也聽不進去。」

「他們再大一點會改變的。」我說。

「也許，可能，可是這種感覺很奇怪，彷彿我並不存在，好像我是自己人生的鬼魂。」

他又捲了一根香菸，放在嘴角。

「我敢打賭妳從來沒有過這種感覺，」他點著香菸深深吸了一口說。「我敢打賭，從來沒有人當妳不存在，怎麼可能？而且妳也不會讓人這麼做，對不對？」他發出笑聲。

「我不知道，」我說，「我希望有人這麼做，我想我會喜歡的。」我請他捲一根給我，他熟練地三兩下就捲好，我再添威士忌。

「那麼妳呢？」

「我？」

「妳的故事是什麼？」

我的故事。

我考慮那些說過很多次的軼聞，到現在已經不痛不癢：我父親的創業歷程，當時覺得很有趣，多年後再回頭看卻並非如此。還是相反？是因爲成了軼聞之後才變有趣的嗎？還是我兩次被學校開除，理由是不守規矩（第一次）和嗑藥（第二次）。還是我十一歲時帶著家裡養的愛犬一路逃家到路口那一次？那是個很可愛的故事，我可以跟他說這個故事。我搖搖頭。「下次吧，現在我需要上床睡覺。」

「我痛恨變老。」他說。

我發出一陣呻吟，夜已深，清晨已近，這是威士忌酒力發作後的告解時刻，「那又是爲什麼？」

「其實是關於變老的所有一切，消失的機會、逝去的夢想，小孩對待你的方式好像你是個過氣的老頭。我在你的年紀時，一切似乎都很容易，就算喝醉酒第二天早上也沒事。我明天早上一定會宿醉到面有菜色，但我打賭妳會像朵雛菊一樣清新可人。」

「說到早上……」

「你心裡會想，就這樣了嗎？我想要的人生就只有這樣而已嗎？」

「你幾歲？四十？四十一？想這些還太早吧——」

「還有性事。」

「史都華……」

「我不知道自己爲什麼要告訴妳這些事。不知道爲什麼，我覺得妳不會嘲笑我，妳跟其他人不一樣。妳知道嗎，其實我在那方面一向很拿手。」

講得好像性事是跳高或心算一樣，我的心裡這麼想。

「完全沒有問題，」他繼續說，在杯子裡倒了一大口威士忌喝下，「可是最近幾年好景不再。」

「啊。」我無動於衷地說。

「現在，嗯，我不能——妳知道——只靠自己了。如果妳知道我的意思。」

「應該懂。」

「這是惡性循環——我愈是失去自信，問題愈大。女人不會了解的。」他的臉漲紅，「以前我都能控制自己，現在卻……太快結束。妳知道我的意思嗎？」

我發出語意含糊不清的聲音。

「妳現在覺得我很可悲了吧。」

「一點也不。我敢賭你一定有很多男性朋友也有類似的經歷，他們只是從來不提罷了。」

「妳眞的這麼覺得？」

「我很確定。」

「我一直覺得，一定有個女的能幫我解決這件事，我的腦海裡有那個影像，某個外表很酷又很沉著的人。」

至少他想的不是我。

「可是她的內在熱情，又很困惑。」

「嗯……」我不知道該說什麼。

「我不該對妻子不忠，那樣一切就都會好好的了。也許我是自食惡果，上帝的復仇，讓我成爲衆人嘲笑的對象。妳曾經對丈夫不忠嗎？」

「沒有，」我假裝生氣他居然問這種問題，然後說，「我們才結婚一年多。」

「他叫什麼名字？」

「查理。」

「我希望查理知道自己有多幸運。」

梅格送我到家時已經九點多了，她本來說我們週末共處的時間已經夠多了，所以不打算下車，但最後還是跟著我進門。我們進屋後發現查理和他的老友山姆在黑暗中看ＤＶＤ。我親吻查理的頭頂，拿起他的酒杯喝了一大口。

「嗨，」他伸出一隻手說，「哈囉梅格。」

「哈囉。」她說，我看著她滿臉漲紅。

「週末還順利嗎？」

「累死了。」

「妳們想喝點什麼嗎？還是吃點東西？也許披薩還有剩。」

「喝杯茶就好，我去泡。」

「別擔心，反正接下來的劇情我大概都知道了。」

他消失在廚房裡，過了一會兒梅格也跟進去，我聽到他們低聲交談及他的笑聲。我在山姆身邊的沙發坐下，看著螢幕上的爆炸。

「演到哪裡了？」我說。

「劇情有點複雜，」山姆說，「他是個殺手，答應做最後一筆，他女兒被綁架了。我們認爲這之間可能有關連。」

「你的帳目整理好了嗎？」我大聲問查理。

「已經開始了。」他回答。

「我以爲已經超過期限了。」

沒有回應。

我走到貌似荒地的院子裡，查理和我可是有計畫的。我們打算在中間鋪一條蜿蜒的步道，兩邊鋪草坪，另一頭種蘋果樹和櫻桃樹——這是我的任務——然後在廚房門前用鵝卵石鋪成小型陽台，我打算在上面放十來盆灌木叢、有香味的花和裝飾植物，也訂了一棵月桂樹，還打算種茉莉花和忍冬。我靠在牆上，想像自己夏天坐在室外，悠閒地拿著一杯沁涼的白酒，看著查理使用他說要蓋的烤肉架。

可是現在外面又黑又冷，所以我待個幾分鐘就進屋了。梅格說她正要回家，總算這麼一次，我沒有試圖說服她留下。我帶著疲倦的身體進去淋浴，卻尚未從整個週末的緊繃中放鬆下來，好像需要拿水澆熄體內的某個東西，才能上床睡覺。我穿上查理送的睡衣，加入他們兩個男生，可是那是部吵雜又眼花撩亂的動作片，我看了只是更加坐立不安。我上樓拿起原本在讀的小說，翻了幾頁還是讀不進去，得從頭開始。我沒有心情看書，需要做不用心思的事。我又下樓去，探頭看看查理的工作室，忍不住做了個鬼臉。

第一次聽說查理是插畫家時，我還以爲自己知道那是什麼意思。「插畫家」和「藝術家」不一樣，藝術家是個模糊、涵蓋廣泛而亮麗的名詞，充滿漂泊與危險的味道，較爲簡潔、精確、有明顯的界線與智慧感。插畫家則仰賴接案爲生，有截稿期限、主題和作品集。我想像編輯打電話給查理，要他幫第二天的報紙畫一份插畫，還有下週的雜誌，幾個月後的書封，也許還有兒童插畫。我想像他在整潔、空氣流通的房間裡，在一張大桌子上工作，馬克杯裡放著削好的鉛筆。那似乎和我認識的他相去不遠：充滿幻想與內在靈性，同時腳踏實地而幽默。漫不經心，卻聰明到鉅細靡遺，專注在眼前的任務上。他的雙手既優雅又粗糙，會做很多東西（木雕、架子和複雜的箱子、給隔壁第四間自閉小男孩的賽車），也會修東西（窗戶、單車、所有我打破的杯盤，甚至是洗衣機）。

我所不知道的是，插畫家和其他行業一樣骯髒下流。你得先入行，向編輯和經紀人推銷自己的作品集，一定要先建立人脈，再充分運用。從我和查理躺在床上，出門玩時聊天的內容，我得知查理的內心深處一直都知道，藝術學院每年都有很多年輕、飢渴、有才華的插畫家如尼加拉瀑布般流洩而下，帶著他們的作品集、野心、新鮮又新穎的想法湧入這個行業。

我很想像隻老虎般為他奮戰，當他的謬思與經紀人，幫他出手，可是他太隨性了。也許他的藝術家性格太強，這一點使我對他又愛又恨，沮喪到想用手抓牆壁。他非常有才華，所以我不多說，只是努力向人們解釋這一點，但只有那些認識他、看過他作品，甚或是看過他工作的人才會眞正了解。他瞪著畫紙時有一種特別的眼神，使用線條和顏色時的節約靈巧，把它們放在正確的位置，知道什麼時候該停手，那是一種令人不可思議的靈感。我才不要當那個阻止他發揮潛力的嘮叨女人。我看過那部可怕的老電影，我才不要當那個臭婆娘說著，「好了，李奧納多，如果你非做不可的話就去畫《最後的晚餐》，不過別以為我會在這裡等你回來。」

他總是說會以自己的方式進行，有自己的時間表，有時這表示他完全不做，置截稿日期於不顧。我無法忍受這種事，老天知道我們很需要錢，我們的貸款那麼大一筆，加上我跟梅格開公司創業，兩者加在一起已經夠慘了。可是不只是錢的問題，我最痛恨的是浪費才華，這種事讓我痛恨到牙癢癢，抓狂易怒。我要自己閉上嘴巴，嘮叨只會使情況更糟，可是卻經常失控。查理最喜歡的書是梵谷的書信集，那是他的聖經，我讀過之後認爲梵谷需要的是一個好女人和醫療協助。但他卻畫了那些畫之後自殺。

地上散落著紙張和信封，有些沒拆。有些書倒放著，書背已經裂開——一本關於黑洞，另一本關於新的進化理論，還有西洋棋選集。梵谷書信。查理的週末清晰地呈現在眼前：喝茶、咖啡、去高門森林公園慢跑、看電視、翻翻書、雜誌、做些屋子的修繕工作、和朋友喝一杯、上網幾小時、吃外賣，然後在某個點強迫自己開始處理帳目。他把桌上和旁邊那一大疊文件分成幾小疊，在房間四周排好，看了這恐怖的景象後再度撤退。他大概就是這時候打電話給山姆的，這種時候總是需要朋友幫你分散注意力，無視眞正該做的事。

廚房看來像被搶過、遭到破壞，我趁他們看電影時把廚房打掃得乾乾淨淨，把東西收進櫃子裡，順便整理櫃子裡的東西，有些丟進垃圾袋，剩下的放回去。查理進來時我快做完了，彷彿爬了一座山，正站在山頂看著陽光下的美麗山谷。

「我本來要收了。」查理說。

「沒關係。」我說，「我本來就打算要整理。」

「整理？」

「我把櫃子裡的東西也整理好了，丟了很多東西，例如那個攪拌型冰淇淋機，攪拌棒不見了。」

「我打算修理的。」

「怎麼修？用什麼修？現在又不是十九世紀，已經沒有那種可以讓你買零件的店了，需要的話買台新的還比較便宜，可是我們並不需要，因爲我們從不做冰淇淋或手工義大利麵。那台機器生鏽了，所以也被我扔掉了。其實，我們除了吐司和培根蛋之外什麼也不會做。」

「經過這麼忙碌的週末之後，」他說，「妳怎麼有辦法做這麼多事？我敢打賭妳幾乎沒睡。妳不是應該累壞了嗎？」

「正好相反，」我說，「整理廚房有助放鬆，效果很好。」

「妳知道，我很喜歡妳穿那件睡衣，可是有時候很後悔買給妳。」

我知道他的意思，但假裝聽不懂。我覺得身體不對勁，無法想像被人碰。

「我看了一下你的書房……」我開始說。

「我知道，我知道，」他說。

「你的稅單上星期就到期了，不是嗎？還是兩個星期前？」

「我很快就會弄了。」他說。

「讓我看看。」

「別傻了，已經十一點半了，了解妳的人就會知道妳大概整個週末都沒睡，而且還得管理自己的公司。」

「我不累，我只是想很快看一下，來吧。」

我穿上脫鞋和睡袍，拉著查理進他的工作室，那眞是個可怕的地方。

「好像我的大腦解剖圖一樣。」他帶著微笑說。

「別這麼說。」

「我保證明天會處理，」他說，「我甚至會打開那些信，信封上印著紅字的那些。」

我深呼吸一口，「我們成立KS的時候，主要得到的建議是和客戶保持聯絡，不要失聯讓客戶擔心。這些，」我指著眼前駭人的景象，「就像小孩摀住眼睛就以爲沒人看得到自己。」

他扮了個鬼臉。

「查理，我們可不想失去這棟房子。」我說。

「沒那麼糟啦，」他用輕鬆的語氣說，「妳隨時可以殺了我詐領保險金。」

我拿起今晚的第二個垃圾袋和一本筆記本，開始工作。我先拆開所有的信件分門別類：眞正有意義、經過意識的整理。起先查理抗議，後來則躺在舊沙發上半睡半醒，偶爾在我大聲問問題時醒來。信封、便條紙和其他垃圾都進了垃圾袋，接著我把所有的東西都讀過一遍，先依主題分類，再依照可怕的程度分類。查理沒有好好記帳，所以我做了一個可以馬上用的簡略帳目表，勉強可以給稅務員看。

我叫醒查理，他去泡了熱巧克力，我們用消化餅乾沾了喝。我的雙腳很冷，感覺到自己的速度減緩，眼皮後方出現一股巨大的疲倦感，等著出擊。我把可以不予理會的那疊文件放在地上，在帳冊上塗寫、記筆記、推推查理問問題、減少數量後再重新分類，一再篩檢，一再篩檢，最後只剩下六份非得處理不可的文件。三份是未付帳單，三份是沒有寄出的請款單。

查理又睡著後，我在最下面那層抽屜看到一封揉成一團的信，彷彿他生氣地揉成一團丟進那裡。不算簽名的話上面只有三行字，是一家出版社拒絕他的一本漫畫小說，我甚至不知道他在進行這個計畫。我輕輕關上抽屜，看看查理，他的頭歪向一邊，柔軟的頭髮披在一隻眼睛上，嘴巴半開，從喉嚨深處發出打呼聲。他沒有告訴我，而是把信藏起來，假裝不存在。體內一股劇烈的溫柔使我感到撼動而不安。

「裡面有些眞的很棒。」他醒來時，我指著桌上的那疊圖畫開朗地說。我和梅格的那一張除外，上面的我看起來骨瘦如柴，像卡通人物一樣抓狂，已經被我偷偷揉成一團丟進垃圾袋。

「那沒什麼，」他揉揉眼睛說，「只不過是些愚蠢的塗鴉。」

我好奇地看著他。「你已經不喜歡了是嗎？」

「什麼？」

「畫畫。」

他聳聳肩。「只是工作而已。」

「那不只是工作，你很拿手，才華洋溢。天啊，如果我有你的才華就好了，而且你以前很喜歡畫畫的。」

「那是在我不得不做之前，成爲一份工作之前。就像妳一直告訴我的，我們得繳貸款。」

「你眞的覺得只是苦差事？」

「荷莉，已經凌晨兩點了，不適合談這件事。」

「那就不要做了，」我說，「你不需要這麼做的。」

「妳在說什麼啊？」

「你知道你最愛做什麼，又讓你覺得很滿足嗎？做東西，修東西，我看過你臉上的表情，你該做這個。」

「我該修東西？」

「對，別當藝術家或插畫家了。重新接受訓練，重新接受訓練當……水電工。我常常讀到報導說實在太缺水電工了，所以他們愛收多少錢都可以。我們可以申請二胎貸款讓你去當學徒。你會很愛的。」

「所以我在妳眼裡是這樣的人嗎？我該修水槽、水管、清理阻塞的水溝。」

我聽到危險的警示，但不予理會，「總比整天坐在這裡、無法工作、發呆、悲慘、面對我的怨懟還好。就這麼做吧。」

「所以，妳在蘇活區當顧問或激勵人心的人，或者不管妳他媽怎麼稱呼的工作，而妳老公做什麼？喔他是個水電工，馬桶不通的話知道該找誰了。」

「爲什麼不行？查理？當水電工有什麼不好？」

「我以爲妳相信我。」

「我相信你啊——我當然相信你。」

「我以爲妳說我的前途無量。」

「我只是希望你——」

電話鈴聲響起，我們困惑地看著對方。

「誰他媽的會在這種時候打電話來？」

一陣擔憂穿過我體內，我搶著去接，可是被查理接到。「喂？喔。」他的表情改變，聲音也不那麼衝了。「沒有，不可思議的是我沒在睡。對，對，好，我馬上過去。」他放下電話。

「出了什麼事？」

「娜歐蜜驚慌失措，需要我幫忙。」

「大半夜的？」

「她看到我們的燈亮著。」

「有什麼事這麼緊急？」

「她聞到燒焦的味道，擔心可能電線走火。」

「她不能打給別人嗎？」我說。

「她有打給別人啊，」他說，「就是我們。」

「現在是半夜。」

「我知道，我知道，」查理說，「而且我是修水管的，不是電工。可是她是鄰居，如果她家燒起來我們家也不保。」

「查理，快點回來，我們不能這樣講到一半。」

「我還以爲妳都全部解決了。」他說完就走了，我聽到大門重重關上的聲音，他的腳步聲在沉默中迴盪著。

我坐了一會兒，思索著我們之間的對話，看到他冷酷而憤怒的表情。接著，我把每疊文件放在不同的檔案夾裡，撿起所有的鉛筆和原子筆放進玻璃瓶，把垃圾塞進垃圾袋裡，把所有的馬克杯和菸灰缸都收到廚房，用抹布把每一個表面擦乾淨，最後坐在他乾淨房間裡乾淨的桌前，把頭放在手臂上，憂慮地淺淺睡去。

我突然醒來，彷彿墜落般僵硬不安。我看看手錶，已經快五點了，我拖著沉重的腳步上樓，查理卻還沒回來，我煮了一大壺濃咖啡，打電話給娜歐蜜。

「娜歐蜜，我是荷莉。」

「荷莉！天啊，對不起我毀了妳的夜晚，查理救了我，有一條電線出了問題，電線外露，變得很燙。他先包起來，可是得把牆上的箱子螺絲轉開，然後解開——」

「夠了，」我睡眼惺忪地說，「我煮了一大壺咖啡，過來喝吧。」

「我沒有妳的精力，我得上床睡覺，不是喝咖啡把自己叫醒。」

十分鐘後，查理帶著茫然不知所措的表情回來，我帶他到書房裡，他睜大眼睛，不只雜物都清光了，還打掃得乾乾淨淨。

「來，」我把手上那張紙交給他，他面無表情地看著，「我幫你寫下來了，很簡單，你得在十點鐘連打四通電話，再寫三封信，我幫你擬好草稿了。沒有看起來那麼糟。你得先寄出請款單，客戶才會寄錢給你。」

他看著那張紙再看看我。「妳怎麼有辦法完成這些事？」他說。

「我只要一動手就一定要有始有終。」

「我不知道該說什麼。」

「先前的事很對不起。」我說。

「不，不，該道歉的是我。」

我雙手抱住他。「我們沒事吧？」

「我要去淋浴，」他說。「然後我們該睡個覺。」

「現在上床太晚了，」我努力不去注意他並沒有回答我的問題。「我覺得可以吃點早餐，趁我上班前去散個步。」

「妳不是該累壞了嗎？」

「睡眠沒那麼重要，」我說，「還有很多有趣的事……」這些話在我的嘴裡打結說不出來，像太乾吞不下去的東西。「其他事，你懂我的意思嗎？」

「不確定，」查理說。「妳超越我太多了。」

「那是恭維嗎？」我問，不過他沒有回答。

8

走路的時候比較容易思考，也比較容易放空，只要邁開步伐，踏出腳步，沉浸在冷空氣裡，便可無視映入眼簾的風景與掠過耳邊的聲音。

那天早上，我從拱門區一路走到位在蘇活區的公司，沿著繁忙的大馬路走了約六英里，經過令人暈眩的橋時努力不要往下看，再下坡到肯提許鎮路與肯頓大街。我在一家小咖啡店喝了一杯完美的咖啡，向一個年輕人要了一根不法香菸來抽，偷聽兩個女學生討論戴牙套舌吻的困難。接著，我沿著漢普斯特路走到圖騰漢廳路，然後就到了公司附近。我看看手錶，包括咖啡店的停留在內，好像只花了一個半小時，我似乎走得很快，或許沒有六英里那麼遠，也有可能我真的走很快。我注意到自己雙頰通紅，滿頭大汗，頭髮黏在額頭上。

我在盧伊吉咖啡店買了一個罌粟籽馬芬，靠在公司外的牆上吃，讓自己的身體冷卻。一名穿著直排輪的女子優雅地朝我滑過來，經過我面前時露出大大的微笑。直排輪好像不會很難，也許我該買一雙來穿穿，每天早上可以用滑的衝向辦公室。

「嗨！」

「梅格，我沒看到妳走過來，我在想別的事情。」

「睡得好嗎？」

「還好。」

「我十點不到就睡了，八點起床，眞是太棒了。」

「妳看起來不太一樣，」我說，「妳把自己怎麼了？」

「哪有！」

「明明就有，妳的頭髮不一樣。」

她臉紅伸出一隻手，「我買了型錄上賣的直髮器，今早試用了。」她說，「每天照鏡子都看到同一張臉跟同樣糾結的頭髮，」接著她防備地問，「很難看嗎？」

「不會，可是妳的頭髮不是糾結，是自然捲，很漂亮的自然捲，我眞希望自己有妳那樣的捲髮。」

「荷莉，別傻了，妳不會想要的。」她說完嘴巴緊繃，瞇起眼睛，看起來像另一個人。前一天我告訴查理他該去當水電工時，他也是這個表情。接著梅格露出微笑說，「改變一下也好，反正風向改變就會自動捲回去了。還有一件事……」她停下來。

「什麼事？」

「我不確定該不該告訴妳。」

「說吧，這下子妳一定要告訴我了。」

「有一個男的打電話給我，他沒說是誰，只說認識妳，妳快遇上麻煩了。他說我們都自食惡果什麼的，聽起來很邪惡。」

「他帶著一把大鐮刀嗎？」

「荷莉！」她語帶譴責地說。

我想不到該說些什麼。

我們公司有三間廁所，我在十一點五十一分時走進最大的那一間，蓋上馬桶蓋，捲起外套放在上面當靠墊，脫掉鞋子坐在地板上，滿懷感激地把臉靠在溫暖粗糙的外套上，閉上眼睛。

隔壁的廁所馬桶沖水，我睜開眼睛看看手錶，十二點十五分，腦袋裡那詭異的嗡嗡聲似乎消失了。我起身穿回鞋子，拿起外套走出廁所，洗手洗臉，在小鏡子前梳好頭髮，大步走回辦公室裡。

「我們收到黛博拉的律師信，他威脅要針對她的不公解雇採取法律行動，」我在梅格對面坐下時她說。

「會有什麼問題嗎？」

「我請克里斯下午過來討論。」

「也許我害了公司，」我說，「對不起。」

「還有，有人正上樓來見妳。」

「是誰？」我急忙無助地翻著行事曆。

「他沒說，只說要來見荷莉．克勞斯，我以為——」

「沒關係。」

可是確實有關係。李斯從辦公室另一頭向我走過來，臉上的笑容不變，我再次感受到強烈的反胃。

「哈囉！荷莉。」

我感覺得到好幾雙眼睛正好奇地看著我。

「我對你無話可說，」我冷淡地說，「請離開。」

「噢，我不是來見妳的。我有點不知所措，所以來看看妳的工作環境，妳知道，了解一下妳的生活。妳一定是梅格。」

「沒錯，有什麼事嗎？」

「我們昨晚通過電話，記得嗎？」

「這樣的話，我認爲荷莉說得對，你該馬上離開，」她表現得很大方，「還是要我報警？」

「這裡的員工全都是女生嗎？」

梅格拿起電話。

「別擔心，」他說，「我這就走，」他看看我，用手指捏捏我的臉頰，很痛，「荷莉，我會等妳的電話，不過我不會等很久的，也不會消失。」

我把數字和日期輸入螢幕上正確的空格裡，眞是不可思議，我是怎麼做到的？我感覺得到梅格沒有離開。

「怎樣？」

「那個男的很危險，」梅格說。

「喔，我不覺得，只不過是個討人厭的傢伙。」

「荷莉，妳有沒有聽到自己在說什麼？」

「沒有。」

「妳告訴查理了嗎？」

「妳知道那種感覺嗎？當機器順利運轉，所有的嵌齒跟輪子都緊密配合，也上了油，妳覺得可以這樣一直一直繼續工作下去。然後李斯出現了，就像一個多餘的螺絲釘掉進運轉完美的機器裡，妳知道如果不馬上處理掉，他就會發出恐怖的金屬摩擦聲和火花，零件會飛出來砸到妳，然後機器摩擦、扭轉發出恐怖的鏽蝕聲，接著停止運轉，妳知道那種感覺嗎？」

「所以妳還沒告訴查理。」

「沒有，我不會說的……怎麼？妳不是眞的認爲我該說吧？」

梅格看著我，我無法解讀她的表情。接著她轉開頭，手指敲著桌面，「有時候，」她的聲音低到我幾乎聽不見。「事情講開比較好。」

「有時候是這樣，」我說，「可是有時絕非如此。」

「荷莉……」她遲疑著說。

「怎樣？」

「無所謂，妳至少該報警。」

「不要。」

「所以妳打算不理會這件事，希望它自動消失？」

我想了一會兒。「我覺得，大部分的事情只要不理會它們夠久，就會自動消失。」

9

我覺得睡覺和死去很像，因此有時候很怕睡覺，就像那天晚上，明明知道自己已經累到傻了，還是不敢睡。我一面撥弄著查理買的外賣，一面不停說話，讓他沒機會問問題，只要有一秒鐘可怕的沉默我就趕快開口填補。我們看電視新聞和益智問答，我一直大喊錯的答案。最後，查理關掉電視，說他累了要上床睡覺。

「我馬上去，」我說，「很快。」

我泡了一杯茶，希望鎮靜下來，可是茶的味道很怪，喝起來像發霉的稻草。我又打開電視切換頻道，等著什麼東西吸引我的注意力，但我的專注力卻維持不了幾分鐘。螢幕上的面孔斜眼看著我，話語在我的耳朵重擊，卻毫無意義。一點半時我終於爬上樓，腳趾踢到房門痛得哇哇叫。

查理半睜開右眼。「荷莉？」他咕噥著問。

我等他回到夢鄉後才打開床頭燈。我喜歡在失眠的時候讀詩，詩和食譜。我從不煮飯，不過總有一天會開始，到時候，我的腦袋裡已經裝滿令人垂涎的食譜，就像這個煙燻黑線鱈和貽貝派的食譜。

我覺得餓了，因此又把自己拉下床，拖著沉重的腳步下樓開冰箱。這個對兩個人而言太大的冰箱裡，通常只有咖啡、啤酒、奶油，和查理堅持要買的優酪乳，讓我想起用人工糖精的奶凍。不過，今晚冰箱裡卻有我不記得看過的醃醍魚。我吃了一半，半夜吃起來太鹹了，讓我想到海浪打在布滿帽貝的岩石上，指節磨傷的男人用網子撈起翻騰的銀魚。

我回到床上，把自己冰冷緊繃的身體靠在已經入睡的查理溫暖的身體上，努力回想過去一星期睡了幾個小時，可是好像很困難，算著算著就亂掉了。我抱著查理——我親愛、溫暖、踏實、善良而令人信任的丈夫——嘴脣貼著他的頸根。

「從現在開始，我要放慢腳步。」我抵著他堅實的皮膚說，「我要很乖，改頭換面到讓你不認得，我會變成一個完全不同的女人。」

黎明溫柔地出現時，我驟然睜開雙眼，想起答應翠莎幫她找出訓練日的資料卻忘了，半夜時我想到曾經答應一個無家可歸的女人要給她毛毯，她總是坐在往公司路上的地鐵站外。我動作迅速地穿上衣服，今天要對一群男性客戶演講，因此穿了皮褲搭配套裝，接著一次兩步跳下樓梯，打開電熱水壺，電腦嗶的一聲開機。

七點鐘時，我用咖啡叫醒查理，在櫃子裡找早餐麥片。其實我痛恨早餐麥片那甜而軟爛的厚紙板口感，但我用湯匙戳著麥片，再把碗裡的東西倒進垃圾桶。查理今早沒有刮鬍子，他瞪著報紙，沒有翻頁。

「你睡得好嗎？」

他咕噥了什麼。

「我沒睡好，又失眠了。」

我斜眼看著他的報紙背面，「『害怕打擾小毒蛇』六個字母，是『討厭』。對！這樣算不算很厲害？那『每晚出現的大人物呢』？貴賓，不是，明星！明星！好，十三個字母，『從來不在白天工作的警覺男子』……」

查理折起報紙，塡字遊戲消失了。

我一進公司就接到梅格的電話，聲音很不清楚。「荷莉，我身體很不舒服，可以請假一天嗎？」

「當然可以，」我說，「請帶著熱水袋上床休息。我可以幫妳做些什麼嗎？」

「大概只是快感冒了，加上很累，我不像妳，沒辦法一直衝。我明天會進公司，不過，我今天下午本來要開車去貝福德附近看看那個地方，過一陣子再去應該沒關係。」

我連忙在腦袋裡算了一下；今早稍晚要和一群管理顧問談話，不過那不會撞期，我可以延後跟電腦部門的會議。「我可以代替妳去。」

「妳確定嗎？我不想把事情都推給妳，妳最近很辛苦。」

「不會，眞的，沒關係，沒問題，交給我。」

二十四歲不算是老處女，前幾年我還單身時，朋友會邀請我參加聚餐，幫我撮合對象，只不過這些聚會通常不是很成功。我不擅長遵循計畫，認爲人生中重要的事物並不是靠追尋而來，相反的，它們會在妳做其他事的時候恰巧在妳視界邊緣出現。所以，當我被告知某某某是我喜歡的類型時，會有種受辱的感覺，居然有人眞的清楚我喜歡的是哪一型。我整個晚上都專注地和坐在餐桌另一邊的已婚婦女交談，完全無視被刻意放在我身邊那個也許很棒的年輕人。更糟的是，有時朋友想更低調一點，我卻不明白，否則就是後知後覺。我就像不咬餌的魚，因爲根本不知道有魚餌可咬。我會把咖啡捧到嘴邊，停下來對自己說，「原來今天晚上就是爲了這件事啊。」

有時候，情況的發展正好相反。有一次，我跟一個很不熟的朋友吃飯，席間有三、四個完全不認識的人。那天晚上似乎一切都很順利，顏色鮮豔了些，焦點尖銳了些。我隔壁坐了一個很帥的男生，非常完美，彷彿從A片走出來的角色，做的是安排環遊世界遊艇比賽那類很誇張的工作，一身古銅色皮膚，身材高大，我還記得他叫葛倫。我決定要讓他當天晚上就愛上我，因此豔光四射，反應比旁人快兩倍，總是搶在大家之前回答。當時，我以爲戲院裡表演成功的演員就是這種感覺，完全震攝觀眾。妳知道，就是知道，不只是因爲笑聲與掌聲的熱烈程度，還有沉默的張力。我離開時覺得那是這輩子最棒的一夜，我很快樂。知道自己很快樂，因而使我更加快樂。

我在回家路上才發現我沒有葛倫的電話號碼，而他也沒有我的。不過沒關係，他不必拿著一隻玻璃鞋在倫敦找我，可以向我的朋友要電話。未來我們會回顧這天晚上，笑談我們認識的方式，電影裡人們認識的方式。我知道想重新體驗一次美妙經驗時總是要小心，但這一夜實在太精采，也許我們全都很快就會重聚。我寄了一張愉快的明信片給安妮，表達自己很盡興，曖昧地提到葛倫，可是完全沒有消息，也沒有接到她的回覆，葛倫也一樣。我在一年後的一場派對上遇到安妮，提到那次的晚宴，她只是順口說了些什麼，我問到葛倫時，她語意模糊地說不確定，擺明就是很不友善的樣子，她看著我的身後，用無禮的藉口離開。

我在內心不斷回想那一夜，努力從別人的角度觀察，難道是我自欺欺人嗎？我以爲自己魅力四射，其實根本就是喧嘩魯莽？我努力回想其他人的反應，卻完全想不起來。也許那就是問題所在，也許我根本沒有給別人機會開口。

我不確定只是我、還是大家都有這種問題，自己的感覺和旁人的感覺有落差。我還以爲自己是在讓葛倫無可救藥地愛上我，他卻如一股塵煙般消失。還有那悲哀的李斯，根本只是隨性、毫無意義、令人厭惡的一夜情，他卻以爲我們注定要在一起。我不知道他是愛我還是恨我，或哪一個比較糟糕。這些代溝。如果我能了解這個世界的運作方式就好了，如果我知道別人的想法就好了。

這樣的落差比比皆是。妳戴著耳機，以爲自己用正常的聲音說話，人們卻皺著眉頭，因爲其實妳在大聲吼叫，諸如此類。我知道我的人生還有我的腦袋都失控了，我的腦袋出現了一場風暴，我得做好準備勇敢面對，就像葛倫和他的環遊世界遊艇。在那如今已成爲傳奇的晚宴上，我曾經問他遇過最大的風暴是什麼，如今回想起來卻不記得他的答案，也許我根本沒有給他機會開口。

人生就是如此。妳眞的希望順利進行時反而變成災難一場；妳不在乎時大家卻都很愛妳。當我對著這群生意人發表演講時，其實心事重重，卻進行得很順利。我沒有看筆記，只是走上講台，張嘴說出早已熟悉的字句。負責介紹我的那個人不肯放我走，不斷重提我說過的話，問我策略，要我去參觀他們的辦公室，看他們的工作情形。聽起來，這場演講的成果很豐碩。我趕回公司跟翠莎開了個會，蘿拉幫我安排租車，我喝了杯雙份義式濃縮咖啡後就趕緊跳上車，撲鼻而來的是眞皮、松木和清新的味道。離開倫敦時一如往常花了點時間，我像個通勤族，只是沒有鄉下的別墅。我在牛步般的車陣中變換車道，在紅綠燈前踩油門，焦慮地看著儀表板上的時鐘。我知道準不準時無所謂，卻覺得很重要。

我在號誌燈前用力踩油門離開，輪胎發出尖銳的聲音，後面的車子憤怒地按喇叭。到了下一個紅綠燈，我抬起頭看到那輛車就停在我旁邊，一名男子透過車窗無聲大叫，彷彿我無法想像他在說什麼，他在空中戳著中指。他身邊的女人也在大叫，我看著她扭曲變形的臉龐，把食指放在額頭上，對著窗外無聲地說「瘋子」，他們的面孔更加憤怒扭曲。號誌改變，我飛馳到前面無車的馬路上。

接下來，那輛紅色福特伴遊轎車快速開過，在我前面煞車強迫我停車。那個男下了車，活像隻大蟑螂般衝過來，我也開門下車。

「有什麼事嗎？」我說。

「賤女人，」他說，「妳在玩什麼把戲？」

他向我走來，我低頭看著自己正在往上伸的左手，覺得指甲有點長了，今晚得記得剪指甲。我的手指彎曲，我看到婚戒、指節，看到他大吼的嘴巴，然後伸手揍了他一拳，使盡肩膀的力氣一拳砸在他的嘴唇上，讓他吞下自己的話。

他立刻彎身跪在地上，彷彿在禱告或懺悔。

「守夜人，」我說，「『守夜人』就是那個填字遊戲的答案，沒錯！」

我後退幾步，後方一陣騷動。那個女人也下了車，歇斯底里地朝他走去，捧起他的頭。他的臉上毫無表情，嘴巴無聲而震驚地張開，牙齒沾著血跡。我慢慢走回車旁，看著他像手風琴展開一樣慢慢起身，我則鎮靜地上車開走，甚至沒有遲到。

我和查理、山姆、梅格的表哥路克一起去看電影。我邀請梅格時，她說已經舒服一點了，也許可以一起去，卻在最後一分鐘取消，又不肯說明原因。電影散場後我們一起去吃印度菜，不過我只是假裝在吃，把盤子上油滋滋的紅色肉塊推來推去，把米飯堆成一堆。我應該是瘦了。那天早上量體重時，體重計上的單位是公斤，我把它乘以二點幾再除以十四，想變成看得懂的數字，可是得到的數字沒有意義，不是我熟悉的度量衡單位，所以一定是我算錯了。也許我正在消失，終究會變成隱形人，或填滿整個世界，很快就沒有容納他人的空間了。

查理一度越過混亂的桌面握著我的手，我退縮了一下，首次不經意地對指節上的深色瘀青產生興趣，起先很疑惑，隨即想起那個被我揍了一拳的男人。我注意到瘀青時才開始覺得痛。

「你該看看另一個傢伙，」我說。他們都笑了，我則笑得比他們還大聲。

我們十點半到家，山姆和路克進來喝咖啡，接著門鈴響了。站在門口的娜歐蜜拿著什麼東西說，「幾個小時前有人送包裹來給妳，」她說，「是快遞送來的，我只好簽收，可是塞不進你家信箱，我以爲可能是重要的東西。」

「謝謝，」我接過來。

「荷莉，妳還好嗎？妳看起來不太一樣。」

「只是有點累，我是說筋疲力盡。妳要不要進來坐坐？」

「妳確定嗎？」

「愈多人愈好，」我說，她跟著我進了客廳，坐在山姆和查理中間，像隻豐滿漂亮的貓。

「打開妳的包裹吧，」路克說。

我用力打開襯著內墊的信封，裡面裝滿那種可怕的灰色絨毛，弄得到處都是，我還在過程中戳到一根訂書針，割到手指，「我討厭這種東西，應該跟保鮮膜一樣被禁止。」

「來，讓我開，」查理說，接過信封拉開，把手伸進去，「保鮮膜有什麼不好？」

「就——」我開口說又停下來。

「這是什麼？」查理說。

我看著他掛在手指上的輕薄黑色物件，突然覺得全身發燙，感覺得到額頭上的汗珠。

「只是個愚蠢的宣傳手法。」我的音調升高，裝作沒事般一把抓走，「誰會覺得這是聰明的做法？居然會有一群穿著西裝的中年男人圍坐在亮晶晶的桌子前，其中一個說：『我們該寄性感內褲給所有客戶。』」

娜歐蜜翻過信封。「荷莉，這是在宣傳什麼？」

「那就是手法，」我絕望地說，把內褲貼在發熱的臉頰，發現沒有洗，上面都是我的味道，我羞愧地臉頰發燙。「目的就是要讓妳好奇。」

「嗯，的確達到目的了。」路克竊笑著說。

「接著還會有其他的東西寄來，」我繼續掰，「妳才知道到底是怎麼一回事。他們一天到晚這麼做，這是最新的手法，快把我搞瘋了。總之，希望他們不要寄這種東西到家裡給我。看，連尺寸都不對。我永遠不會穿這種東西，對不對。我該直接丟進垃圾桶裡，對吧？」

查理不發一語，看著我抓在出汗的手上的內褲，又看看我。

10

我在吧檯點了辣味番茄汁。才五點二十分，夜幕已經漸漸降臨。秋天即將遠離，眞正的冬天來臨，帶來灰暗低沉的天空與漫漫長夜。處在某些心情時，我並不害怕黑暗，反而喜愛那宛如被絲絨包圍的感覺，彷彿受到保護。

「我就知道妳在這裡！」

我轉身看到一張認識的面孔，一時之間卻想不起來是誰。雪白光滑的面孔，往後梳的深色頭髮；不過那迷人的臉龐卻充滿敵意，血盆大口中發出連珠砲。

「荷莉．克勞斯，看妳在這邊逍遙地大口暢飲。」

「黛博拉，」我嚇了一跳，「妳在這裡做——」

「妳以為不會再見到我了是嗎？我告訴過妳，我沒那麼容易打發的。」

「妳想怎麼樣？」

「我想怎麼樣？我想怎麼樣？我想要我的工作，我想要保住我的公寓，我想要回我的自尊心。我想要一個道歉，我要妳卑躬屈膝，如果不行的話，我要讓妳慘輸，我會做到的，妳等著瞧。」

我聳聳肩，彷彿一點也不在乎。「如果妳有話要說，得跟我們的律師談。」

「對啦對啦，我們跟葛雷姆律師在處理了，可是我也想跟妳處理，面對面。妳不能毀了某人的人生，還想就這麼交給律師處理。」

我看著她奶油色的臉龐、濃眉與紅脣。「黛博拉妳聽我說，我不想在這裡討論——」

「妳不想討論，」黛博拉說，「不想？可憐的荷莉。」

她向前一步，我退後一步，結果被擠在吧檯前。

「我認為妳需要協助，」我說，「醫療協助。」

她的臉因憤怒而變形，好像一張面具在眼前裂開，我無法轉移目光。

「妳居然敢暗示是我有問題？」她厲聲說，「妳好大的膽子！妳先是開除我，又說我有病，我唯一受不了的是妳。」

她舉手用力甩了我一巴掌，把我手上的杯子打翻。番茄汁以弧形潑在我們兩人身上。我看著她白襯衫上的紅色汙漬，濃郁的果汁從她臉上滴下，「噢！妳看起來活像一幅傑克森・波拉克的畫作。」我愉快地說。

「荷莉，妳還好嗎？我能幫忙嗎？」

一名高瘦、動作笨拙的男子出現，鷹勾鼻，雙眼有點太近，一撮灰白的金髮。白襯衫、黑色皮外套、灰色燈芯絨長褲，綁鞋帶的短統麂皮鞋。是週末認識的史都華，早洩男，覺得在兒子面前是透明人那一個。我對他露出微笑，總算有那麼一次很樂意在非上班時間見到客戶。

「我敢打賭，我知道你的家具都是在哪裡買的。」我發出的咯咯笑聲連自己都覺得有點瘋。

「家具？」

「ＧＡＰ，反正那件一定是ＧＡＰ的經典款襯衫。對，既然你問了，是的，你可以幫忙。你可以請黛博拉——對了這位是黛博拉——再買一杯番茄汁給我，乾洗費就不必了。」

「這也是妳的情人嗎？」黛博拉問，「另一個妳誤導的男人？小心點，」她轉向史都華說，「她把你利用完後就會一腳踢開。」

「我們去看展覽要遲到了，」史都華對我說，不過很好奇地看著黛博拉，「穿上外套，我們走吧。」

「我跟妳還沒完，」我穿上外套時黛博拉說，「妳等著瞧，妳不能突然毀了別人的人生卻這麼一走了之。」

我把手伸進史都華的臂彎。「我們走吧。」

「再見，」他帶著奇妙的騎士風範對黛博拉說，「很遺憾我們在這樣的情況下認識。」

「噢少來了。」

他遲疑了一會兒，凝視著黛博拉憤怒又美麗的臉龐後才轉身離開。

「我會毀了妳，」她在我們背後大喊，「別以爲我不會，賤人！」

「謝謝你幫我解圍，」我們來到街上後，我把手拉出史都華的臂彎，「我眞不敢想像你是怎麼想的。」

「很有意思，我覺得像妳的白色武士，妳對她做了什麼？」

「只是公司裡的問題。」

「唔，看來問題似乎失控了。」

「對，」我雙腿發抖地說，「你大概說對了，也許她有權利叫我賤人，我不知道。」

「妳做了什麼？」

「基本上就是不得不開除她了。我們公司很小，像個大家庭，我們得互相信任，否則整間公司會垮掉。我知道自己有時候有點衝，妥協並不是我的長處。查理總是說，我吵架時從不花時間鋪陳，而是直接大爆發。可是，我猜我們該想辦法和解，如果請律師花好幾個月的時間處理的話，每個人都是輸家，我知道梅格和翠莎是這麼想的。」

「我可以爲你們做些什麼嗎？我可以幫忙擔任中間人，不需要法律費用。」

「不用了，別傻了，你眞好心，不過這是我的錯，我的問題，如果有人該出面解決，那應該是我。」

「我會說這件事並非解鈴還需繫鈴人。總之，我的工作性質就是解決人事問題，就算讓我幫個忙吧。」

「沒有用的，你都看到她什麼樣子了。」

「很凶悍，」史都華同意，「至少讓我試試看。她的電話號碼幾號？」

「我不知道，翠莎才有。」

「翠莎？」

「她在公司裡，你可以問她。查電話簿也行，她叫黛博拉．崔克特，我知道她住在肯寧頓區，我記得是楊柳巷。」

「黛博拉．崔克特，楊柳巷。」他重複。

「我不覺得該這麼做。」

「這是個挑戰。」

「史都華，我該回家了。」

「可是妳要來看展覽，那不只是完美的隨機應變而已，我是真的要去參加朋友的展覽開幕，離這裡不遠，一起去吧，也許會很好玩。」

「你人眞好，要是改天我可能會去，可是我最近很忙，今晚實在沒辦法，已經沒力了。」

「這話聽起來不像妳。」

「什麼意思？」

「沒力，我就是爲此想跟妳談談。那個週末很棒，那不是我們會去做的事，我猜大家都做了那愚蠢的木筏練習，不過公司那些人後來眞的很士氣高昂。這都是妳的功勞。」

「好吧，」我說，「我去一會兒，」我挺起胸膛，把肩包拉高一點，我的指節抽痛，腳跟有水泡，臉上彷佛針刺般刺痛，不過我不認爲眞的是有針在刺我的臉。我伸出一手要揉揉臉頰，結果戳到鼻子。

「什麼樣的朋友？」

「什麼樣的朋友？嗯，他是……」

「不是，我是說什麼樣的展覽？」

「喔，算是藝術，妳知道，用東西做成的物體，有點難形容，雖然很詭異，但有些很美。」

「太好了，」我說，「那我們走吧。」

我在人行道上踉蹌了一下，他伸手扶我，目不轉睛地看著我。「也許妳眞的有點累了。」

「我沒事，既然決定要去就走吧。」我的熱忱顯然是勉強裝出來的。

「在這邊，就是左邊那家『劍羚藝廊』。」

「我知道那一家，幾週前他們展覽用食物做成的鞋子。」

「妳走路總是這麼快嗎？」

「這樣算很快嗎？」

「荷莉，我們不是在比賽。」

「我們和時間比賽，可以贏的。到了，我們需要邀請卡嗎？」

「我有一張，適用兩個人。」

「兩個人，所以有人讓你失望了嗎？」

「是我讓某人失望。」

「啊。」

他推開大門，一時之間，人群、風雨、模糊閃亮的星星都不見了，我們走進一個明亮的封閉空間裡：發亮的白牆，擦亮的地板，天花板上一整排燈光一圈圈照射在地面的木頭上，輕聲細語傳來。我從迎面而來的托盤拿了一只裝滿冰涼黃色液體的細長酒杯，加入人群。

「乾杯。」史都華說，他似乎習慣用這種諷刺的語調。

「乾杯。」我舉起杯子，讓它在聚光燈下閃爍，喝下一大口，「我們去看看你朋友的作品吧，他在這裡嗎？是哪一個？他叫什麼名字？」

「他叫羅立，可能在隔壁房間，也可能躲在路口的酒館裡。」

「我喜歡，」我說，「真的，我想把那個東西放在壁爐上，你知道我不會跟你上床的吧。」

史都華似乎嗆到而劇烈咳嗽，我拍拍他的背。

「我老公叫查理．卡特。」他不再噴出飲料後我繼續說，「我應該告訴過你，他是個藝術家，不過我覺得他應該當水電工，你看，我戴著婚戒。」

「我看到了。」

「有時候我會摘下來，也許我不該這麼做。」

「妳看起來不像已婚婦女。」

「那是什麼意思？已婚婦女？也許很多維多利亞時期的小說用那種書名，不過我不知道那是什麼意思。是說我該烤海綿蛋糕，中間夾果醬和鮮奶油嗎？在廚房裡穿圍裙？到處跟人家說，『我是荷莉與查理』？打電話回家請求他的許可，例如現在？」我從口袋裡拿出手機揮舞著，杯子裡的酒潑灑出來。「我該打電話問他是否可以很仁慈地允許老婆和一個來自GAP、叫史都華的中年男子一起去藝廊嗎？你看，我喜歡那個作品，拋光金屬那個，既柔軟又閃亮。讓你想碰它，對不對？」

史都華瞪著我，一口喝光杯子裡的飲料，用力放在經過的托盤上，「妳總是這麼沒禮貌嗎？」

「我很沒禮貌嗎？」我把手機放回口袋裡，手機卻立刻開始震動，但我不予理會。「對不起，我眞的眞的不想對你無禮，我說過我有點累，如此而已。我是個白癡、笨蛋，不過我喜歡你。你不覺得當你遇到某些人的時候，馬上就會知道你們會不會成爲朋友？我跟你好像就是很合，也許更像是喝酒一次喝乾的感覺，如果你知道我的意思。他們說一段關係最重要的是一開始的前一、兩秒或什麼的，也許情人才是如此。我甚至不知道那是個很棒的想法，還是太恐怖的想法。可是這種想法並不會讓你覺得被掌控，對不對？也許不會。那個向我們揮手的是你的藝術家朋友嗎？天啊他好高，像巨人一樣，他看起來很荒謬，還是他讓其他人看起來很荒謬？」

「對，那就是羅立。」

我們走向他時經過一名身材高䠷的女子，一頭紅色長髮的她正在欣賞其中一座雕塑品。她大聲而清楚地對朋友說，「你不覺得有點像垃圾嗎？」

我看到羅立微笑溫和的臉突然一片空白，好像有人拿了一塊海綿擦掉所有表情，就連他的雙眼也變成深邃而毫無意義的凹洞。我向前直視著他，「我好愛你的作品，」我更大聲說，「眞的很愛，也許有些人看不懂，可是我眞的喜歡到要買一件，那邊那一件，」我用手指著。

「我很高興，」他的表情回溫，「你該見見我的經紀人，她正朝我們走過來。」

我背後的史都華正緊急厲聲地說他的作品有多貴，可是我不理會他。

「我可以開支票，」我說，口袋裡的手機像隻巨大的青蠅般又震動起來。「訂金，都可以。我該和你的經紀人處理嗎？」

「荷莉？」史都華又叫我，他成功拿到一紅一白兩杯酒，輪流各喝一口，「妳確定——」

「非常確定，如果不能花錢的話，賺錢又有什麼意思？」

半小時後，我前往女洗手間，覺得腦袋空洞異常，左頰討厭地抽動著。洗手間裡已經有人，她的錦緞披肩和昂貴的皮手套放在一旁。我認得這些東西屬於那個大聲說話的紅髮怪物，就是她侮辱了羅立。我立刻開始心跳不均，喉嚨緊縮，額頭冒汗。我笑著小小悶哼一聲，拿起披肩和手套塞進自己的包包裡，聽到沖馬桶的聲音時趕緊離開。

「我得走了。」我一碰到史都華就說。

「可是我們——」

「抱歉，有急事，我再打電話給你，你明後天也可以打到公司找我。很高興再見到你。再見。」

我衝出藝廊，緊抓著鼓起的包包跑到馬路另一頭，小聲發笑顫抖。我避開單車和計程車，鑽進小巷子裡，有人朝我按喇叭。我的手機又開始震動，這次我掏出來看，是查理，他很生氣。「荷莉，我打了好多次電話，妳他媽的到底在哪裡？」

「我在蘇活區，什麼事？」

「妳忘了我們有約嗎？」

「噢，天啊。」一陣厭煩攫住我的喉嚨，我受到驚嚇。我停下腳步，瞪著四周滿是垃圾的黑暗馬路，有幾個奇怪的男人流連在路燈投下的光暈中。「噢不。」

「妳忘了。」

「沒有！對，噢可惡，對不起，我現在就回去。幾點了？」

「快九點，我已經等了四十五分鐘了。」

我回去的路上都沒有掛電話，一路不停地道歉到家。

11

「我們需要的，」查理說，「是訂定計畫。」

「計畫？」

「今天不能算是生產力很高的一天。」

我的第一個想法是，我們居然得靠查理訂定計畫，我一定是遇上麻煩了。我的第二個想法是，他大概是對的。這天是星期六，前一天晚上我跟史都華去那個很爛的展覽，忘了和查理的約會。又是個精彩的夜晚。現在是下午四點十分。我九歲的時候，學校都在四點十五分放學，所以這個時間我已經唱了幾首聖歌、經過兩次遊戲時間、學數學，寫了一個故事，喝了一盒牛奶，吃過午飯，用黏土做了模型。如今二十七歲的我，今天又做了什麼可以見人的事？

不算多。我夢見自己應該要出門，不知道是移民還是出門度假，可是沒有差別。我找不到機票或護照，也想不起來該去哪裡。接著，我發現雖然我以爲行李已經打包好了，其實並沒有，所以從頭再進行一次，卻找不到包包放東西。還有一個問題是地上都是麥片，因此減緩我的速度。我一直看錶想避免遲到，卻無法看清楚錶面上的時間，然後就醒來了。夢裡未完成的行李打包，大概就是我這一整天建設性的忙碌程度。

床頭櫃上放著一杯已經冷掉的茶，我隱約記得是查理在幾個小時前端來的。我本應該起床做事卻起不來，不過，並沒有原本想像的那麼不舒服。我沒有生病，只是嘴巴味道很不好，皮膚發燙，通常這表示我快感冒了，需要更多時間才下得了床，我躺在床上，發現更多的徵兆，胸部裡面會痛，呼吸困難，彷彿房間缺氧。我在驚慌之下用力呼吸，結果吸進的氧氣超出肺部所能負擔。突然間知道溺水是什麼感覺。抗拒，抗拒再抗拒，四肢抽搐彎曲，然後幾乎像是解脫般，把水都吸進肺裡。我窒息、咳嗽，感覺到自己的呼吸。

我喝了一大口冷掉的茶，把棉被蓋在頭上。我不是已經夢想回到安全的床上好幾天了？我的皮膚黏黏的，身體在發抖。我伸手把棉被拉緊一點，卻拉不直。我們的棉被一直有這個問題，很久了，好幾個月了。我們買棉被時買錯尺寸，結果被套比棉被還大，也許總比被套比棉被小來得好，那樣完全不能用，只得設法解決。目前的問題在於，棉被像豆子一樣在尺寸過大的豆莢裡搖晃，剩下那些看起來像棉被，但其實並沒有保暖功能的下擺。更糟的是，棉被一直在被套裡扭曲變形，在這個時間點尤其糟糕，我努力調整，卻使問題更加嚴重。我覺得好像有人拖著我穿過狗大便，然後我一面用手指刮在黑板上，還被餵食杏仁餅。我發現自己挫折感深重地拉扯著棉被的縫線，但我真正想做的是把它扯成碎片，放火燒掉，讓它永遠無法再製造麻煩。不過我只是用棉被緊緊蓋著自己，感覺到棉被折疊起來後硬硬的部分，因此一點滿足感也沒有。

通常，當我躺在床上卻沒睡覺時，都在計畫事情，可是這個星期六的早上，我的大腦不肯運作，不斷以一種沒有效率的方式在腦袋裡思索一些事情。大約十二歲時，是我這輩子唯一一次吃到朝鮮薊。巧的是，我印象裡小時候家人用餐的記憶大多很滑稽。我父親常常躺在某個昏暗的房間，裡面充滿某種神祕藥物的味道，假裝自己「生病」。後來，他根本就不在家了。他不在的那一次，我們吃了母親從市場帶回來的奇怪蔬菜，我對吃朝鮮薊的儀式很興奮，一片一片剝下來沾融化的牛油。我狼吞虎嚥地用門牙咬掉葉子上的肉，隱約記得自己吃得滿臉油光的模樣，不過這只是前奏，我真正記得的是那天晚上不停嘔吐，彷彿要把五臟六腑都吐出來。母親躺在我身邊，冰冷的手放在我滾燙的額頭上，我問她我是不是要死了。有趣的是，我還記得她當時的回答。她沒有像一般母親說，「不會」。而是說，「荷莉，妳當然會死，我們都會死，可是那是很久很久以後的事。」這妙語如珠的荒唐教育方式總讓我想笑。

雖然我在吃的當下覺得很美味，可是自從那次噁心的經驗後，我光想到朝鮮薊都覺得反胃，若是在店裡看到，會從體內湧上一股作嘔感。我回想前一個星期發生的事，彷彿把手伸進什麼噁心的東西裡，散發著惡臭、長蛆、腐敗。我躺在床上，躲在毫無用處的棉被下發抖，感覺朝鮮薊事件重演。我四處奔跑，狼吞虎嚥，彷彿怎麼吃都不夠，現在卻感覺到這些東西如何使我生病，把我掏空。所有的一切怎麼看都很糟糕。我和……他的下流遭遇。我努力不去想他的名字或他的臉，卻又強迫自己這麼做，來懲罰自己。我怎麼樣也想不通自己爲什麼讓別人這麼對待我。想到這個男人在我的生活裡，跟蹤我，寄內褲給我，使我充滿可怕的憂慮。我知道情況會愈來愈糟。

最近發生的其他事件沒有糟糕到這種地步，但也許受到汙染。我似乎每天都像無頭蒼蠅一樣，不假思索地忙到暈頭轉向。如今終於低頭看，一切似乎都和剛開始時不一樣，有些明顯很糟糕：打破窗戶的磚塊，揍那個男的，我似乎一半時間都在對人大吼，或和人爭吵，或者太過大聲說話，就像街上那些令人害怕的人，同時慶幸自己不認識那些人。還有開除可憐的黛博拉，那究竟是怎麼回事？我並沒有詳細調查情況，只是想表現給梅格看，讓她知道我做得到她做不到的事。基本上，我只是爲了炫耀就開除一個員工，如今受到懲罰了。

我嘗試一個實驗。我試著在最近的行爲中找出不讓我覺得作嘔的部分。比如我對待查理的方式，這件事本身就是一個大問題。我對他說謊、背叛他，讓他失望，就連我幫助他都只是爲了表現而已，所以才幫他整理他媽的帳目，這還只是其中之一而已，難道我對他的工作會比他自己更拿手嗎？

至於我的工作，一想到ＫＳ公司，我的喉頭就湧上一股極酸的液體，片刻之間彷彿要嘔吐。我就像個上空舞孃，知道如何讓客人享受好時光，讓他們在我身上的衣服塞進十鎊紙鈔。那不是什麼值得驕傲的事，正好相反。有那麼一刻，我把拱門區的這張床當成我的臨終之床，如果我在生命終點之際躺在這裡進入永恆的虛無，我會如何回顧自己的事業？我娛樂了一些疲憊的生意人，讓他們回到爛公司時自我感覺良好，其實倒不如在他們公司放顆炸彈。如果我放棄一切，把房子還給銀行，學習誠實地做生意，學習如何活得眞實一點。做什麼事都比現在做的事要好。

想到這一點我差點笑了。我想到《再見黃磚路》的歌詞，關於回去犁我的田。對，沒錯，如果這個世界上有什麼比我的人生更荒唐，那就是我處理的方式：如果查理可以當水電工，我可以當木匠。

我開始對自己的想法感到厭煩，下床淋浴、洗頭，感覺指甲抓著頭皮。洗完後，我在浴室架上和櫃子裡荒謬的乳液、化妝水當中翻找著指甲刀，卻找不到。我對著樓下的查理大叫，問他指甲刀在哪裡，他大叫回答，我又吼了什麼無禮的話回去。在查理最討人厭的二十項壞習慣裡，不在浴室使用指甲刀是第十四項，害我在床上一直被半月型的指甲碎片黏到，另一個壞處是，我要用指甲刀的時候都找不到。我對著樓下的查理大吼說我要再買一支指甲刀自己專用，他沒有回答。我的無名指上有一片指甲呈鋸齒狀，一直勾到衣服。我用牙齒撕開這片指甲再拉掉，結果拉錯角度，扯掉太大片，不但撕裂的時候很痛，還露出下面的肉，不只流血，看起來也很蠢。我得咬掉更大片的指甲才能讓指中看起來長度均等。這次大概得讓它長個兩星期才能修剪，恢復正常。

查理或上帝把指甲刀藏起來，接著情況愈來愈糟。我不想穿真正的衣服，今天也不打算出門，因此穿上舊的運動褲，腰部鬆緊帶的那一種。我拉緊鬆緊帶的一頭，卻看到另一端消失在洞口。我怒吼，努力把鬆緊帶毛毛的那一頭從洞裡拉出來，可是已經深入洞裡。我努力像拉風琴一樣拉扯腰間，一點用也沒有。我摸得到鬆緊帶，卻搆不到線頭。有人曾經教我如何處理這種危機，需要針、平穩的手和耐性，我樣樣都缺。我感覺得到頭上動脈怦怦跳著，也許快中風了，卻覺得很高興。這了無生氣的世界與我爲敵：棉被、指甲刀、運動褲。我脫掉運動褲，扯爛，丟到房間一角，扶著頭蹲在地板上。

有一隻手放在我的肩膀上。

「查理？」我咕噥著說。

「發生什麼事？怎麼了？」

「沒睡好。」我說。

「我知道，」他說，「妳說夢話。」

我大吃一驚。「我說了什麼？」

「只是喃喃自語，」他說。「妳想吃點什麼嗎？」

「我不餓。」

「妳的手指怎麼了？」

我看看無名指，指尖的血已經乾掉變黑。「剪指甲時剪太短。」

「還是換個衣服吧，我們可以去散步。」

「我想先泡個澡。」

「妳不是才剛淋浴？」

「我好冷，得讓身體暖和一下。」

查理帶著懷疑的表情看著我。當妳突然發現人們令人費解的行爲是因爲他們喝醉了，就會露出這種表情。「我可以幫妳拿什麼過去嗎？咖啡？餅乾？」

「我等會兒就會好了。」

我在浴缸裡把指甲咬到可以接受的長度，這次技術比較好，沒有流血。我不知道自己在浴缸裡泡了多久，只知道重放了幾次熱水，把熱水都用光了才出來。我花了很久的時間穿衣服。決定穿什麼、穿上衣服似乎需要很大的力氣，光是把乾的牛仔褲套在潮濕的皮膚上都讓我頭暈。我躺在床上睡了一會兒，每次醒來都覺得更累。我用手臂遮住眼睛，擋住冬日的光線。

過了一會兒，不知道過了多久，我聽到一個聲音，是梅格的聲音。

「妳爲什麼哭成這樣？」她說。

我張開眼睛，看到梅格和查理坐在床的兩邊低頭看著我。

「發生了什麼事？我生病了嗎？也許我快死了？也許我已經死了，這是我的屍體，你們坐在這裡，你們其中一個很快就會深深嘆息說，『嗯，也許這是最好的結局。』」

「妳在胡說八道個什麼啊？」梅格說。

「梅格和我都很擔心妳。」查理解釋。

「眞不知道是爲什麼。」

「妳想起床了嗎？」

「你們兩個如果繼續這樣坐在那裡看著我，好像我得了什麼隨時可能歸西的重病，那我就不起床了。我馬上就起床了啦。」

「我去燒熱水。」查理臉上帶著使人安心、同情的表情。

我有一股衝動想揍他的臉，抹去那個微笑，同時我也隱約知道，面對我這種令人無法忍受的行為，他的表現已經非常體貼有耐性了。我腦袋深處有一個聲音在告訴我，我遲早得表現得人模人樣。

「我要數到十再下床，」我說，「一、二、三……」

我數到九又四分之三時，梅格出去了。我又躺了一會兒才咬緊牙關，費盡力氣穿好衣服。我打開面對馬路小窗戶的窗簾：人行道濕濕的，天空灰濛濛。我拉開大窗戶的窗簾，額頭貼在冰冷的玻璃上。查理在院子裡，梅格出現在他身邊。她碰碰他的肩膀，他轉身面對她。他們站得很近說話，他捧著她的手放在自己的臉頰，她露出微笑。他們一起進屋。

我拖著沉重如鉛的腳步下樓，至少這樣他們聽得到我出現。

查理又泡了茶，把一杯熱騰騰的茶推到我面前要我喝下。梅格烤了吐司，塗上蜂蜜，娜歐蜜帶著一個罐子出現。

「查理說妳身體不太舒服，」她說，「我烤了一些薑餅，生病的時候吃薑對身體很好。嗨梅格。」

「哈囉，娜歐蜜。」

「我沒有生病。」我反抗地說。

「喔，反正很好吃，來，吃吃看。」

她對我露出微笑，平整的潔白門牙間有一個縫。她沒穿外套，連毛衣都沒穿，只穿著一件鮮黃色的T恤，乾淨的像春天一樣，精神奕奕。

「荷莉工作過度。」梅格說。

「又沒睡好。」查理補充。

「好可憐，」娜歐蜜說，「難怪妳覺得很悶。我給失眠的病人喝這種花草茶，是中藥配方，看起來像灰色的土，可是有舒緩效果，似乎很有效。妳想喝喝看嗎？」

「不想。」

「想，」查理說，「她想喝喝看。」

「我受不了花草茶，」我看著他們三人高高在上的樣子。「或同情。」

有人按門鈴，查理去應門。我聽到咕噥的聲音，接著查理叫我過去，我走到大門，看到兩名男子正從廂型車後方卸下一個綠色帆布包著的巨大物品。

「這是什麼？」我問。

第四名男子遞給我一個書寫板。「妳是荷莉・克勞斯嗎？」他問。

「沒錯。」

「正楷大寫加簽名。」他說。

我看著收據，最上面寫著「劍羚藝廊」，某個有角的圖案大概是劍羚。

「喔，」我想起可怕的事實。「你們可以送回去嗎？」

男子搖搖頭。「小姐，我們要直接去萊斯特。而且我也不能送回去，妳已經付錢了，這是妳的東西。要放在哪裡？」

他們三人合力將東西搬進客廳，其實沒有那麼大，可是非常重。他們戲劇性地拉開帆布時，查理不發一語。

「天啊！」娜歐蜜說，「這到底是什麼東西？」

我根本不記得自己買的是哪一件作品。這只是把幾塊廢棄零件用奇怪的角度焊在一起，再平衡在一個基座上，看起來很醜，放在狹窄的房間裡也過於龐大。查理仍然不發一語，直到工人離開，大門關上之後他才問道，「這是什麼東西？」他的雙手握拳放在兩側。

「我一時衝動，」我輕快地說。「咻咻！」

他拿起我簽名的那份收據。「天啊，荷莉。」他說。

「多少錢？」我問。

「妳是說妳不知道？」

「我打算退回去。」

「妳他媽的當然要退回去，至少要試試看。妳怎麼知道他們會接受退貨？我就不會。妳當初又爲什麼要買？妳以爲自己在做什麼？」

「當時似乎很好玩，」我咯咯笑著以證明自己的論點。「也許是一項投資，誰知道？」

查理氣得臉色發白，手上的收據抖得像風在吹，幾乎說不出話。「我們有百分之九十的貸款，」他說，「我們靠謊報收入才拿到的。我不懂。」

我們一起看著客廳裡那醜陋的東西。

「我們該走了。」梅格說，可是她和娜歐蜜似乎黏在地上。

「荷莉，妳在搞什麼鬼？妳他媽的到底是怎麼一回事？告訴我！告訴我！」

我看著那座雕塑品，那天第一次覺得好笑。讓我覺得既恐怖又羞愧的是，我真的開始大笑，而且停不下來。

12

梅格痛恨十一月。她說那是一年的走廊，必須穿越這段冷酷狹窄的時間才能到達某處。她也痛恨二月：灰色、冰冷而堅硬的土地、乾枯的樹木，短暫、蒼白而壓縮的白日。這些對我沒有什麼意義，季節對農夫和園丁才有意義，我覺得重要的是腦袋裡的天氣。突然間，在十一月的第三個星期，當街道潮濕，空氣中都是微雨時，我腦袋裡的天氣卻上演著眩目的陽光，藍天高掛。就這麼發生了。好幾個星期的時間裡，每天就像處於長長的隧道裡，像盲目、緩慢而骯髒的老田鼠般推進，然而這種天氣卻毫無預警就出現，我茫然進入美麗的光線之中。

我拉開窗簾讓晨光進入。室外的霧氣模糊了房屋和樹木的形狀，掩蓋住車水馬龍的聲音。熟悉的事物變得很神祕，在這樣的一天裡，什麼事都有可能發生。

「查理，起床了，咖啡給你。」我坐在床沿，一手放在他溫暖的肩膀上。他動也不動，我搖搖他。「已經七點半了，你說八點前要出門。」

他咕噥了什麼，拉起棉被包住自己，縮回巨浪般柔軟的洞穴裡。

「我們今天要不要一起吃午飯？我請客。」

「我要去見人，」他在棉被底下說。「會計師還有《特派記者》的設計編輯。」

會計師聽起來很偉大，其實只不過是蒂娜，她幫梅格設計KS的會計系統。

「結束後我再帶你出去。」我說。

他坐起身子接過咖啡，用兩手握住，讓上升的蒸汽飄到臉上。「我答應要跟山姆那群人出去喝酒。」

「好可惜，」我說，「我想慶祝。」

「慶祝什麼？我的生日還沒到吧？」

「只是慶祝而已。這個房間我們該漆什麼顏色？」

「什麼？」

「我昨天晚上在想，我想把廚房漆成黃色，當然不是那種可怕又嚇人的黃色，而是比較柔和、嫵媚，接近奶油的黃色。這間也許漆成赭紅色，像義大利房子的屋頂一樣，或是綠灰色，你覺得呢？要性感一點還是平靜一點？我負責買油漆，星期六可以開工。其實也不用等到星期六，公司大概欠我一百天的假，只要一開工我很快就能完成，你完全不需要動手。我最近有點心不在焉，可是現在我想照顧你了。我討厭的是那些準備工作，你知道，清理踢腳板、鋪紙、清架子，事後洗刷子，就像讀說明書一樣糟。我曾經答應自己絕對絕對不再讀說明書。翠莎昨天才在說，裝修時應該把牆壁邊邊的木板用膠帶貼起來，這樣才會有整齊的直線，我覺得聽起來太過火了。有時候我覺得翠莎應該從軍才對，我的手一向很穩。」

我伸出左手，「你看！」我的手指明顯顫抖、震動著。

「這以前從來沒有發生過，」我說，「還好我不是腦科醫生，否則可能隨便抖一下就毀了病人腦部一整個區域的功能。也許是咖啡因攝取過量，或是不足，難道是咖啡因戒斷症候群？」

查理等了很久才終於回答，「黃色？」

「什麼？」

「我努力跟著妳的思緒，還卡在一開始的地方。妳覺得妳這樣沒人回答能自言自語多久？」

「什麼？噢抱歉，我該幫你烤吐司嗎？吐司抹橘子果醬？我還可以幫你燙襯衫。」

「騙人。」他說，我咯咯笑。接下來，咯咯笑聲變成一種我無法控制、奇怪的、噴鼻子的大笑。

他把雙腳甩到地上起身，裸露的強壯軀體在我眼前。我伸出一手放在他金黃色的溫暖背部，「跑步這麼有用，」我說，「你可以晚點再到。」

「今天不行。」

「下次吧。」

他穿上外套時，口袋裡響起那愚蠢的手機鈴聲。「喂？」他說，「好。沒關係，八點沒關係，我當然會到。」他的表情放鬆，露出親密的微笑，我知道他講電話的對象是女的，他把手機換到另一隻手，身體轉個方向。「我不會遲到的。」

突然之間，我好像看著一個陌生人，一個眼角滿是皺紋的英俊陌生人。

「你跟誰說不會遲到？」我問。他把手機放回口袋裡，在鏡子前調整領帶。

「沒有人，只是山姆那群人。」

「你可以打情罵俏，可是不可以愛上別人。」我還沒機會阻止自己，話就出口了。我聽到自己的話時突然一陣驚慌。在我自己的所作所為之後，我怎麼可以說出這種話，而且還是認眞的？我怎麼能介意今晚查理會在餐廳的餐桌前微微前傾，含情脈脈地看著一名女子，而我自己整夜被一個陌生人親吻、碰觸、抓、上到渾然忘我的程度？

「別擔心，」查理說。「記得嗎？我是人夫。」

「我記得，」我毫無必要地伸出顫抖的手指，調整他的襯衫。「祝你今天一切順利。」

我心神不寧，無法好好工作，午休時花了幾小時在公司附近像倉庫那麼大的店裡挑油漆。這些油漆顏色的名字令人分心又引人遐思：燭光黃、燭芯銀、泰晤士泥漿、冰灰、甘草、香料。結果，我買了五公升名為「狐狸棕」的深橘紅色油漆，還有五公升的芥末黃，加上三支分別為厚、中、薄的光滑黑色刷子，一個油漆盆，六張粗粒磨沙紙，一瓶甲基化酒精。下午開會以及公司每兩週一次的腦力激盪時，我都想像自己在一道石膏平整的牆壁前，手上拿著沾滿黃色油漆的刷子。那第一道顏色，在空白上劃下一道生動的線條。

六點多時，史都華打我的手機，我聽到背景的聲音，他整天都待在酒館裡嗎？我從那天晚上就沒見過他，那個我想忘記的眾多夜晚之一。劍羚畫廊不同意我退回雕塑品的想法，其實比較像是懇求。因此，那個作品如今矗立在我們的臥室裡，沒有人看得到，像某種紀念碑。查理踢到過基座，它鋸齒狀的邊緣則嚴重刮破我的裙子。

史都華留了兩通留言，一通清醒，一通酒醉。我向自己承諾會回他電話，但沒有做到。他是那種還算喜歡、有點風趣、有點好看，但是奇怪的囉唆男人。他很愛講話，我永遠無法精確記得他到底說了些什麼。他很會喝酒，所有的話都黏在一起，源源不絕地滴向我。

「荷莉！」這次他說，「我是史都華，被妳逃掉的那一個，沒有回電的那一個。我可不覺得妳是針對我。」

我覺得他喝醉了。「嗨史都華。」

「妳有什麼打算？」

「一般而言嗎？」

「接下來的幾個小時。」

我張嘴說我很忙。其實我只是很疲倦，但並不忙。查理今晚不在，據我所知是跟一個女的出去。我沒有計畫，也不累，只是個坐立不安、躁動、尋找冒險的女人。

「為什麼？」

「我要去朋友家參加一場牌局，我們大約六個人，一起來吧，應該會很好玩。」

「我大學畢業之後就沒打過牌了，我只會玩動物配對、惡魔加速和耐性，就這樣而已。」

「我不認為其他人想玩這種牌。不過妳不一定要玩，可以看我們玩，喝威士忌、吐菸圈。」

「聽起來真是超好玩。」我說，「看六個人玩整夜的牌。」

「那妳要來嗎？」他積極地說。「太好了，我一小時後去接妳。」然後他就掛掉了。

「有何不可？」我大聲說。

我看到梅格從另一頭看著我，我移開視線。她畢竟不是我媽，我只是要去看人家打牌而已，有什麼壞處？我起身去女洗手間，站在鏡子前塗上紅色口紅，把頭髮捲成優雅的髮髻，對著自己揚起眉毛。我希望自己看起來像四〇年代黑色電影裡的蛇蠍美女，站在樓梯間，臉上一道陰影。我想穿高跟鞋、緊身裙，對疼痛和危險若無其事地聳聳肩。

13

我先吃力地把油漆搬上計程車，再爬上車。當我在數天後回想這天晚上時，這是我完整記得的最後一個部分。我和史都華，還有他的朋友佛格斯坐在計程車上，史都華神情愉快但帶著點謹慎的愁容。我覺得他很意外我居然來了，不過一定也想起我們去藝廊之旅的意外轉折。在昏暗中，我看不清楚佛格斯的面孔，只看得出他很瘦、皮很鬆弛、輪廓突出。

我接過他遞出的香菸，在突然燃起的打火機光線裡看到他形容枯槁的臉。有那麼一刻，我想叫司機停車讓我下車。可是那一刻過去了。或許那一刻進入了我。我幾乎感覺得到那一刻落入我的心靈，深深佔據。

「所以，我們要去哪裡？」我問。

「旺茲華斯。」

「我不知道旺茲華斯在哪裡。」

從那裡開始，整個晚上就像壞掉的電影膠卷，聲音來來去去，黑白片段，放錯速度，影像模糊，整個場景消失。對於那棟房子，我只記得一些細節：一座巨大的電漿電視、皮沙發、一幅「有品味的色情」垃圾照片掛在牆上——一個女的從一條白色長腿上褪下絲襪，一個男的在陰影中看著。廚房有一座閃閃發亮的不鏽鋼冰箱。

屋內已經有一群男的在喝威士忌，他們五個全穿著西裝，只有一個打領帶，他很胖，臉色紅潤。穿西裝打領帶的男人，這是他的家，他的牌局。兩個比較年輕的正在大聲說話，其中一個是佛格斯，另一個是東尼。史都華在路上告訴我東尼的事，他開了一家建築公司，可是史都華眨眨眼說他也有其他副業。

「你指的是非法活動？」

史都華笑了笑說，「東尼並不是眞的透過正常管道運作。」

史都華顯然太想讓我知道自己認識東尼這種人。當史都華叫嚷著將我介紹給高大、寬肩的東尼時，他沒表示什麼。我和他握手時發現他的手很大很粗。他好奇地端詳著我，我是那裡唯一的女人，很興奮自己逃到另一個世界，做不同的事。

他們打撲克牌。桌上沒有錢，只有一疊疊鮮豔的籌碼。我站在東尼背後，手上拿著一杯飲料，杯子裡的冰塊叮噹作響。我繞著桌子看大家的牌，很享受這一切：下注時的喃喃自語、專注的皺眉、技術性談話。我想起來了，我知道該怎麼玩，我以前很厲害。

坐在另一頭的史都華叫我把好運帶過去給他，我說我從這裡就看得很清楚。史都華一直講我講個不停，就算有人以爲我是他女朋友，他也沒有糾正他們。他說我看起來像幫派分子的女人，我也這麼覺得，而且這個想法讓我覺得很有趣，只不過說出來就不覺得好玩了。

有人的手機響起，東尼離座。有事需要處理。

出現一個空位，又隨即消失，因爲我塡補了空位，加入牌局。史都華對我露出疑惑的表情，說他以爲我不會玩撲克牌，我在旁邊繼續當裝飾品不是比較好嗎？現在他跟那些男的沒什麼兩樣，完全不像那天晚上在牛津郡深談的敏感靈魂。起先我花很長的時間瞪著手上的兩張皇后，我敢繼續玩嗎？要下多少注？史都華說了什麼，可是我沒聽清楚，不過其他人都笑了。接著他說起我買雕塑品的事，不知爲何會講到要我下定決心，動作快點。他們又笑了，我的雙頰漲紅。

至少比太快好，至少你是這麼告訴我的。我說，然後看著對面的史都華。其他人覺得這話眞的很好笑，他們大聲笑著，揶揄史都華，戳他。他不發一語。

我覺得胃部一陣翻騰，我的確報復了史都華，不過可能太過火了。我拿起別人的杯子一口喝光，感覺電擊般的顫簸，感覺好多了。感覺更麻木。

打牌眞的很簡單，我有一疊鮮豔的籌碼，按次序排好，一切都很完美。我丟出三張牌，拿回一張皇后，打敗所有人。我的籌碼愈來愈多，多到滿出來。後來，不知道過了多久，我又拿到三張一樣的，可是卻沒有贏，別人的牌更好，我的一堆籌碼不見了。

我繼續玩，然後又沒玩了。史都華離開了，走得不見人影。我坐在皮沙發上，這似乎是個很大的玩笑。我是幫派分子的女人，調情、抽菸、喝酒，男人玩牌時在他們背後晃來晃去。然後我變成別人，那個加入大哥哥的壞妹妹，玩他們的玩具，那是最大的玩笑，愈來愈好笑，好像當你是小女孩的時候跟你最要好的朋友在一起所以你們咯咯笑然後咯咯笑然後發生什麼事都讓你們咯咯笑你們還以為會一直這樣咯咯笑下去一直到死，接著開始愈笑愈痛，可是你卻不敢停下來。如今我坐在沙發上，沙發刺痛我的大腿，我再喝一杯飲料，覺得這件事好像有一部分不好笑。我不認識這裡的人，不知道該怎麼回家，不覺得身上還有錢。錢，對了，就是這件事。經過幾個不順利的回合之後，有人說到這件事，有人說了一個數字：我欠了九千英鎊。這不可能是對的。我只是在玩而已，我只是跟史都華一起來的。

我繼續喝酒讓自己麻木。有人遞了一根香菸給我，幫我點燃。我深深吸進肺裡，感覺愈來愈模糊，想到我的油漆，跑哪兒去了？

我一向很容易出意外。我會打破杯子、撞到東西。雖然我很少切菜，可是一切就容易切到大拇指，所以我很習慣急診處和牙科診所的麻藥。麻藥的關鍵在於它並不會消除痛覺，只是把痛覺移到不會影響你的地方，你甚至感覺得到某個地方還在痛。我知道，一小部分的我並沒有玩得這麼開心，當一切消褪後，我的任何一個部分都不會開心。

東尼靠過來問，「還好嗎？」

我瞪著他。

「我們該走了，」他說，「牌局結束了，」他伸手拉我起來，牽我走出房間。

「我開車送你。」他說。

「我的油漆，」我說，「我要拿我的油漆。」

「別管油漆了。」

14

「去哪裡？」

我瞪著他。去哪裡？我現在還能去哪裡？我凝視著窗外，天色依舊黑暗，但地平線已經出現一絲灰色。我看到空無一人孤單的街道，我的臉從車窗倒影回瞪著自己。我把頭髮撥到耳後，裙子拉過膝蓋。

「妳住在哪裡？」

「我不想回家，」我遲鈍地說，「梅格家，對了，梅格。」

「所以梅格住在哪裡？」他很有耐性地問。

「噢，抱歉，對，凡圖拉街，靠近梅利本路，你要先……」

「我知道那一帶，我以前在那裡上班。」

「你現在在哪裡上班？」

「泰特現代藝術館附近的工地，妳並不想知道，對不對？」

「是不太想。」

「後座有一條毯子。」

「毯子？」

「妳在發抖，披上吧。」

我們靜靜開了幾分鐘後過河，東尼的賓士轎車平穩地開在馬路上，頭燈照在人行道上一堆堆等著被收走的黑色塑膠袋上，刨平的樹幹搖晃著樹枝，貓低頭默默走進陰影裡，一個穿著風衣的男人慢慢行走。路上的車子比我預期的還多。有時我閉上眼睛，可是這麼做卻讓我覺得好像快死掉，華麗而俗氣的人生在眼前展開。有時我瞪著眼前，窗外的鬼鎭迎向前來，在我身邊快速通過。偶爾我會看一眼東尼，他嘴角叼著菸開車。

「從這裡開始妳得指路了。」

他把車子停在梅格的公寓外，我什麼也不想說，只想下車，可是有些話又不得不說。

「你離開時，我──我不該下去玩的，我記得不太清楚，可是我輸了一些錢，很多。」

東尼又點了一根香菸。「對，我聽說了。」

「這是個錯誤，」我等著，可是他沒開口。「我該怎麼做？」

他深深吸了一口香菸，緩緩吐出煙霧說，「還錢。」

「我不確定有那麼多錢。」

「錢永遠生得出來。」

「我不知道該給誰。」

「聯絡維克，不然他會跟妳聯絡。怎樣都可以。」

我還以爲東尼會解救我。我下了車，幾乎可以透過鞋子感受到人行道上的濕氣。東尼等我按門鈴，一分鐘後我按了第二次，聽到拖行的腳步聲和門鍊拉開的聲音，門縫出現梅格睡眼惺忪的面孔。

「梅格。」我說。

「荷莉？這到底……」

「我可以進來嗎？」

「當然，當然。」

門鍊相碰發出聲音，金屬滑動，大門打開，梅格抓著厚重灰色睡袍的領口站在那裡。

「他媽的什麼鬼啊？」她費力地看著我的臉。「妳還好嗎？發生了什麼事？」

我轉身向東尼揮揮手，他點點頭，把賓士車開走。

「我懂了。」梅格面無表情地說。

「我們上去吧，」我說。我們一面上樓，我對著她僵硬不滿的背部說話，「很抱歉吵醒妳，可是我不想直接回家。」

「我可以理解。」梅格冷淡的聲音讓我想坐在樓梯上，雙手掩面。

「出了一點狀況，」我們走到溫暖熟悉的公寓時，我說。

「我去煮咖啡，」她說，「然後我們可以好好談談。」

「我不能談，我太累了。」

梅格揉揉眼睛，用手梳理頭髮說，「去沖個澡吧。」

「梅格，我惹上麻煩了。」

「我知道。」

恐懼席捲我全身，她說她知道是什麼意思？她怎麼可能知道？我不想讓她銳利的眼神看著我。我不想讓任何人看著我。可是到處都是眼睛，不論走到哪裡都無法隱藏自己，那骯髒的祕密和妳的羞愧。

「我去泡個澡。」我虛弱地說，蹣跚走進她的浴室，散熱片發出嗡嗡聲。

我放滿水，泡了一個很熱的澡，穿上她去年生日時我送她的黑色燈芯絨長褲和粉紅色軟襯衫。梅格甚至給我一根上次搭長途飛機留下的小牙刷讓我刷牙。我刻意不照鏡子，非常害怕自己的臉，害怕那雙眼睛會回瞪。我得扶著洗臉台才站得穩，等著那恐怖的感覺回到體內，在我自己的黑暗中生長茁壯。

「來，咖啡。」梅格說。

我試著端起來，可是手抖得很厲害，以至於熱飲潑到我的手上。我得放下來往前靠，像狗一樣喝才喝得到。

「吃點東西嗎？」

「不用，我吃不下。」

那一刻，我不相信自己還有辦法再吃東西。我會挨餓、淨化自己、直到終於變空、變乾淨，就像一個剛出生，還沒被人生弄得骯髒邋遢的新生兒。

「所以。」梅格下巴放在手上凝視著我。

「我幹了蠢事。」

「那個男的？」

「不是，他只是載我一程而已。」

梅格揚起眉毛但沒說什麼，等著我開口說出一切。

「我說不出口，」我說，「對不起，我需要先跟查理談，我應該先對他全盤托出，我去叫計程車再想辦法跟他見面。」

梅格點點頭。

「聽起來是個好主意。」

我想用娃娃音說，拜託繼續當我的朋友，我差點說了，可是坐在我對面的梅格臉色疲倦、嚴肅，像成人一樣有條理，距離我捅出來的亂子是如此遙遠，讓我幾乎無法想像我們是朋友兼工作夥伴，是兩個有共同語言的女人，對彼此臉上的表情一清二楚。遙遠，如此遙遠。

「對不起，」我微弱地說。「梅格？對不起。」

我們之間出現一陣很長的沉默，我聽到自己刺耳的呼吸聲。我摳著粉紅色襯衫的布料，看到我又咬了指甲，可是不記得是什麼時候發生的。我等著，「隧道盡頭沒有光亮，」我對自己說。「隧道沒完沒了，有東西在黑暗中向我怒吼。」

梅格終於看著我，彷彿下定決心才開口。「我沒辦法了，」她的聲音很冷酷，帶著釘子，她的表情也很冷酷。

「妳說沒辦法是什麼意思？什麼沒辦法？」我的聲音像大樹上的烏鴉般沙啞。「沒辦法繼續忍受妳的行為，妳覺得我很閒嗎？專門等著幫妳收拾殘局？」

「我不知道妳怎麼——」

「妳有考慮過我嗎？或是查理？或是除了妳以外的人？不用回答。當然沒有。世界以妳和妳那些愚蠢的慾望為中心在運轉，妳覺得自己很行，對不對？」

「妳留著一頭飄逸的長髮，水汪汪的大眼睛，眨眨濃睫，就以為大家都會爭先恐後地幫妳，對不對？在妳遇到麻煩的時候幫你，在妳讓他們失望的時候原諒妳，因為妳都不是故意的，妳就是這麼衝動，對不對？這麼隨興、輕率，妳都是這樣安慰自己的。」

「對不起。」

「妳覺得當我這種人是什麼感覺？當妳在衆人矚目的焦點下炫耀時，是老好人梅格在幕後沒人注意的地方默默收拾殘局，確定一切順利進行。」

她開始發洩這些累積下來的怨恨，我知道自己該說些話回應，例如過去一年來我每天工作近二十個小時，全無週休；我做了很多辛苦的工作，爭取客戶，和他們合作等等。可是我實在太累了，一切都無關緊要了。梅格繼續滔滔不絕地說。

「荷莉，妳該看看自己。因為妳一意孤行開除了一個女員工，現在我們得處理這件爭議。妳跟一個男的上床，現在他一天到晚打電話到公司騷擾。妳要不就是對客戶施展魅力，要不就汙辱他們。妳在辦公桌前打瞌睡，不然就是在廁所——別以為我們沒注意到，然後出去玩一整夜。妳像個嬰兒一樣，隨手拿起引妳注意的東西，無聊了就隨手丟掉。妳對查理也很不好。」

「查理是我的事，」我厭煩地說。「就因爲妳——」我突然停下來，用手摀住嘴巴阻止自己說出來。

「怎樣？就因爲怎樣？說啊！我知道妳要說什麼，就因爲我曾經喜歡過他，沒錯，是眞的，妳也知道。可是他喜歡的是妳，因爲男人都喜歡妳，不是嗎？」

「我剛不是要說這個。」我懦弱地說，每一絲憤怒都消退了。我不可置信地瞪著梅格，她蒼白的腫臉、早晨的一頭捲髮，還有皺起的眉頭。

「荷莉，妳有沒有替我想過？」

「妳？」

「對，我。妳有沒有注意到我最近有點低潮，我的人生沒有按計畫進行，我有點焦慮？沒有，當然沒有，因爲妳在坐雲霄飛車，根本沒時間注意到其他人平凡、毫不刺激的情緒。」

「不是這樣的。」

她起身拉緊睡袍上的帶子。「我要去泡個澡，如果妳還留了熱水給我用的話。然後我要繼續這一天。妳自己叫計程車，出去的時候隨手關門。」

我和查理約在家附近的公園見面，我提早到了，看到他向我走來。起先他沒看到我，我看到他在馬路上朝我走來。他穿著我們一起選的厚外套，微微低頭，但我仍然看得到他臉上嚴肅、近乎冷酷的表情。如果是別的日子，我會問他這麼用力在想什麼，可是我知道，我知道他為什麼臉色凝重、眉頭深鎖、雙唇緊抿。是因為我。

他看到我時，表情一片空白，放在外套口袋裡的手插得更深。

「謝謝你出來見我。」我說。

「沒差。」

我們一起走進那微不足道的小公園裡。我清清喉嚨，說不出話。

「昨晚還好嗎？」他輕聲問。

「不好。」我說。

「妳昨晚跟誰一起過夜嗎？」

「沒有。」我深呼吸一口，感覺刺痛及臉上的幾滴雨珠。「你昨晚出門了，所以我也出去，跟一個叫史都華的客戶，並不是約會，就是帶我去藝廊看展覽的那一個，不過他不重要。真蠢，我該偶爾試著喜歡獨處。我跟一群人在一起時覺得好像要瘋掉，快爆炸，除非能離開他們，自己一個人。可是我一個人的時候也無法忍受。我無法解釋，不知道從何開始，我——」

「從李斯開始怎麼樣？我想我應該沒記錯他的名字吧？」

我感覺背脊一股涼意。「李斯？」我說，「他怎麼樣？」

「正是我想問妳的問題。」

「他不重要。」

「妳是說像史都華不重要那種不重要？」

「不是，我是說發生的事跟他沒關係，不是那樣的。當然，他也在場，可是有可能是任何人。我是說……」我抓狂地揉眼睛，不知道自己是什麼意思。我想說清楚，確實說出我的罪惡和失敗之處，但腦袋亂成一團，像一捲打結的電線，說出來的話都是錯的。結果我說出口的是，「你怎麼會知道他的事？」

「他打電話給我。」查理第一次聲音沙啞，我分不清是出自憂傷？憤怒？還是恨意？

「噢天啊，查理，對不起，眞的對不起。他說了什麼？」

「第一次他打我的手機。他怎麼會有我的號碼？」我只是悲慘地咕噥幾句，他則自顧自繼續說，「他問我知不知道妳在幹什麼好事，我以爲是個瘋子，妳得罪的人，最近這種人似乎還不少。第二次是兩天前，他打到家裡說要找妳，說著說著他就告訴我他是誰了。」

「他怎麼說的？」

「第三次，昨天晚上，他說妳在床上像野貓一樣，他問我知不知道那一刻妳在做什麼。」

「你居然得聽他說這些，眞是太可怕、太噁心了。你該告訴我的。」

「告訴妳又能怎樣？讓妳安慰我？」

我正要東扯西扯，被查理打斷。「妳就直說吧，妳跟這個人上床了嗎？」

「對，」我說，「大約一個月之前，我爛醉如泥。」

「又一次。」

「對，又一次。一切都失控了，我眞的不敢相信自己做了這種事，好像做夢一樣，噩夢，好像有人爬進我的身體，好像我生病了，我連他長什麼樣子都不記得，只想假裝沒發生過。」

愁容滿面的查理臉上閃過一陣強烈厭惡的表情。我伸出一隻手被他閃開，好像無法忍受被我碰到。我可以理解，連我都不想在自己身邊。「我知道，」我說，「我要說的是，那是非常、非常愚蠢的一夜情。我沒有告訴你是因為……我知道會傷害你。而且那件事毫無意義，完全沒有意義。」我再說一次，「不代表我不愛你，不想要你。我心裡只有你。查理？」

他幾乎是詫異地看著我。「妳聽見自己在說什麼嗎？」

「什麼意思？」

「我該怎麼回應——這些他媽的鳥事？」

「我會改，」我絕望地說。「只要你給我機會，我就會改過，只要你原諒我。」

「荷莉，妳知道嗎？我現在沒辦法談這件事。」

「查理——」

「我以前是這麼驕傲有妳……驕傲自己娶了妳。」

「拜託，我會讓你再以我為傲的，拜託。」

「我覺得自己像個白痴，不知道該怎麼做。我需要思考，需要獨處一陣子。」

「好，好，當然，你當然需要。我就……嗯，等你要談的時候我會準備好。我今天會在家，不會上班。我會……我會在家。我會等你，好嗎？」

「隨便妳。」

我看著他離開公園，低著頭在逆風中前進，長外套的衣角拍打著。他離開我的視線後，我在長凳上坐下。

小時候，我常跟父親一起散很久的步。每次我們來到一道圍籬或牆邊時，我會爬到最上面，他會叫我跳進他伸出的臂彎裡。我從不遲疑。就算很高的地方我也會往前跳，因爲我知道他會接住我。他說我是他的野小孩，是他的女英雄，我便飛越空中進入他安全的懷抱裡。後來他離開了，我還是飛越空中，可是沒有人可以救我了，我落下時沒有人會接住我了。

我不知道自己在那裡坐了多久。我終於站起來，雙手冰冷而蒼白。

到家時碰到娜歐蜜，她問我能不能一起喝杯咖啡，我正要開口打發她，但又想，有何不可？

我拿鑰匙時卻發現家裡的鑰匙不見了。也許掉進包包底部，我在裡面翻找卻找不到。

「我討厭這樣，」我都快哭出來了。「我總是掉鑰匙，鑰匙、皮夾、太陽眼鏡、手機、雨傘、掉東掉西，我眞的很會掉東西。」

「其他的鑰匙都還在鑰匙圈上，妳怎麼可能光弄丟一支鑰匙？」她很有耐性地問。

「那是個愚蠢的鑰匙圈，」我說，「很白痴。妳知道嗎，我留著是因爲他媽的那是我爸的鑰匙圈，哼。」

「沒關係。記得嗎？我有備用鑰匙。妳幾個月前給我，緊急狀況時用的，我去拿。」

我坐在門口等待，她過了幾分鐘後回來。

「拿去，這把先拿去用。」

「謝謝。」

「妳覺得是被偷走了嗎？」

「偷走？」我努力隱藏臉上突然出現的恐懼表情。「妳爲什麼會這麼說？」

她聳聳肩，開門讓我進自己的家，把鑰匙遞給我。

結果咖啡是她泡的，還找到藏在櫃子深處的一包餅乾。她說我瘦了，逼我吃下兩片巧克力消化餅。她問我怎麼了，我張嘴正要說沒什麼，我很好，淚珠卻滾滾流下。她擁抱我時身上有香草和某種香料的味道，像荳蔻。有幾秒鐘的時間，我讓自己接受她母親般的溫暖擁抱。

「妳在烤東西。」我淚眼汪汪地說。

她擦擦我的眼淚，握住我的手，告訴我一切都會沒事的。

然後她走了。我繼續坐在廚房餐桌前等查理回來，不抱希望他會回來。過了彷彿好幾個小時後，我把臉頰放在粗糙的木頭上，閉上眼睛。我可以睡著，睡著，永遠不要醒來。

15

我一直覺得自己是不可或缺的那一個：工作都是我在做，公司是我在撐，幫查理發揮他的藝術才華，是派對上的靈魂人物。可是已不再如此。我成了探險隊裡受傷、拖累大家的那個隊員，危及大家的生命安全。我是黑白科幻電影裡的那個女孩，當大家逃離怪物時高跟鞋鞋跟斷掉的那一個。

我站在攝政街上，深吸一口氣。重要的是我的腦袋，只要改變態度就能改變行爲，一切會回歸正軌。

我逛了幾家店。先在一家書店裡找到一本特別的詩集，上面的介紹說這本詩集的目的是爲了讓人快樂。我讀了一首短詩，會心一笑，決定買三十本。書架上只剩四本，還得勞動店員到後面拿了一箱給我。

箱子的重量使我步履蹣跚。我在一家文具店裡找到一張明信片，上面的圖案是一杯水和一顆大蒜的靜物照，我同樣買了三十張。回公司的路上，走進一家廚房用品店找某樣東西，我只知道要找的是木頭做的東西，具體是什麼則不是很清楚，但我突然找到完美的物件，一支木棍，一端有兩個圓片，一片很小，另一片更小，看起來有點像在某些城市裡看到的空洞高塔，最上面有一家旋轉餐廳。我問店員這個東西的用途，他說是拿來取用液態蜂蜜的用具。太棒了，我買了一整籃。

回到公司後，我把這些東西分給大家，再把剩下的包裝起來，寫了卡片給「電子葉」設計公司的老闆，我要幫他們辦活動：「親愛的克雷格，我懶得寫提案了，就用這些吧。親愛的荷莉。」寫完後我要蘿拉快遞過去。

我環顧辦公室，再次覺得我們需要一些隱密的空間，一時興起打電話給蘿拉媽媽鄰居認識的一個建築師，他說他會過來看看，畫個簡圖。

然後我累了，我需要回家、上床，就像快溺水的人需要上岸一樣。睡眠。如果我能在體內擠進一些睡眠，用睡眠把自己填滿，直到它從耳朵滿出來，就能解決我的情緒問題，一切就會安然無恙。我提早一小時離開公司、回家、上床，卻覺得好冷。我需要一個熱水袋，可是家裡沒有，只好下床換上運動褲和運動衣，在棉被上鋪了一條毯子再鑽進被窩裡。那天晚上，我在朦朧中意識到查理進房，說了什麼後離開，不過不知道他說話的對象是不是我。

第二天早上八點鬧鐘響起時，我知道自己已經好些了。我睡了十四個小時，從無意識中醒來時彷彿重生，我不知所措地眨眨眼，世界變得更鮮明，有條理，層次分明，我的恐慌也消失無蹤。我知道自己出了嚴重的問題，可是我終於覺得能夠面對了。我淋浴、洗頭髮、穿上深色套裝。查理還在沉睡中，我看到他的亂髮和塞在枕頭下的臉龐，胸口一陣痛。我在桌上留了紙條說我非常、非常愛他，我們需要談一談。

我是第一個進辦公室的。我喝了一杯濃咖啡，處理桌上還沒處理的一疊工作。更糟的是我已經處理過其中一小疊，可是得再重新處理過。不過這種感覺很好，像春季大掃除，我知道自己做得來。我設下目標在午休前處理完，打算午休也留在辦公室，這樣下班前就能趕上進度，繼續向前。我低頭紮實工作，完全沒有注意到身邊的事。梅格拍我的肩膀時我嚇了一跳，完全不知道時間。我看看手錶：十二點十分。

「我可以跟妳談一下嗎？」她說。

「當然。」

「我們去會議室。」

「是什麼事？」

「一下子就好了。」

我跟著梅格進會議室，感覺好像受到電擊。翠莎和一個我不認識的女生坐在會議桌的另一頭，查理坐在她們中間。詭異的是，我的第一個想法並不是他在這裡做什麼，而是我居然沒注意到他進了辦公室，這才想到他一定是從後面樓梯上來的。梅格繞過去加入他們那一邊，比手勢要我在另一頭坐下。

「發生了什麼事？」我問。「『這是你的人生』節目嗎？」

「這位是琴恩．狄福醫師，」梅格說，「她提供職場問題的建議。」

「什麼樣的建議？」

「醫療方面的建議。」

「很抱歉，」我說，「這是怎麼一回事？」

琴恩・狄福對我那種露出討人厭的假笑。「荷莉，很高興見到妳。」她說，「我聽說過很多妳的事。」

「妳聽說了什麼？」

「妳知道一個叫葛連斯東莊園的地方嗎？」

「不，不知道。」

「我幫妳預約了，讓妳今天住進去。」

一陣冗長的沉默，我輪流看著梅格、翠莎和查理。梅格和翠莎瞪著桌面，查理憂慮地看著我。這是幾天來我第一次在他的眼神裡看到愛，也許是憐憫。

「這事感覺像個陰謀。」我說。

「的確是某種陰謀，」他說，「我們都關心妳，妳出了狀況，我們認為妳需要幫助。」

「妳不能這樣繼續下去。」梅格說。

「我會說那該由我決定。」

「不，」查理說，「總得有人介入。」

「你們在背後談論我，討論我的事。」我轉向梅格，「這就是妳的報復，對不對？」

「不是的。」

「妳昨天根本沒去看牙醫，而是在設計這次的——突襲。」

「這不是突襲，而是行動計畫。」翠莎說。

「好——什麼樣的行動計畫？」

「妳去葛連斯東莊園，」狄福醫師說，「接受評估和治療，在那裡待一、兩個星期。」

「我不明白，」我說，「妳是醫生。」

「對。」

「我覺得很疑惑。妳說我得進醫療機構，可是妳卻從沒見過我。」

「我和妳的同事談過，也和妳先生談過。」我聽到看了查理一眼，他至少還露出一點羞愧的表情。「他們想幫助妳。」

我深呼吸一口，強迫自己露出微笑。「這件事顯然讓我很意外，」我說，「他們帶我走之前，我可以問問題嗎？」

「隨便妳問。」狄福醫師用她那令人憤怒的耐心語調鎮靜地說，彷彿在說服我離開窗台。

「這裡有人認爲我在吸毒嗎？」我問。

「沒有。」梅格說。

「酗酒？」

「並沒有。」

「那你們討論我的什麼事？」

一陣沉默，沒有人肯接觸我的目光。

「那是我們在葛連斯東莊園要討論的問題。」狄福醫師說。

「你們都覺得我脫序了。」

沒有人開口。

「好吧，我過去幾個星期的確不太穩，」我說。「有一、兩個晚上玩得太過火，我承認這一點。我對自己的行為並不引以為榮，可是我已經在處理了。過去幾天在辦公室的表現並不是我最光榮的時刻，可是我已經處理好了。梅格、翠莎，妳們該先找我談一談的——」我對她們露出可怕的眼神——「而不是在我背後和某個能言善道的醫生討論，以為沒見過我就能診斷我。梅格，尤其是妳，因為妳是——至少以前是——我的朋友。至於我和查理之間的事，我知道自己的失當之處，我知道我有問題該解決、道歉，可是那是我們之間的問題，與他人無關。對不起，這是在浪費時間。」

「我們討論過了，」翠莎說。「我們認為這麼做是對的。」

「你們應該跟我討論。」

「我們的確在跟妳討論。」

「才不是，你們這是在——」我氣得全身沸騰，說不出話。「好，如果你們真的要這麼做的話，那就把話說開好了，我承認這星期有幾天不是很順利。」

「不只是這星期的事，」梅格說。「這一點妳很清楚。」

「梅格和我創立這家公司，過去一年我他媽的幾乎是獨力在經營，百分之九十的客戶是誰找的？是我。誰負責在晚上跟他們交際？也是我。誰負責提案報告？誰設計活動？誰夢到想法？誰負責推銷？」

「我們有些人也在工作，」梅格說。「像帳戶那些乏味的工作，像幫妳擦屁股。」

「妳們都在閃躲、不敢處理那個霸凌人的黛博拉．崔克特時，是誰下定決心開除她？從那之後她就在倫敦到處說我壞話。翠莎，那是妳分內的工作。過去一年來，我一星期工作七天，沒工作的時候都在所謂的娛樂客戶。結果有些失控，可是我在處理，因為我的專長就是處理。去看看我的辦公桌。」我說，「如果你們找得出任何一項錯誤，任何一項還沒有處理的事項，歡迎你們把我丟進垃圾桶裡，隨便你們要注射什麼都可以。」

翠莎咳嗽了一下，我看到她面前放著一些列印文件。「過去幾天，」她用正經八百的聲音說，「妳犯下一些很奇怪的錯誤，我們收到某些客戶的詢問。」

「給我看！」我搶過她手上的文件低頭看，因羞辱而雙頰漲紅。

有人敲門，梅格和翠莎不悅地轉過頭去，門打開後出現蘿拉的臉。

「是荷莉的電話。」她說。

「說我們在開會，」翠莎說，「我們會回電。」

「是『電子葉』公司的克雷格，我們要辦活動的客戶，」她說。「他要立刻跟荷莉說話。」

梅格和翠莎互看了一眼，梅格起身說，「我去辦公室接。」

「荷莉，」查理用憐憫的聲音說。「我們只是在為妳著想。」

「這就是問題所在，」我說，「你們要違反我的意願強迫我嗎？我不認爲你們會淪落到那種地步，而且這麼做可能是違法的，翠莎也不會讓妳做任何違反規則的事。我才不去這個什麼葛連斯東莊園，我哪裡也不去。我會每天早上九點來上班，六點下班，讓你們看看我有多平靜、理性、表現良好。等我眞的做了你們不認可的事，犯了錯，到時候你們再來告訴我。」

梅格回來之前，衆人間一陣冗長、非常尷尬的沉默。她帶著慌張的表情坐下。「什麼事？」翠莎問。

梅格不理會她，卻看著我。「如果妳要做那種不按牌理出牌的事，把廚房用具和詩集當成包裹寄給我們還沒簽約的重要客戶，也許我們該先談談比較好。」

「抱歉。」我眞該把這幾個字刺青在額頭上，以節省時間。

「妳在想什麼啊？」翠莎說，「我們需要那份合約。」

「他明天要見妳。」梅格說。

「所以，他們並沒有直接打退堂鼓？」

梅格看起來很難爲情。「他希望明天面對面討論。」

「我們都要出席嗎？」

「他說他要見荷莉。」

「妳還是該先跟我們討論一下，」翠莎說，「我們還沒決定提案內容。」

我看得出他們的決心已經動搖，我起身說，「很抱歉讓你們這麼麻煩，」我很有禮貌。

「很抱歉讓你們擔心。」

我轉向查理說，「我們該談一談。今晚可以請你吃飯嗎？我有很多話要說，很多道歉。」

他看著我良久才說，「好吧，荷莉。」

「這才是我需要的治療。」

就像一場必須在最後一幕中止的戲。我看到梅格和狄福醫師離開時喃喃說了什麼。我不在乎，我有其他的優先考量，得先解決我的人生與婚姻。

16

我們在街角找了一家安靜的義大利餐廳，在靠窗的位子坐下。查理喝啤酒，我啜飲礦泉水，看著行人匆匆躲雨。我提醒查理我們剛認識時也會坐在餐廳裡觀察其他的客人，猜測他們的故事。他勉強擠出笑容。他在努力，但顯然還在生我的氣，也很受傷。他往前傾靠近我，只有我聽得到他的話。「我考慮過頭也不回地離開，再也不要見到妳，可是……」他停下來瞪著我，彷彿內心有所掙扎。

「可是？」

「我不知道，千頭萬緒。而且妳的精神狀況不佳。」

「噢拜託，別再來那一套，怎樣？你在想什麼？」

他握著我冰冷顫抖的雙手說，我們會解決這些問題，不計代價。他說這是我們的紀念日晚餐，雖然我們不是在慶祝，但我們要下定決心，接下來一年的婚姻會更好，會是眞正的婚姻，我們要互相照顧，他會幫助我。

我本來打算跟他深談，努力想告訴他我不需要幫助，因爲我眞的會改變，而且也已經開始改變，他會看到的。可是他阻止我，說晚點再討論這些。首先我必須休息、復原。我憤怒地說我沒有生病，他卻說我該放下這些事。「有時候，不是所有的話都必須說清楚，」我開口要爭論，卻突然失去了對抗的力氣，彷彿心智被切成碎片，被整齊地切成憤怒與反抗、屈辱與羞愧、冷酷的諷刺、激烈的不耐與遲鈍的漠然。這些碎片彼此之間沒有連結，我不知道該用哪一個部分的自己開口。我很悲哀地問他是否還愛我，他卻好像沒有聽到。於是我說，「我把鑰匙弄丟了。」連我自己都很意外突然提起這件事。

「什麼？」

「我把鑰匙弄丟了，」我又說了一次。「不在我的鑰匙圈上。」

「妳一天到晚弄丟鑰匙，」他停下正在說的話。「這有什麼關係？」

「不知道，我只是想告訴你。」

「好，妳告訴我了，」他說，「我再去打一支鑰匙，妳去找個不會一天到晚弄丟鑰匙的鑰匙圈。」

我們點了簡單的義式燉飯和沙拉。查理喝了一杯葡萄酒，我仍然喝水。我們謹慎地吃飯，幾乎完全沉默，彷彿彼此很不熟悉，小心地在外圍打轉。

查理看起來不太一樣。過去幾個星期來，他閃閃躲躲、易怒不安、充滿恨意。他的一些問題讓我很生氣，進而使他的情況更糟，然後讓我更加生氣。然而上天知道，其實他的某些情緒是針對我的行爲做出的反應，可以理解。有時候，我覺得原本的婚姻已經演變成一場心理實驗，兩個人被困在狹小空間裡互相折磨至死。

此刻的他似乎比較平靜，幾乎可以說是滿足，彷彿一切在掌控之中，彷彿他能保護我，爲我們下了決定。我從沒看過他這樣的表情，讓我想爬進他的懷抱裡，也讓我想把自己拖進一個深深的黑洞，睡到春天來臨爲止。我做了沒那麼棒、但我也很想做的事，吃了幾口撫慰人心的溫熱燉飯，喝了一口他的酒，讓他帶我坐計程車回家。他幫我放水泡澡，我泡了很久，然後躺在床上瞪著那座他媽的醜雕塑品，它回瞪著我，指控我做了可怕的事。查理帶著熱茶和消化餅乾進房，彷彿回到小時候。他關了燈站在門口看著我、守護我，我抱著枕頭假裝睡著，後來眞的睡著了，漫長的一天終於結束。

第二天早上，我進公司後發現「電子葉」的留言，上面只有公司附近酒吧的名稱，克雷格下班後要在那裡見我。我想到寄給他們的包裹，覺得一陣難爲情。他們會怎麼想？我的眼前突然出現一個景象，終其一生都在幫自己收拾殘局。我可以解釋成開玩笑、一時瘋狂，或者可愛的特立獨行……我要蘿拉去對面幫我買兩杯雙份義式濃縮咖啡。她回來後，我拿一杯過去給一臉冷淡的梅格。

「也許妳該一起去。」我說。

「妳不需要我。」她說。

「我覺得我非常需要妳。」

「他指名要見的是妳。」梅格說。

我一口喝下咖啡，感謝舌頭滾燙的感覺。梅格的咖啡放在桌上，碰都沒碰。

「我不知道。」她說。

「什麼？」

「妳非得每天拿公司去下賭注不可嗎？我們跟妳不一樣，我們不需要那種興奮感。」

我在酒吧一看到克雷格就知道會沒事。他正在喝一杯不甜的馬丁尼，見到我時露出開懷的笑容。他幫我點酒，我搖搖頭。目前只能喝水。我已經比全人類加起來還多喝了很多馬丁尼。

「妳瘋了，」他喝乾後，向吧檯後方的女人表示再來一杯，「不過正是我們所需要的，跳脫思考限制。來，聽聽看。」

那本詩集就放在吧檯上他的馬丁尼旁邊，他拿起來大聲朗誦其中一首，我不太跟得上。

「很棒不是嗎？我牛津畢業後就沒讀過詩了，這玩意……」他從口袋拿出那個液態蜂蜜的用具。「這是個功能性物品，」他說，「卻帶有一種滑稽的味道，我拿給別人看，沒有一個不笑的。」

「我只覺得很好玩。」的確，我只說了這些。腦袋一片模糊，不知道該說什麼。克雷格向我解釋設計這一行，我在適當的時刻點頭，露出深思的表情，偶爾露出微笑，以表同情。

一小時後他起身伸出手。「我們很聊得來，」他說，「我覺得我們已經把想法釐清了。」

我握握他的手。

「我可以載妳一程嗎？」他問。

「不用了，我要回公司。」我虛偽地說。

「你們這些人，」他面帶微笑的說。「我明天打電話給妳，我們要一起賺錢。」

他離開後我又點了一瓶礦泉水。我真正需要的是紙筆，可是目前只能在腦袋裡列清單，重點在於一項一項解決。首先的要務是查理。第二，工作。還有其他的事得解決，清單上的第三項是賭債，想當然他們知道那是場誤會，我會處理的，我會想辦法。我付了錢，問洗手間在哪裡，女酒保指示我往地下室。我洗了手，站在鏡子前看著自己，撫平頭髮，對自己說，「一步一步來。」

我走出去到石頭走廊上，和一名穿著西裝的男子擦身而過，我咕噥著抱歉，感覺肩膀上有一隻手把我用力往後推到磚牆上，我透過絲襯衫感覺得到冰冷。李斯帶著幾乎是好奇的表情低頭看著我說，「妳都沒有聯絡。」

我想掙脫他的束縛，可是他的手伸上來。我沒有感覺到那一拳，而是看到，接著便是一陣刺目的白光，我聽到他的手打在我臉上的聲音，我的氣都沒了。

「妳在玩弄我，」他說，「我不喜歡。」

他用左手緊緊抓住我的脖子，使我無法發出聲音。右手則撫摸著剛剛毆打的臉頰，再往下摸我的身體、胸部和肚子，伸進我的洋裝推進兩腿之間。我依然聽得到樓上杯子相碰和聊天的聲音，他壓在我身上，在我的耳畔低聲說，「妳在玩弄我，是妳強迫我這麼做的。我不是這種人，我只是個有女朋友的普通男人……」

眞是瘋狂，我嚇得六神無主，手腳發軟。我知道他想對我做什麼我都無法阻止。就算如此，就算他用手掐住我的喉嚨，當他開始自憐自己是普通男人時，我還是忍不住笑了。

他憤怒的臉發黑。「幹妳媽……幹妳媽——」他喘著氣罵我。「現在這樣妳喜歡嗎？」他用膝蓋踢我的鼠谿部，我痛得大叫，接著又撕破我的洋裝。他的臉湊過來我的面前，近到我都可以感覺得到他的呼吸，看得到他嘴脣上的水珠。

「妳跟我上過，」他低聲說，「現在我高興怎麼對妳都可以。」

我用盡全身力氣對他吐口水，滿意地看到那坨口水黏在他的脖子上。他舉起手又打我，我往後閃。我聽到，但沒有感覺到頭用力撞到牆壁的聲音。他一手把我洋裝的領口撕開，湊過來吻我的嘴。我用力咬下去，嘗到血的味道，聽到他大叫，他打我時又是一陣劇痛。

樓梯傳來腳步聲，李斯抽身離開。他跑上樓時兩名女子下樓經過我面前，並沒有跟我交談，似乎根本沒有看到蜷縮在那裡的我。

我的雙腳發抖，心臟怦怦跳著，有幾分鐘的時間根本動彈不得，只能靠在牆上聽著自己的呼吸聲。接著，洗手間傳來馬桶沖水的聲音，我強迫自己上樓，回到明亮的光線和酒吧的笑聲裡，回到街上的黑暗中。

17

我瞪著四周，一個笨重的身影東倒西歪地從巷子裡走出來，我胸口一緊，不過那不是他，只是另一個穿著西裝的男子。我看看手錶，才七點多。六月分很晚才天黑。

該去哪裡？我該回家，可是疾駛而過的計程車上都有人，我這樣子又不能搭地鐵。我拿出手機，可是該打給誰？我一手摸著臉頰，輕輕撫摸眼睛下方腫起的地方，因疼痛而退縮。我把外套拉得更緊，努力不去回想他的手在我身上遊走的情形，突然湧上一股黏膩、作嘔的感覺。

到公司只要一分鐘腳程，於是，我踩著搖搖晃晃的步伐走回公司，不停東張西望以防他還在附近。我直接進了洗手間，開燈站在鏡子前凝視著眼前的陌生人，充滿血絲的雙眼、腫脹的皮膚、撕裂的洋裝、臉頰的藍色瘀青慢慢散開。我脫掉外套檢視傷勢，用冷水拍拍腫脹的皮膚，摸摸後腦勺撞在牆上的地方，手指都是血跡。當時沒有感受到的疼痛，現在才出現，襲來的絕望使我一陣暈眩，得抓著洗手台才能站直。

我閉上眼睛，聽到外面傳來輕微的開關門聲，有人穿過辦公室，傳來打開電燈的聲音。我動不了，只能瞪著鏡子裡那個受傷而無助的女人。腳步聲向我走來，停止，繼續，門咿呀打開。

梅格出現在我身後。我沒有轉身，我們的目光在鏡子裡交會，無言凝望彼此，彷彿她看盡我內在那些可怕的部分，連我都不知道的部分。我覺得非常害怕孤單，幾乎無法站直，或與她對上眼。我不禁思索這是友情嗎？超越感情，甚至愛，一種可怕而親密的知音？或是其他？

「梅格，」我終於說。「怎樣？」

「妳不能再這樣繼續下去，」她向前一步，一手搭在我的肩膀上。我透過薄薄的洋裝感受到她手指的溫暖與手的沉重。她是在安慰我，還是在扮演一個要帶走囚犯的獄卒？我終於轉身面對她，她一手放在我的肩膀上，引導我進辦公室。

「妳得告訴警方——我之前就要妳這麼做，現在妳非做不可。」

「可是——」

「沒有可是。他很危險——我一見到他就知道了。他不會就此罷手的。」

「梅格？」

「我現在就帶妳去警察局，我的車就停在卸貨區。我只是剛好回來拿幾份檔案。我去幫妳拿外套。」

她帶外套回來裹住我，扶我下樓搭上她的車，把我壓在副駕駛座，幫我繫好安全帶。

「梅格。」她坐上駕駛座，發動引擎時我說。

「什麼事？」

「我怎麼了？」

「我不知道。」

「我一直覺得妳有什麼事沒告訴我。」

「那個我們晚點再說。」

「以前我們之間都沒有祕密，以前我們都對彼此坦白。」

「妳要向警方舉報這個李斯做的事，其他的事都可以等。」

「我討厭等。」

「我知道。」她淡淡地說。

「查理有外遇嗎？」

「荷莉，等等再說。」

「他有外遇對不對？我不會怪他，問題是，對方是誰？梅格，他外遇的對象是誰？」

「到了。」

經過四十分鐘的等待後，我坐在一個叫吉兒．柯克蘭的女警對面，不知該從何說起，彷彿一個非常難以掌握、既生動又模糊、讓妳在夜深人靜之際滿頭大汗醒來的噩夢。最後，經由坐在另一邊的梅格提示下，我才結結巴巴說出這個骯髒的故事。

吉兒．柯克蘭有一張看了舒服的臉，敏捷的雙眼，以同情的方式傾聽。她一直幫我在保麗龍杯子裡加水，我則一直大口喝下，彷彿這樣就能用水沖洗掉身上所有的一切，從體內沖洗出來。她要求我詳細描述李斯怎麼打我，檢視我臉頰和額頭上還在流血的傷口，要我示範李斯怎麼碰我，做了什麼事。

我沒有看梅格，但感覺她的目光在我身上。我告訴吉兒我是怎麼認識李斯的，還有我們的一夜情，他打電話給查理，寄來的內褲。梅格低頭看著放在膝蓋上的雙手。我沒有看到，但一度感覺到她驚訝的退縮，我繼續說下去。她終於知道我到底是什麼樣的人了。吉兒・柯克蘭並沒有露出震驚或批判的表情，我非常感激這一點。

「克勞斯小姐，我得老實告訴妳。」

「請叫我荷莉。」

「荷莉，我們可以偵訊他，有幾項可能的罪名，可是不容易有結果。」

「看看她的瘀傷。」梅格說。

「妳曾經和這名男子有過一段關係。」

「不算關係，只是無足輕重、醜陋的一夜——」

「不關我的事，我只知道看起來是怎麼樣——如果上法院的話會被弄成怎麼樣——。」

「我喝醉了，」我說，「喝醉、愚蠢、叛逆、瘋狂。妳是說，就因爲我曾經和他上床過一次，他就可以攻擊我、威脅我，然後還能脫身？」

「不，完全不是的。我只是希望妳明白相關程序，妳必須向陪審團描述妳剛剛告訴我的事，妳必須讓自己的私生活和行爲受到檢視。妳知道有多少強暴案最後勝訴嗎？」

「不知道。」

「在國內的某些地區，成功率低於五分之一，包括陌生人的強暴案在內。這些還是送上法院的案件，警方和皇家檢察署認爲有機會判刑的案子。至於約會強暴——」

「他沒有強暴我，那也不是約會。」我淒涼地說。

「荷莉，妳不需要說服我。可是，妳在進行下一步之前需要知道這些資訊，這是爲了妳自己好。」

「我懂了。」

「妳已婚。」

「對。」

一陣沉默之後，梅格憤怒地說，「他也許會再犯。」

吉兒．柯克蘭不發一語地看著我，顯然她說得對。

「他們會把我生吞活剝，」我轉向梅格，「我最近做過這個夢，噩夢。這些人指著我大聲尖叫，他們的臉聚焦又失焦，李斯也在場，還有黛博拉，還有牌局上那些人，還有被我揍到地上那個男的。」我看到梅格驚訝地眨眼但我繼續說，「我記得查理也在，妳也在場，你們全都指控我。我如果上法院的話，這個噩夢就會成眞，全都會發生。」

我站起來，雙腳已不再顫抖。「謝謝妳，」我對吉兒．柯克蘭說，「妳幫了很大的忙。」我們握手，我覺得這個憂心操勞的夜班警員是冷酷黑暗中的一道光，很可能成爲我的朋友。

梅格開車載我回家，雖然她想進屋，我卻堅持她先回家。我想自己面對查理。

18

可是查理卻不在家，屋子裡一片漆黑、安靜、空虛。

我上樓脫掉洋裝丟在一角，穿上浴袍，梳理頭髮，我沒看鏡子，就緊緊將髮絲往後抓成馬尾，穿上溫暖的拖鞋，到廚房從冰箱冷凍庫拿出冰塊，用布包在一起，壓在抽痛的臉頰上。

我打查理的手機，烤麵包機後方的藏身處卻發出鈴聲。一小部分的我如釋重負，因為不需要告訴他發生什麼事。可是我也知道，每次我們沒有說開、拖延結算的時間、延遲解釋和告白，我們的關係就會更瓦解，直到終於崩壞，只剩下一串串的回憶。啊對，我曾是那個女人，他曾是那個男人，曾經一度我們對彼此的生活及想法瞭若指掌，會分享最微不足道的事——輕微的喉嚨痛、他午餐吃的三明治、公車上有人對妳說的話、妳看到的日落、他買的襪子——還有那些大事，大事幾乎更重要。

我不知道此刻他人在哪裡，也不知道他跟誰在一起、做什麼。我不知道他在想什麼，不知道他什麼時候會回家，我要對他說什麼。我不知道他會怎麼回答，他的表情會是和藹還是嚴厲？我會不會在他身上聞到另一個女人的味道？一個親切、鎮靜、寬厚、神經大條的女人。

我做了炒蛋配吐司，強迫自己吃下肚，再喝兩杯綠茶。我把額頭靠在廚房窗戶玻璃上，看著外面黑暗凌亂的院子，強風正吹過長草，拉扯著樹枝。我起了一身冷顫。

門鈴響起，我回到廚房中央，不確定地站在那裡。那不會是查理，而我什麼人也不想見。

想到要花力氣把嘴唇彎曲成微笑，張嘴說話，「對，沒有，我沒事，進來……」就無法忍受。

門鈴再度響起，這次是兩短聲一長聲，也許查理忘了帶鑰匙。我把睡袍的帶子拉緊，走到玄關打開一個門縫往外看。

「你一定是找錯——」

我還來不及關上門，他的厚重靴子已經伸進門內，同時發出尖叫般的奇怪笑聲，彷彿我說了什麼很好笑的話。

「小心，」他用力推門，我蹣跚地跌進玄關裡。「妳一定是荷莉。」

他很年輕，也許還未成年，臉上和細脖子上還有青春痘。他留著平頭，左眉上掛著一個環，左耳還有好幾個，但右耳耳根則空無一物，因爲右耳傷殘，只剩下殘餘的形狀。天氣很冷，他卻穿著寬鬆的戰鬥褲和邋遢的灰色背心。兩支胳膊都有渦漩狀的刺青，我看到他胸部那個刺青的尾端。

「我不認識你，」我說，「請你離開。」

「這地方不錯。」他又尖聲大笑，用力吸鼻子，用手臂擦鼻子。

「我要報警了。」

他從口袋裡拿出一樣東西——我看不出是什麼——從一手丟到另一手，然後突然一聲喀答聲，昏暗的燈光下出現一把刀子。我們都瞪著那把刀子，他露出微笑，彷彿表演了魔術戲法。

「不用，」他把刀片收回刀鞘放回口袋裡，又吸吸鼻子，用力抓抓一邊手臂。他身上有一股強烈的味道，像濕掉的狗、腋下和溶劑混合在一起的味道。我覺得這個男的怪怪的，什麼事都做得出來，任何一件事。我握緊拳頭。

「你想怎樣？」

「先來點啤酒吧。」

他抓住我的手腕，把我拉進廚房裡打開冰箱看裡面。

「這個就可以了，」他猛然打開瓶口喝了一口，大聲打嗝。「全都整齊又高級，床鋪得很整齊，」又是那個恐怖的笑聲。「妳認識維克．諾瑞斯吧。」

「不，我不認識。」

「妳欠他一萬一千鎊，或者更詳細地說，」他開口時彷彿很驕傲自己居然知道，「妳欠錢的對象是一家叫考登兄弟的公司。」

「那是誤會，」我說，「我生病了，我根本就不會玩牌，不知道自己在做什麼。」

他看著我，臉上依然帶著開朗的笑容。「妳臉上那個瘀青很慘。」他說。

「我輸了九千，不是一萬一，」我說。「而且我沒錢，我什麼都沒有。」

他又喝了幾口啤酒，發出沉重的嘆息說，「不關我的事。我只負責告訴妳他是怎麼說的。還錢，懂嗎？」

「懂。」我只想快點讓他離開。

可是他卻在廚房椅子上坐了下來，張開雙腿，彷彿時間多的是，不停用咬過的指甲抓著頭上和手臂上的結痂。

「那我們來看看這裡，」他拉過我的包包翻找皮夾後打開，裡面有二十五鎊跟一些零錢，全被他塞進褲袋裡。「妳老公怎麼說？」

我沒有回答。

「我敢打賭妳沒告訴他，」他起身向我走來，帶著啤酒味的氣息撲鼻而來。「好，我還有什麼沒告訴妳？喔對了，維克說目前是一萬一，下星期就會變一萬二，再下個星期變一萬三，以此類推，懂嗎？我會來收錢。現金。」

我點點頭。

「我叫迪恩。荷莉，下次再見。」

他悠哉地走出廚房，從玄關離開。我到大門前看著他走到人行道，再以不平衡又歪斜的步伐走到路口。我看著他經過從另一個方向走過來的查理，我關上門，靠在上面嗚咽，過了一會兒，聽到鑰匙開門的聲音。

我起身挺起胸膛，臉上露出歡迎的笑容。「嗨查理。」他從冷風中進門時，雙頰發亮、眼神明亮、腳步輕盈。「我也剛回來。我跌倒傷到臉頰，不過不用擔心，沒有看起來那麼嚴重。今天好嗎？」

我沒有說的是：幫我，幫我幫我，親愛的查理，幫我。隨便一個人都好，拜託在我崩潰之前幫幫我。

19

第二天早上，查理叫醒我，扶我坐起來，給我一條包著冰塊的濕毛巾放在臉頰，還有一杯滾燙的濃咖啡。他坐在床沿看著我喝下去，讓我清醒一點。夾在我和不是我之間的那層玻璃似乎變薄了。

「對不起，」我說。「關於……關於，嗯，其實是所有的一切。」

「沒關係。」他輕輕撫摸我的頭髮。

「我覺得我的狀況好像不是很好。」

「我們會讓妳好起來的。」他說。

「噢查理，」我說，「我知道你很會修東西，可是……」

「可以當成我的興趣。」他的眼神閃閃發光。

我想問：你跟誰上床了？我知道有別人：他是這麼體貼，卻同時這麼疏遠。突然間，他看起來更年輕、更迷人、更像我一年前愛上的那個積極男人。我想問：「我們何不停止對彼此說謊？我們何不把這些骯髒有毒的眞相都吐露出來，正視它的存在？」但我只是摸摸他的臉頰，轉過身去，不讓他看到我的面孔。

已經快八點了。我六點下班，得扮演荷莉．克勞斯的角色十個小時，直到下台、鎖門上床爲止。如果我能撐過這一天，不把事情弄得更糟，明天就會更好，諸如此類。

起先一切都很順利。我遵守所有的晨間慣例，甚至成功撥了撥查理推到我面前的食物，因爲他說吃東西很重要，聽起來也沒錯。我的皮膚很敏感，彷彿生病了，或快生病了。不論在室內或戶外，所有東西都蒙上一層薄霧。我小心翼翼地更衣、化妝，穿上僞裝，穿上面對世界的武裝，然而，什麼東西都掩飾不了我腫脹變色的臉頰。我在查理謹愼的凝視下穿上外套。

出門上班前，我拿出手機，到院子裡查理絕對聽不到的地方打電話給史都華。

「荷莉？聽聽是誰，我沒料到這麼快就有妳的消息。」

「喔？」我微弱地說。

「很棒的一夜是不是？」他說話的聲音音量太大。

「哪一夜？」

「我猜妳有很多選擇。我想起妳打牌的豐功偉業，還有隨之而來的後果。」

「我就是想跟你談這件事。」

「那我們什麼時候要見面？」奇怪他很快就同意了。

我深呼吸一口。我一點也不想見他，可是想不到任何方式在電話上說。「我需要你幫一個很大的忙，我們可以盡快處理嗎？」所以，我只好安排早上稍晚跟他見面。

我們約在一家咖啡吧。我努力不爲溜出辦公室而內疚，告訴自己她們大概很樂意看我不見人影。史都華穿著深色西裝和白色襯衫出現，沒有繫領帶，看起來時髦有自信。他買了兩杯咖啡，巨大鮮豔的彩色馬克杯彷彿是給巨童使用的。

他用評估的眼神打量我。「有人終於給妳顏色看了？」

我伸手摸摸臉頰。「我自己跌倒的。」

「真的嗎？」他嘲諷地露齒而笑。「妳看起來很累的樣子。」

「就像俗話說的，」我說。「等我死了就可以盡情地睡了，至少先把事情解決再說。你看到牌局上發生的事了？」

史都華的微笑更加確定了。「對，我看到了。」

「對不起，」我說，「我對那天晚上的記憶不太靈光，不過我記得自己有點無禮，如果我對你無禮的話，很抱歉。」

「妳的確對我很無禮。」

「對不起。」

「我一直想不透自己做了什麼事讓妳那樣羞辱我。」

「史都華，對不起。我一定是覺得你對我不懷好意才會反擊。但還是一樣不可原諒。」

「妳要見我做什麼？」

「我輸了一大筆錢。」

「我知道。我在場。」

「他們一定是看出我一點經驗都沒有。我本來不相信他們要我付錢，可是有一個傢伙到家裡威脅我，我根本就不知道他是怎麼拿到我家地址的。」

史都華心平氣和地看著我，沒有說話。

「你覺得我能跟誰談談嗎？」

史都華做了個鬼臉，彷彿這些都不重要。「妳想要的話可以跟東尼談，或是維克，不過我不知道妳希望他們說什麼。那是一場眞的牌局，妳親眼看到他們玩很大。這就像去超市一樣，妳不能裝滿推車才問可不可以不付錢就帶回家。」

「可是一萬一千鎊。」

「如我所說，妳可以找東尼談一談。」

這是最糟的部分，我用力吞口水。

「其實，史都華，我是希望也許你可以，你知道，跟他們說說看。」

一陣冗長的沉默，我覺得某種程度上，他似乎在享受這一刻。

「妳要我處理這件事？」他說，「連這件事也要？」

「你說『連這件事』是什麼意思？」

「記得嗎？妳要我處理黛博拉．崔克特的事。」

「我並沒有要求你，是你自願的。總之我已經好幾天沒她的消息了。」

「妳覺得那又是爲什麼？」

「因爲她知道自己不能成案。」

「我希望妳很確定這一點。」史都華說。

「你這麼說什麼意思？」

「我見過她，跟她談過。她的公寓要出售，快無家可歸了，得在沒有推薦信的情況下求職。她離開一份好工作來ＫＳ聯合公司，如今卻失去一切。所以，知道她受到公平的對待是好事一樁。」

「你到底站在誰那邊？」

「我並沒有選邊站。我只是中間人，想設法找到雙方的共同點。我認爲重要的是妳理解到她所受到的傷害。妳也許無法完全理解，但她很脆弱。」

「喔我理解……」我開口說，然後停下來用力看著他，他突然臉紅。「眞是不敢相信，你上了她。」

史都華臉色漲紅，看看四周。

「小聲一點，」他說。「妳到底是怎麼了。」

「對吧，是不是？」

他用一根顫抖的手指戳我，我以爲他要戳我的眼睛。「其實沒有，」他幾乎說不出話，喘著氣呼吸。「妳到底是怎麼回事？妳對每個人都這樣，尋找他們的弱點。我們都有弱點，可是妳找到人們的弱點之後再用來毀了他們，妳就是這樣對付黛博拉的。妳很聰明，抓到她犯錯的證據，再用來毀了她。妳對我也是這樣，還以爲自己能脫身。妳這麼做是因爲權力嗎？還是妳就是喜歡這麼做？看自己能多過分？首先，妳沒辦法再用甜言蜜語讓自己擺脫維克・諾瑞斯的債務了。妳試試對他拋媚眼，看看會有什麼後果。他不會原諒，也不會忘記。妳就好好繼續抱著希望等著看，遲早會知道我的意思。」

他彷彿喘不過氣一樣停下來。

「你說完了嗎？」我說。

「還沒，」他說，「我來跟妳談黛博拉的事。」

「然後呢？」

「至少讓妳避免一場災難。再給她一次機會吧，她承諾下次會不一樣，她說會放下過去。」

「她會放下過去？」

「沒錯。所以，我該怎麼告訴她？」

我需要點時間思考。我心頭怦怦跳，幾乎聽不到史都華在說什麼，也無法清楚思考。

「我有一個訊息要轉達給黛博拉，」我說，史都華向前聆聽。「你可以叫她去滾他媽的蛋，我們抓到她算運氣好。我一點也不信任她，就算只是派她丟垃圾也一樣。」

我起身離開。

我像個喝醉酒的女人般蹣跚回到公司裡，笨手笨腳找到座位，雙腿發軟。我想用電腦，但手指抖得厲害，一直按錯鍵，打出一大堆毫無意義的字。不知道過了多少時間，所有事情彷彿都一起冒出來攪局。蘿拉在我面前放下一杯咖啡，卻被我潑倒在桌面上，我記得有人馬上把檔案拿走，用紙巾擦拭，說眞的沒關係。有一個三明治被我咬了一口，可是我覺得很噁心，所以丟到垃圾桶裡。

不過我記得我和梅格、翠莎討論黛博拉的談話。我聽見我用彷彿不屬於自己的聲音說也許我太莽撞了，她們是否覺得需要再給她一個機會。翠莎堅定地回答我們的律師已經看過所有的文件，很滿意我們在那個情況下所做出的正確決定。這個案子很清楚，沒有第二次機會。

「所以就這樣，」梅格說，「不要再想黛博拉的事了。」

「不要想她的事。」我微弱地重複。

後來，我記得梅格把手放在我的肩膀上，不斷重複我的名字，問我還好嗎。我告訴她沒事，可是很難專心。我一直想到昨晚那個年輕人迪恩，他身上黏膠和汗水的味道，一面要我付錢一面咯咯笑，在查理進來之前大剌剌走出門。我想起史都華的那張臉，原本讓我覺得愉悅又和藹可親，今早卻充滿敵意與厭惡。然後還有李斯。他撕破我的洋裝、甩我耳光只是昨天的事嗎？我還聽得到頭撞到石牆的聲音。一切彷若夢境，一個可怕的夢，所有一切同時向妳襲來，妳所做過的那些恐怖的事全部回來找妳，所有的一切，無處可逃，對抗、逃跑或大聲求救都沒用。眞可笑。

「妳在哭。」我身邊有人說，梅格不知道從哪裡冒出來。「妳爲什麼在哭？」

「我停不下來。」

我呆坐瞪著空白的螢幕，聽到電話鈴響，梅格回到蘿拉身邊。接著她說外面有一輛計程車在等，蘿拉會送我回家。聽起來很奇怪，卻也很合理。如果計程車司機需要指路的話，我不確定自己會記得怎麼走。我跟梅格說我只是需要安穩地度過風暴，就會恢復正常，她叫我不用擔心時間問題，我說我只需要她告訴我這一點。她說明天我們得談談如何防範李斯，我想說還有黛博拉和債主派來的奇怪信差，不過沒說出口。還有我。我該怎麼對自己採取防範措施？

我們似乎沒幾分鐘就到家了。蘿拉用我自己的鑰匙開門，然後幫我換衣服，我說她是除了我母親之外，第一個幫我脫衣服的女人。有幾個男的，可是沒有女的。我向蘿拉道歉，我應該幫她的，那是我的工作。她送我上床，把棉被拉到我下巴。我在裡面蠕動，溫暖身體。我聽到門關上的聲音，屋裡很安靜，只有我一個人。幾個聲音流洩而入，嘶嘶聲還有嬰兒哭聲還有外面的喇叭聲。外面有人恨我，理由有好有壞，也有完全沒理由的，到處都有人恨我。我把頭藏入棉被底下，膝蓋拉到下巴，用力頂著哭泣而滾燙的眼睛。

20

下午，晚上，冬日傍晚。窗外的天空變暗，空氣變冷，時鐘上的綠色數字從五點、六點、跳到六點半……查理沒有回家。他在哪裡？以前他都會在家等我的。

我終於強迫自己下床，包在睡袍裡，下樓打查理的手機。

「喂？」

「查理，你快回家了嗎？我覺得怪怪的。」

「是嗎？妳要我現在回來嗎？」

「你在哪裡？」

「跟朋友在一起。」

我勉強辨識背景的聲音。「別擔心，」我終於說。「我只是自己胡思亂想，不用急著回來。我不會有事的。」

「我再一下，」他承諾。「八點左右好嗎？」

「好，」我終於說。「八點好。」

我打電話給梅格。

「是我。」她接電話後我說。

「荷莉，」她聽起來有點驚慌失措。「妳好一點了嗎？」

「今天的事很抱歉。」

「別擔心。不過聽著，我可以等會回電給妳嗎？現在有點不方便……」

我聽到一個男的叫她的名字。

「妳跟誰在一起？」我問。「梅格，妳跟誰在一起？」

「妳聽我說，如果妳明天會進公司的話，我們就明天再談。不要現在談，不要在電話裡說。先好好休息，照顧自己，趕快好起來。」

「梅格。」我還沒說完她就掛掉了。電話那一頭沒人，我把話筒壓在耳朵，只聽得到自己急促的呼吸聲。

我辛苦地爬上樓回到床上，看著時鐘滴答滴答。

我聽到有人按門鈴後用力敲門的聲音，好像要把門敲壞，還以爲做夢夢到有人在追我。可是當我醒來坐起身時，那個聲音還持續著，接下來，我聽到玻璃碎裂的聲音。我什麼也沒做，只是躺回床上，一陣疲倦襲來，那深深的疲倦讓我覺得彷彿被包在防火毛毯裡，沒有力氣掙脫。我知道發生什麼壞事，卻沒有力氣感到害怕。我的雙腿像木頭，胸部像石頭。我靜靜躺著，胸口抱著枕頭，聽到有人用力敲門，椅子被用力拖過廚房地板。

我聽到腳步聲，濃烈的恐懼終於一舉攻擊全身，使我喘不過氣，刺痛皮膚，喉嚨裡卡著一條巨蛇。

腳步聲來到樓梯口，停止，再沉重地上樓。

「荷莉，起來，」我對自己說。「他媽的快起來。」

我蹣跚地下床，腳踩到地板時差點跌倒。一小部分的我感覺得到自己的臉抽痛，感覺到頭痛，也感覺到腳底下木頭地板上的顆粒、清澈夜空閃亮的黑暗，還有外面世界的聲音。

我想到電話，對——打電話報警。我蹲在地上，抓下床頭櫃上的電話想按一一九，可是房間很暗，我的手指不聽使喚，聽到撥錯號碼的嗶嗶聲。接著臥室外傳來腳步聲，臥室門被踢開，彈在牆上。我在地板上的位置只看到黑色鞋子和灰色長褲。

走廊灑進來的光線使我看清電話上的數字，我再按一次，一面按一面嗚咽。

「原來妳在這裡，躲起來了是嗎？」

聽到他的聲音時，我的恐懼突然消失，變得鎮靜而沉著，彷彿強風突然停止，我又能看清楚了。我站起來，手上還拿著電話。

「史都華？你在做什麼？」

「妳以為我在做什麼？我只是過來談談而已。」

他口齒不清，說話的時候還搖來晃去。

「你喝醉了？喂？喂？緊急服務？對，我叫荷莉・克勞斯，我家有人闖入——」

他撲過床鋪打掉我手上的話筒，話筒彈到地上，他把它踢開，拔掉牆上的電話線。「好了。」他喘著氣說，臉色一陣紅一陣白。

「你馬上出去。」

「等我們談過再說。」

「沒什麼好說的。」

「荷莉・克勞斯，妳自以爲很聰明是不是？自以爲長得很迷人。」

「我要下樓，閃邊去。」

「今天下午妳跟我談過之後，我們跟你們他媽的律師談過了。妳完全沒有把我的話聽進去，是不是？妳從來不聽別人的話。」

「根據我們律師的意見——」

「給我閉嘴聽我說。她連推薦信都拿不到了，對不對？」他愈講愈大聲，臉色愈紅。「妳打落水狗很享受嗎？最後的一點權力，就像妳很享受羞辱我，在大家面前嘲笑我。妳覺得那是什麼感受？妳很以此爲樂對吧？」

「就因爲你跟黛博拉之間有什麼，不表示——」

「妳他媽的瘋了嗎？」他說。「妳能不能不要再想我跟黛博拉之間有什麼？我只是——我只是想——妳卻坐在那邊嘲笑我。」

「我去泡咖啡，」我說。「我從不故意嘲笑別人。」

我走向臥室門口，他卻抓住我的肩膀，把我轉過來面對他。他的下巴有口水，臉湊過來時口氣中有酒精的酸甜味。「妳哪裡也不准去。」

「把手拿開。」

「沒有我的允許，妳哪裡也不准去。」

他把我往牆上推，我用力推他，他向後倒。我從五斗櫃上拿起外婆給我的鏡子，像抓住網球拍一樣抓著把手敲在他的臉上，聽到他痛苦憤怒地大叫。我衝到門外，以為自由了，他卻抓住我的睡袍拉住我，一拳歪歪打到我的臉上，我的頭往後倒，脖子一陣劇痛。

他還抓著我的肩膀，臉上露出恐怖和迷惑的表情。「荷莉，我不是故意的，」他說，「可是妳一直說，我得阻止妳。」

「不要，」我說。「不要。」

他愈抓愈緊，我伸手對他胡亂揮拳，趁他往後閃躲時跑出房門外到樓梯口。我以為聽到他在我後面，結果突然跌了下去，腳絆到樓梯。我伸出手想抓住東西，卻徒勞地刮過牆壁，頭撞在扶手上，樓下的地板以慢動作迎面而來，我一直沒有油漆的石膏牆、脛骨下破舊的地毯、背後的沉重呼吸聲、玄關的鞋子、拉開的鞋帶。一切都清晰無比。

我的頭部重重落在堅硬的地板上，眼冒金星，全身劇痛。我聽到有人嗚咽，知道那一定是我。我張開眼睛，自己的兩手散開在眼前，彷彿入水前的潛水員。一隻腳還半掛在樓梯上，感覺不到另一隻腳，試著移動時才發現那隻腳彎曲壓在身體下面，扭到的腳踝陣陣劇痛。

「荷莉，」有人說。「噢天啊，荷莉。」

那是我腦袋裡大聲哀嚎的聲音。不，不是腦袋裡面，外面。有人在用力敲門，門被用力打開，我再次看到眼前的鞋子，笨重的黑鞋。我抬頭看到一名男子，兩名穿制服的男子。史都華正在我背後說，「是意外，我沒有推她，是意外，我不是故意的，我沒有要……」

「哈囉，」我的臉貼在滿是灰塵的冰冷地板上，閉上眼睛，覺得很平靜，幾乎可說是快樂。「很高興你們來了。」

我一直說其實不是他的錯，但他們還是把史都華上了手銬帶走。我不怪他，不怪任何人。此刻終於遠離白天那些醜陋而混亂的激情。這是什麼樣的一天啊，充滿仇恨、不愉快與陣陣暴力，古怪的臉孔和髒話和亂摸的手。

我躺在擔架上被推進救護車，身上蓋著一條柔軟的毛毯，一個女的握住我的手。他們都知道自己在做什麼，我不需要思考，也不必感覺或恐懼。街上聚集了一些人旁觀，他們輕推對方，指指點點，興奮地愈聊愈大聲。我聽到有人說我的名字，像一陣陣的風不停重複。荷莉·克勞斯，荷莉·克勞斯，荷莉·克勞斯……可是，一切都不重要了。

有人來到我身邊，一個身影穿過救護車打開的門，在我身旁蹲下。

「荷莉？」

「嗨查理，你終於回來了。」

「妳做了什麼事？」

「比較像是被做了什麼事。」那個握著我的手的女人說。「她很幸運。」

「你身上味道很香，」我悠悠地說。「香料的味道。」

「是誰下的手？」

「史都華，不過他不是故意要傷害我的，他只是喝醉了。」

「妳的臉……」

「我沒事，眞的。」

「上面都……」

「我看起來很醜嗎？不管了。」

我覺得颱風出現，不過我只被掃到颱風尾，「天氣在我身體裡面。」我喃喃地說。

「什麼？」

「不重要。你可以牽我的手嗎？」

他握著我的手，幾乎是心不在焉地輕輕拍著，像個茫然不知所措的男人。

「我們得談一談。」我好像這幾個星期一直在說句話。查理沒有回答，車門關上，救護車向前開進黑暗中。

我沒什麼大礙，不過醫生還是決定留我過夜觀察。除了先前臉上留下的瘀青之外，後腦勺多了一道傷口，需要縫幾針，腳踝腫起，脖子很痛，跌下鋪地毯的樓梯時脛骨受傷。第二天來偵訊我的女警說，史都華的臉看起來比我還慘。可憐的史都華。我告訴她事發經過，她全部寫下來，覆述一次給我聽之後，才讓我在一張紙上簽名。我問她接下來會怎麼樣，她聳聳肩。我轉頭面向牆壁等她離開。

前一晚上的平靜變成近乎悲傷。我想到查理和我，想到梅格和我，想到查理和梅格。他們是全世界我最愛的兩個人，也許是我唯一眞正愛過的人——也許除了我媽，我愛她只因爲她是我媽。沒有了梅格和查理，我還剩下誰？一大群活潑的點頭之交，對我一無所知，只知道我是派對動物：一起混很好玩，偶爾失控。我跛著腳走到浴室裡站在鏡子前：油膩的頭髮、一邊臉呈現骯髒的黃色、龜裂的嘴脣、明顯的眼袋。他們看到現在的我也許會三思。

21

出院回家的路上，我覺得好像被親愛的丈夫從醫院接回家的新手媽媽，只是模仿得很拙劣，而且沒有新生兒，也沒有歡天喜地。我抓著膝頭的塑膠袋，裡面放著被撕破的髒衣服。我們一路上都沒說話，車子停在門口時，查理才說，「對不起。我應該在場的，我應該在場保護妳的。」

「維持法律與秩序的力量及時抵達，」我說。「是誰通知他們的？」

「顯然是妳。」

「我來不及給他們地址。」

「並不需要。」

「好厲害。」我說。

「我以爲他是朋友。」查理說。

「本來是，」我說。「現在我的朋友比敵人更恨我。」

我們下了車，走上屋前的台階。

「別這麼說。」查理說。

我們進了家門。我開始說很抱歉，同時查理也開始說什麼，我們同時道歉，都讓另一個人先說。我堅持查理先說。

「妳覺得還好嗎？」他說。

「這就是你想說的話嗎？」

「不是。我想道歉，我應該留在家裡照顧妳，可是我有一個會議，是關於一份工作。」

「太棒了，」我說，「是誰？」

「是一家設計雜誌，妳不會知道的。」

「我很高興，什麼時候？」

「恐怕就是現在。妳不介意吧？」

我摸摸他的手臂。「去吧，我要去休息了。」

「我覺得留下妳一個人很不對。」

「不會，」我說，「沒關係。這只是所有事情累積下來的結果，現在膿包切開了，問題解決了，我可以倒下了。」

他露出微笑又困惑的表情，「我打斷妳了，」他說，「妳剛剛本來要說什麼？」

「我要再說一次對不起。」

「爲什麼？」查理說，「妳是受到攻擊的那一方。」

「一再發生。」我說。

「什麼？」

「因爲同樣的事一再發生，每次都更糟糕，就像齒輪一樣，我是這個意思嗎？齒輪是什麼？」

「妳說眞的嗎？」查理說，「那是輪子上的卡栓，只能前進不能後退，就像時鐘裡的齒輪一樣。」

「看吧，」我說，「我就是這個意思，你就是知道這些東西。這一切結束之後，等我們經歷過這些之後，我們要好好談一談。」

「好，」他簡短地說。「不過現在……」他跑上樓換了一件比較好看的外套。

「你看起來很棒，」我說，「我會雇用你。」

他的臉色一沉。「妳知道我永遠不會向妳要工作的。」

「我不是那個意思。」我結結巴巴地說。

「我該走了。」

「你忘了帶作品集。」

查理看著我的時間有點久。「他對我的作品很熟悉，」他說，「不用帶。」

「那祝你好運。」

他點點頭。「喔對了，」他說，「我幫妳打了一支鑰匙。」他把鑰匙放在桌上。

「謝謝，不過我在想，萬一另一支是被人拿走的呢？」

「被誰拿走？」

「算了。」

他出門了。我站在原地，努力回想在學校讀過的一首詩。「我騙她她騙我而這些謊言滴咚滴咚滴咚。」也許「滴咚」。有人敲門，我露出愉快的微笑。一定是查理。他改變心意了。我準備擁抱他，進行我們拖延很久的談話。

「你還眞快——」不過我沒說完，因爲不是查理，而是迪恩，手上還拿著啤酒罐。

「我在等妳老公離開，」他走過我面前進屋。「看，我很體貼吧？」

他就著瓶口喝了一口。

「我這次自己帶了，」他好奇地看著我。「又打架了？」

「算是吧。」我說。

他揉揉鼻子，好像鼻子癢，喃喃說了什麼我聽不懂的話。

「所以呢？」我說。

「怎樣？」

「你來這裡做什麼？」

「妳知道我來這裡做什麼。」

「我進了醫院，」我說，「才剛回來而已。總之我告訴過你，我沒錢，沒辦法付錢給維克·諾瑞斯。」

「妳說沒辦法付是什麼意思？」迪恩嘲弄地說。「這是他媽的妳買的房子不是嗎？」

「全都是貸款，我根本沒錢。」

他喝下一大口啤酒。「我沒關係，」他說，「我只是他派來收帳的，不是他派來解決妳的。等我告訴他妳什麼都沒做，我會很慘，可是妳會更慘。」

「我沒辦法……」

他走到壁爐前拿起一個綠色的玻璃醒酒瓶，那是人家送的結婚禮物。

「那個東西大概值一百鎊，」我說，「你可以拿走。」

他丟在地上，碎成一千片綠色碎片。「這不夠，」他喝光啤酒，「妳有辦法拿到錢的，只要想辦法的話任何人都拿得出錢，妳眞他媽的得這麼做。」

「你敢威脅我的話我就報警。」

迪恩把空的啤酒罐放在茶几上，心不在焉地拉開拉鍊，旁若無人地掏出小小的粉紅色老二，刺鼻的黃色尿液在地板上積成一灘。接著他不雅地搖搖屁股，把它塞回褲子裡，拉上拉鍊。

「妳得去籌錢，」他說，「如果下次還是沒錢，妳不會再見到我。我只負責轉達而已。我是白臉。」他走到門前，「我們也會跟妳老公討論，」他露出笑容。「謝謝妳讓我用廁所。」

我平靜地走到洗手間，靠在馬桶上嘔吐，一直吐，把肚子裡的東西吐光爲止。然後我拿了水桶、抹布和衛生紙打掃客廳的碎玻璃和尿液，清完後再用漂白水擦地板，重複兩次。結束後我看看手掌，好像在水裡泡了一個星期的屍體。

22

我整個晚上都在斷斷續續做夢，醒來時想到的事跟噩夢沒什麼兩樣。

「妳生病了。」查理說。我想換衣服，他卻站在我面前，抓著我的手臂想把我推回床上，可是我比較強壯。

我強迫自己下床，從衣櫃拉了一件領口和袖口有乳白色滾邊的衣服。我是伊莉莎白一世，是都鐸時期的仕紳。我在有傷口的頭上包了一條圍巾。「我變成農婦了，」我說，「變成收成馬鈴薯的工人，西班牙北部和驢子，男人只會在陰影下喝酒。」

「荷莉，妳聽我說，」查理的臉很靠近我，嘴巴像魚一樣開闔開闔，我看到他皮膚的靜脈和下巴那些細小的鬍渣，聞到他嘴裡的味道。我往後退。「妳得回床上，」他繼續說，「妳得讓我照顧妳。」

「不要用吼的，」我說，「我腦袋裡好像有一顆塑膠球在到處彈跳。我可以用那些意外的角度畫一張圖表，用箭頭跟虛線，從這裡切開。」

「荷莉，親愛的荷莉，現在還不到七點鐘。」

「我得工作，我得付貸款，我停下來的話一切會失控的。」我說，「相撞，撕裂金屬的尖銳聲，沒有人能收拾殘局，只有我。」

我穿上一雙鞋，兩隻鞋的高度好像不太一樣。算了，我把包紮的腳塞進去。

「你需要工作，」我說，「查理，你需要工作，你的人生在流逝，離你而去。」

「聽我說，等我一下，我跟妳一起去好嗎？妳不能自己出門。我去換一下衣服，我們先吃早餐再一起搭地鐵去。」

「再也不要了。」我說。

「什麼？」

「再也不要搭地鐵了，再也不要。整個就像螞蟻和蟻丘，黏膩大石頭下的蟲子，四面八方都是石頭和泥土。查理，你難道看不出來我們都被活埋了嗎？困在這個充滿氧氣的小膠囊裡，大家都在呼吸別人汙濁、骯髒、醒來之後的氣息。」

「我們搭公車。」

「我們可以一起走路，穿過那座搖晃的橋，你得緊緊抓住我——你永遠不知道我可能去哪裡或做些什麼。」

「荷莉，坐在床上等我。我去淋個浴，妳該換上正常的衣服。」

「不用管那些，」我說，「不用管我。」

「答應我妳會等一下好嗎？」

「我答應，」我說，「在胸前畫十字發誓，否則以死謝罪。」

眞是只有可愛的白痴才會相信我。他進了浴室，我聽到水聲，便跌跌撞撞地下樓出門。

我在走路，可是卻很奇異地彷彿在高速行駛的車上。事物意外朝我出現，樹木、人們和牆壁。我的腳踢到人行道，滑到馬路上。有人用力按喇叭，還有尖銳的煞車聲。我轉身看到背後車窗裡一張扭曲的面孔。是一個非常恨我的人，我從他們瞪大的憤怒眼睛就看得出來。我一跛一跛地過馬路，兩邊肩膀高低不平。

「走路不長眼睛啊妳！」

我看到一個推著嬰兒車的女人染金髮的深色髮根，我想告訴她所有東西都會顯露出來，無法遮掩，也無法長時間愚弄大家。我們都很荒謬，以爲可以蒙蔽他人，可是其實我們一直都知道並非如此。大家都在同一個瘋狂的猜謎遊戲裡。我記得小時候玩的猜謎遊戲。電影（用手一直轉圈圈模仿電影膠卷轉動）。四個字（伸出四支手指）。第一個字，兩個音節，是有點像聖誕節——噢天啊，聖誕節快到了——我在講哪裡？對了，像聖誕節，在聖歌裡跟長春藤押韻。對，荷莉。第二個字，一個音節，妳馬上就猜到了，對不對？克勞斯。荷莉．克勞斯，荷莉．克勞斯眞爛。沒錯。沒錯。沒錯。

我走到橋上，河面上有一股徘徊不去的霧氣。天氣一定很冷，因爲我呼出一團團白霧。我感覺得到腳下的橋在晃動，我發誓就像冒險電影裡那些少了一半木板的微弱吊橋一樣搖晃。我一直跌倒，而且橋看起來很長，一路往上延伸。怎麼可能走到另一頭？如果我以前走過，表示我可以再走一次嗎？我以前什麼事都做過：說謊、大笑、經歷他媽的他媽的每一天，所以這表示我現在也做得到嗎？人生就是這樣嗎？就只有這樣嗎？

橋的盡頭愈來愈近。我看看四周，以爲看到一個熟悉的身影，可是風吹得我流淚，所以什麼都看不清楚。汽車從我身旁呼嘯而過，人們從我身邊繞過，像避開瘟疫一樣避開我。很明智。我的鞋子在傾斜結冰的路面打滑，我一手抓著圍欄，很冰很黏。如果我一直抓著不放也許手指會黏在上面，得拉破指尖纖細的皮膚才能拉開。左，右，左，右。我父親以前常常唱的押韻是什麼？「左，左，有好的家然後離開。右，右，剛好你非常活該。」

「妳活該。」我大聲說。

我走下橋的盡頭後右轉下坡，風吹在我的臉上使我踉蹌。我的喉嚨發出奇怪的聲音，又出現另一個聲音。

「小姐，妳還好嗎？」

我瞪著一個女人的臉，她留著翹翹的棕髮，下巴很尖，我看到她嘴脣的一點水珠和缺角的牙齒。她長得很漂亮、棕眼，正揚起眉毛看著我。

「妳還好嗎？」她又說了一次。

「妳想知道什麼？」我說。

「妳好像遇到麻煩了，我只想知道是否幫得上忙。」

「喔，對。」我開始笑。

「我可以打電話幫妳聯絡誰嗎？」她很堅持。

「妳想都想不到。」

她戴著手套的手伸進我的手臂，有人發出奇怪的聲音，狂暴的啜泣呻吟。有人圍成一圈，我看到好多張臉低頭瞪著我。我坐在人行道上，我想一定很冷。我似乎沒有穿絲襪，膝蓋上有血。我看起來一定很奇怪，也許他們以爲我只是滑倒摔跤了。

「我滑倒摔跤了，」我說，「滑倒摔跤了，得起來才行。」

「看她穿的衣服，」一個聲音說。「她喝醉了。」

「只是亂七八糟而已。」我說。

「她說什麼？」

「亂七八糟！」我更大聲說。

「她在大叫什麼，她一定是吃了什麼藥，打電話求救。」

的確有人在大叫，情況的確失控了。就像派對上有人在另一個房間打架，妳聽到玻璃破掉的聲音，等妳過去看時已經結束了。妳只看到結果：推倒的椅子、人們在起身、大叫，只看得到餘波而已。我的眼角餘光注意到一陣扭打，幾個人倒在地上發出奇怪的聲音。我感覺膝蓋和手掌燒灼的感覺，我檢視雙手，發現粉紅色的擦傷和點點砂礫。附近有人在聚集，好像有車禍。其他人疾步通過，顯然有緊急事故，我環顧四周卻看不到，似乎總是在我的視線範圍外。

「就在妳後面，」有一個聲音輕輕對我說，讓別人聽不到。我環顧四周想看是誰，可是太快了。我問人們發生什麼事，沒有人能有條理地告訴我。某些少女聽到我的問題光是大笑，我衝向前給她們一個教訓，可是她們動作太快了，像三個鬥牛士對抗我這隻鬥牛。

一輛汽車靠邊，一男一女兩名警察下車。我問昨晚是否見過他們，我的記憶很模糊。我以爲他們會逮捕人，進行偵訊，可是那名女警走向我，深深凝視著我，彷彿我的臉是一扇窗戶，她正看進深處。他們兩個一人一邊拉起我的手臂，把我推進警車後座，我想抽開卻辦不到。我解釋這一定是誤會，他們抓錯人了，他們似乎沒聽到，因此我大叫、尖叫，他們還是不理會我。那名女警堅定地坐在我身邊，警車開走。

「我上班要遲到了，」我說，「我告訴你們該怎麼走。除非你們是要帶我回家。就在前面而已。你得迴轉。」警車沒有迴轉。「我們要去警局嗎？對不起，我的證詞沒什麼要補充的。」

可是他們沒有載我去警察局，或公司，或回家。

23

「妳知道自己在哪裡嗎？」

「知道。」我說。

「然後呢？」

一陣沉默。

「然後什麼？」

「妳在哪裡？」

「妳沒有問這個問題，」我說。「妳問我知不知道自己在哪裡，我說知道，因爲我知道。」

深呼吸。

「好，妳能不能告訴我妳在哪裡？」

「可以。妳是說妳要我告訴妳我在哪裡？」

「對，請說。」

「難道妳不知道嗎？妳在這裡上班，妳應該知道的。」

「我想知道妳知不知道。」

「我不在這裡上班。」

我無法阻止自己發笑。這一天的開始已經不是很順利，現在卻愈來愈滑稽。我覺得好像偏頭痛一樣暈暈的，思緒卻比房裡的任何人更快、更清楚。我看著那個年輕女人：她的名牌上方方正正的大寫字母寫著「克莉芙麗醫師」。她的白色外套閃閃發亮，白色笑容也閃閃發亮。

「妳在努力思考，」我說，「妳在想一種問問題的方式，以便讓我說我在醫院急診室裡，好了，我說了，不用提示。」

「妳知道自己為什麼在這裡嗎？」她問。

「噢不，我們不要再來這一套了吧？自從我被兩個穿制服的男女帶來之後——妳不覺得穿制服的人有些特別之處嗎？我第一次看到他們的時候還以為他們是脫衣表演的。我是說，沒錯，當妳走在自殺橋上時有脫衣舞孃出現是很奇怪的事，當然自殺橋不是它眞正的名字。橋有這種名字就太可怕了，沒有人會想走上去，或從下面穿過，其實這座橋叫做……」我想不起來，「可是當地人都很親切地稱之為自殺橋。它之所以會被稱為自殺橋的原因是，第一，人們一直在上面自殺，嗯，不是在上面，是往下跳。而他們之所以會這麼做的原因是，第一，因為這座橋距離下面很高。第二，據說，我沒有查證過，據說這是倫敦唯一一個地方，當妳跳下去的時候是從一個郵遞區號跳到另一個郵遞區號，也就是從N１９跳到N什麼的。妳剛剛問什麼問題？」

「荷莉——」

「妳要叫我荷莉小姐。」

「我要去找人來幫妳做檢查。」

「那妳剛剛在做什麼？」

「我只是急診醫生。」

「別道歉。」

「不會很久的。」

「不要緊，」我說，「反正我得去上班。」

克莉芙麗醫師消失在簾幕後方，簾幕又拉過沙發，可惜的是她留下一名非常健壯的護士，她說我如果下床就會被固定。我試著跟她聊天讓她放鬆。我們才剛聊到她的家鄉辛巴威，克莉芙麗醫師就帶著另一名亞裔醫師梅塔回來，她向我打招呼，介紹自己是值班的精神科醫師。

「這個時候我該說，『精神科醫師？我不需要精神科醫師，我的精神狀態很好。』」

梅塔醫師並沒有笑，她是一個很嚴肅的年輕女性，拿著書寫板先開始問我的姓名、出生年月日和地址。「妳知道自己為什麼在這裡嗎？」

「我不能再說一次，」我說。「我真的很忙，如果妳一定要知道，是警察帶我來的。」

「為什麼？」

「我想他們大概覺得我很煩吧，我最近和他們有點來往。一言難盡。」

「是什麼事？」梅塔醫師說。

「好吧，是妳自己要問的。有人威脅我——其實最近很多人威脅我，我現在說的這一個，嗯，他現在大概在醫院，因爲我用外婆以前用的鏡子打他。總之我很確定是這家醫院，我前幾天才來過，我不記得是哪一天——每天都差不多，對不對？——不過，他會想傷害我是因爲我開除了這個女的，還有這個男的迷戀我。其實我們有上床，可是沒什麼意義。我知道，我已婚。我知道，我知道，可是我跟查理談過了，很糟糕，我們在努力解決。然後還有這個年輕人來我家，在地板上撒尿——可是我不能談這件事，不能讓別人知道。」我停下來，「我在聽自己說話然後我發現從你們的角度聽起來很瘋狂。可是老實說是眞的。你們可以去問警方攻擊我的那個男人的事，不是帶我來的那幾個，他們大概不知道。或是問我先生查理。我知道我聽起來很偏執，可是全都是眞的。去問問看就知道了。」我停下來。「不，不要問，那些都不重要了。根本無關，對不對？」我試著和她眼神接觸，可是她在書寫板上潦草地寫著。

她抬起頭。「告訴我，警察帶妳來的時候發生了什麼事。」

「我看到的不多，」我說，「我在上班途中，好像有人在吵架，警方弄錯了，他們應該讓事情自然發展的。」

「妳的行爲很不尋常嗎？」

「我不知道那是什麼意思。妳在上面寫什麼？」

「我在記筆記。」

「我通過了嗎？」

「不是那種筆記。」

「妳想把我塞進妳的小方格裡，妳正在評估我，對不對？」

「只是初步的。」

「沒用的，」我說，「因爲我知道妳在做什麼，妳不知道我在說實話或是在說我認爲妳想聽的話或我剛好知道一個神智清醒的人會怎麼說或我只是神智清醒的人在說神智清醒的話或也許有可能我是神智清醒的人在說瘋狂的話因爲她很緊張所以想模仿神智清醒的人但失敗。」

「妳穿著睡衣。」梅塔說。

「太好了，」我說。「被妳抓到了。太好了，這是什麼遊戲嗎？」

「只是觀察而已。」

簾幕後面一陣忙亂，有人想穿過簾幕，可是滑稽地不得其幕而入。讓我想到戲院，落幕。

接著出現了一張熟悉的面孔，查理。

「荷莉，」他說，「發生了什麼事？妳跑到哪裡去了？我去找妳，我到處找妳都找不到。妳本來穿著睡衣坐在床上，下一分鐘妳就——喔，妳還穿著睡衣，是不是？發生了什麼事？妳做了什麼事？我接到一通電話，他們說妳攻擊一個年輕——」

「沒什麼，」我說，「只是一場愚蠢的意外。」我伸出手，進醫院之後護士就幫我包紮好了。「我跌倒擦傷手和膝蓋，他們帶我來這裡，現在在問一大堆問題。一點也不合理。」

「這位是妳先生嗎？」梅塔醫師問。

「他很棒對不對？大家都很喜歡查理。」

她轉向查理。「我可以跟你談一談嗎？」

他們走到簾幕後方，留下我一個人在台上，沒有觀衆，只有上帝。幾分鐘後，梅塔醫生單獨回來。「查理就在外面，」她說，「妳等會兒就可以見他。」

「他要帶我回家嗎？」

「我得再問幾個問題。請告訴我幾件事，妳的睡眠狀況如何？」

「妳太慢了。」我說，「幾個星期前我忙到沒時間睡覺，好幾天都沒睡覺。妳知道研究說剝奪睡眠會讓人瘋掉嗎？是眞的。可是我已經撐過去了。我最近一直在睡覺，睡得像……像鯨魚？鯨魚睡覺嗎？像沙灘上的鯨魚。」我笑了，「聽起來像度假的鯨魚。我是指擱淺的鯨魚，像熊一樣，熊會冬眠，牠們眞幸運。」

「妳的健康狀況如何？身體健康，沒有病痛？」

「難道我看起來不像健康的化身嗎？我大概是這裡最健康的人了。」

「那比如說，妳的性生活呢？」

「妳說『那比如說』是什麼意思？妳很難爲情嗎？來，承認吧，妳是剛來的嗎？妳覺得妳有能力評估我的性生活狀態嗎？」

「我想知道的是妳的看法。」

「顯然我們之間並不是很順利。爲了讓妳知道我臉皮厚到完全不會難爲情，不論什麼事都不會臉紅，我可以告訴妳我幾個星期前的確和某個從未見過的人上床，在某些東西的影響之下，對，我已婚，對，我是個快樂的已婚婦女，我後悔嗎？天啊當然——就我聽起來應該是頗爲神智清醒的回應。」我停下來努力專注。「這些我都告訴過妳了對不對？還是跟另一個說的？另一個女醫生？妳們都是女的。妳們允許男生在這裡工作嗎？我並不是在抱怨。只是覺得沒辦法像這樣對男生說話。也不是說妳能幫上什麼忙。我以爲妳是精神科醫生，難道妳不能安慰我一下嗎？因爲我眞的需要安慰。我知道我在喋喋不休，可是我知道在這個表面下其實我很悲傷。」我看著她，潦草地寫、寫、寫。「沒有？只是另一個黑點？另一個不及格的分數？妳知道，醫生，我認爲我已經很努力娛樂妳了。我開始覺得很累。我的頭很痛，腳踝也很痛，手和膝蓋也很痛，只想找個地方躺下來。如果妳想開個什麼處方給我，那很好。否則我要走了。」

寫寫寫，她抬起頭。「食物呢？」她問。

「不用了謝謝，我不餓。」

沒有微笑。

「我是說胃口，一般而言。」

「我不知道。」

「妳的胃口好嗎？」

「我要維持尊嚴地『不予置評』，沒有人應該被迫提出對自己不利的證據。」

「妳在工作上出了狀況？」

我做了個鬼臉，這是令我不舒服的領域。我得小心一點。「我不知道妳有多少時間，他們根本就是完全的——他們會承認如果他們……嗯，他們有一天會承認——不合理。噢這一切一點意義也沒有。妳怎麼可能明白我的人生？我就像隻被貓拖進來放在妳腳邊的死鳥，連我都不明白我的人生，而我已經被困在裡面二十七年了。」

我抬頭看著梅塔醫師。

她沒有寫了，只是茫然地瞪著我說。「讓我去跟妳先生說句話。」

「妳不是已經說過了嗎？」我問，「我覺得我們被困在同一個模式裡。」

他們不在的時候，我列出幾件要對她說的事。我努力以優先順序排列，可是一下就亂掉了，得從頭開始。然後他們回來了。

「我沒看到妳在那裡。」我說。

「克勞斯小姐，」梅塔醫師說。「我要跟主治醫師討論一下，他會過來和妳談一談……」

「所以這裡還是有男人，」我說，「你們把他藏在哪裡嗎？特殊場合才讓他出來嗎？」

「不過，我很確定我要妳自願住進精神科病房。」

「都是死鳥害的，是不是？還有貓，只不過是比喻而已。」

梅塔醫生繼續說，彷彿沒聽到我說的話，彷彿我不在房間裡。「如我所說，我希望妳自願住院，如果妳不願意接受，我們得考慮以心理衛生法評估，強制妳住院。」

「強制住院？妳是說眞的嗎？只有拿刀在街上亂跑威脅人的瘋子才會得到這種待遇。看看我，我很鎭靜地坐在這邊跟妳說話，我是說很鎭靜地進行這他媽的愚蠢的談話。」

「強制住院的過程比較麻煩，需要兩個醫生和一個社工簽名，得填很多表格，但必要的話我們還是會這麼做。現在妳可能想跟先生談一談。」

「說再見嗎？可是我不想說再見，我想回家。我只需要回家而已。如果我能回家，一切都會好轉的。」

梅塔醫師似乎沒有在聽，我像一台開著的收音機。她繼續手上的工作。她離開後查理進來，看起來他才是那個需要協助的人。

「荷莉，」他了無生氣地說。「很抱歉。」

「她跟你談過了嗎？他們要我留下來，如果你能幫我找到衣服的話我很想溜走。我不能就這樣出去。」

然後我看到他疲倦、滿是皺紋的臉，在醫院明亮的燈光下斑斑點點。我沒有力氣反抗了。我覺得氣力耗盡、丟臉、非常無地自容。我伸出一手輕撫他的手臂，看到他縮回去。如果你覺得該這麼做，那我會照你的話做，告訴我就好。」

「我不知道，」他說。「我真的不知道。」

「沒關係，」我說。「我會簽名的，查理，你不用擔心。」

我希望他抗議，可是他沒有，只是緩緩點頭。

「他們會讓妳好起來的。」他說。

24

他們並沒有讓我好起來，反而讓我情況更糟。

我就像一輛需要簡單修理的車子，應該被帶到車體工廠處理，卻被帶到廢棄場和其他的車子堆在一起，車門音響和有價值的零件都被拆下來，剩下的留在那裡生鏽。

那個辛巴威護士給我藥丸吃，說會讓我穩定下來，可是我應該是沒吃。我記得自己兩手都被壓住，有什麼東西破掉，地上有玻璃碎片。

我表現的像個揮舞著四肢掙扎、害怕的幼童，用盡力氣把藥丸吐出來。梅塔醫師給我看一支針筒，我看到針尖尾端的晶亮水珠。她把針扎進我的手臂裡，我想掙扎，但一股溫暖的浪潮幾乎立刻從手臂上針筒散布到全身。現在可以安心放手了。我可以讓自己睡著，什麼都不重要。一小部分的我希望自己永遠不必醒來，不必對抗，不必奮鬥。

日子如夢境一般，我只記得片段，回頭時看到一個女的，那一定是我。我想那是我，她一定是我，不論那是什麼意思。我的內在與外在世界彷彿結合在一起，無法分別兩者的差異。因此我看著自己，然後又看不見自己的蹤影，突然嚇了一跳恢復意識，再次無助地逝去。

我還以為他們要帶我去什麼安全、安靜的地方讓我復原，結果完全不是那麼一回事。我會知道是因為後來被告知我在精神科病房裡，接受鎮定劑注射與評估，幾天後，主治醫師判斷我對自己或他人都沒有立即的威脅，因此讓我出院接受先生的照顧。我怎麼可能造成威脅？我根本就像個植物人，連餵自己吃東西都做不到。橋上的騷亂當中沒有人受傷，沒有人被起訴。

他們是這樣告訴我的，可是我沒有經歷，只有影像：亞麻地板上的光線、年輕女子手腕上的包紮、一個老女人咬著她的嘴唇、用推車送來的食物、塑膠叉子、藥丸。我記得聲音：半夜的尖叫聲、一個女人低聲自言自語、護士休息時聊天的聲音、電視。還有味道：消毒水、食物、尿味。我記得主治醫師稀疏的灰髮、寬鬆的毛衣與和藹的眼神。我想我叫他「爹地」，我想他握了我的手。也許是查理，也許只是個夢。

我記得有一天查理告訴我，一個理平頭的怪異年輕人對著我們家前窗丟了一塊磚頭後咯咯笑著跑掉。我發出呻吟聲打算懺悔，可是他拍拍我的手叫我不要擔心。

我記得水瓶裡的花，亂七八糟，過於鮮豔的溫室花朵，睡覺都聞得到味道。查理不知道那是打哪來的，我不想想像，只想丟掉。我把水瓶推到地板上，塑膠材質在亞麻地板上彈跳。一個護士發出嘖嘖聲表示指責，把水擦乾，把花塞進另一個水瓶裡，放在我床尾的桌上，我搆不到，每次抬頭都看見它們在那裡。

我記得和精神科主治醫師索恩醫師見面，回想起來卻像在看一場完全聽不懂的電影，一個字都不懂，也無法解讀這種文化裡的手勢或臉部表情。我背靠在枕頭上，全身沉甸甸，毫無活力。我看著自己放在毯子上的手臂，查理和索恩醫師分別站在我的兩側，有一群比我年輕的學生，一群熱切的孩子。

「你的決定是什麼？」我問，伸手抓他的手臂，讓自己很意外，我想索恩醫師也很意外。

「我到底怎麼了？」

「妳罹患的是雙極型障礙。」他說。

「躁鬱症？」查理說。「對，我想也是。」

「不，」我說。「不是我，」也許我沒有說出來，只是這麼想。

我聽到一些字眼──「快速循環雙極異常」、「藥物」、「發作」、「化學失衡」、「頻繁」、「控制」。我聽到自己的名字被重複，彷彿那是別人的名字。我低頭看看雙手撕破的指甲，手指上的婚戒。一顆淚珠滴在粗糙的棕色毛毯上消失。

「我有躁鬱症？」我吐出那尖銳醜陋的字眼。

「是的荷莉，」索恩醫師說。「妳生病了。」

「不，我是因爲我是我自己，所以痛苦。」我想這麼說，也許說出來了。

「我們可以幫助妳，」他說。「用鋰鹽減少妳的痛苦。」

我知道那個名詞，那是別人在用的字眼。

「副作用有，」他正在說。「噁心、腹瀉、體重增加、口渴、皮膚問題。」

「在鋰鹽藥效出現之前，」他說。「先使用氯氮平。」

藥效，我想，鐵腳踢著我的頭。

「我會失去自我。」我說。

「不會的。」他說。

我記得出院回家。搭警車來到聖朱德醫院的好幾天後，查理牽著我出院，紙袋裡裝著我的睡衣和私人藥品。我的臉感覺到冰冷的雨水和腳下的地面。

「一次一步。」查理說。

我開始了我的旅程。

我的舌頭總有一股揮之不去的味道、頭痛來來去去，皮膚很癢，最主要是疲倦。我躺在床上，查理送茶和食物給我，記得給我吃藥。他看著我吞下，有時甚至幫我推到舌根，把水杯推到嘴邊沖下去。他每天在浴缸裡放水，牽著我進去幫我洗澡，幫我清洗肩膀、胸部、雙腿之間，根本就跟洗一塊死掉的肉沒什麼兩樣。事實上，那個影像進入我的腦袋之後就再也揮之不去了，這解釋了前一個月所有的事。我想到自己是一大塊的肉，掛在某處的森林裡引來蒼蠅，長滿蛆，吸引吃腐肉的動物爭先搶奪、撕裂一塊死肉。

我試著讀小說，可是那些文字一點意義也沒有，我記不得裡面的人物。我的舌頭上總有那股味道，似乎無處不在，我看到的，聽到的，連音樂都有一股討厭的味道。我比較喜歡靜靜躺著，窗簾拉上。我睡覺時夢到李斯、史都華和黛博拉，夢到那個平頭小子在我腳下撒尿，夢到有手抓著我，臉很靠近，然後這些夢境進入白日。我不斷想著那些恨我的人，我讓他們恨我，哀求他們恨我。來自過去的影像彷彿追根究柢的訪客般圍繞在床的四周，我的內心看到他們的臉龐，他們充滿敵意、提防的眼神。我想到他們在那裡，在眞實世界裡，我的腦袋之外，等著我最後出去的時候抓我。我用棉被把自己蓋起來。睡覺比醒著好，黑暗比光明好。

娜歐蜜每天都來。我聽到她在廚房清晰而低沉的說話聲，讓我覺得很安心。她留下手工蛋糕和麵包、湯、燉肉，但我想吐，吃不下。有時她上樓來，一手放在我的額頭或幫我量脈搏。她說我會沒事，叫我不要擔心。我只是閉上眼睛，聽著她的腳步聲離開我的房間，下樓到查理所在的廚房。他已經不再假裝工作，讓一切從指縫溜走，等我復原。我聽到他們說話的聲音，但聽不到他們在說什麼。我的人生繼續，只是少了我。

梅格來了，坐在床前的椅子上說著一些不需要我回答的話，好像還從我好久好久以前給她的一本快樂詩集裡讀詩給我聽，也許那只是夢，另一個夢。

我試著想說我什麼都知道，可是說出來的話都沒有意義。她往前靠，用面紙擦我的臉頰，所以我知道我一定是在哭，可是我離自己太遙遠無法感受到痛苦。在我的祕密人生裡。

突然間，一個來自童年的影像出現：父親坐在廚房餐桌前，雙手掩面，淚水從指間流下。

我一直記得他是個活力充沛的人，這悲慘的景象是從哪裡來的？

「我父親。」查理把藥丸推進我嘴裡時我說。

「怎麼樣？」

「他像我一樣。」

「妳是說……」

「他有躁鬱症，當然那是躁鬱症。我爲什麼先前沒有想到？這解釋了一切，然後——」我一手蓋住嘴巴。

「怎麼了？」

「他自殺身亡，不是很明顯嗎？他像我一樣，然後他自殺了，那是我的基因早已註定好的。」

「別說了。」

我痛恨那些一天好幾次推下食道的藥丸。那些裝在塑膠瓶的藥丸看起來很摩登、很小顆、亮晶晶，瓶身上寫著專有名詞。可是鋰鹽並不像阿斯匹靈或盤尼西林是偉大的化學製品，而是一種化學元素，我在學校的化學課裡看過，那是一種黏土般的金屬，感覺很像地質的東西，如今卻在我體內，如石頭裡的金屬紋路。我的舌頭嘗得到，肯定也看得到，感覺得到身體的改變。我覺得身體已不再屬於我。

「我有躁鬱症。原來，讓我覺得自己很特別的那一部分——以前讓我覺得很特別的一部分——只是一種疾病。我現在是誰？我總以爲我就是自己的行動總成，我是自己所有記憶的總和。可是，那些好的時光和不好的時光都已經從我身上被奪走。那些低潮到希望一切結束的日子，還有感覺什麼都做得到，可以飛上天，所有美好的時光。現在我認爲那不是我，不是眞正的我，只是症狀。當我行爲不檢時，當我行爲良好時，都只是因爲體內的化學不平衡。那是很好的藉口，可是我不想要。我想當我自己。壞的是我，好的也是我，我就是我。」

我在跟誰說話，對誰大叫？當然是我——另一個我，過去的荷莉．克勞斯，失落的世界裡遙遠的身影，我幾乎不記得裡面的顏色與生動的知覺。只有我。

我想被溫柔地擁抱，被小心地握住，才不會再壞掉。我躺在床上，彷彿巨浪中一艘脆弱的船。我閉上眼睛，感覺被水向下吸。

我下床穿上正常的衣服、刷牙、梳頭髮。我看著鏡中的自己，卻不認得。我緩緩下樓，一步一步，如盲眼女人般伸出指尖感覺方向。我從這個房間到另一個房間，一切都不熟悉。房子似乎改變了，所有的東西的位置都不對，門換了邊，廚房水槽比我印象中還要低。

我走到院子裡，看到雙腳在露水上留下腳印，告訴自己世界上沒有永遠。春天會來，春天很快就會來臨。

25

「其他人都能忍受藥物，我爲什麼不行？我只是覺得不像自己了，我覺得——我覺得自己好糟，全部都壞掉了。」

娜歐蜜看著我一會兒後起身。「等一下，」她說。

二十分鐘後，她帶著一個更大的塑膠袋回來，拿出小包裝和盒子，有甘菊茶、聖約翰草、多種維他命、魚油、月見草油膠囊、一瓶薰衣草浴鹽、還有一瓶薰衣草香味的蠟燭、香竹。甚至還有據說具有寧神效果的排笛音樂ＣＤ。

「把妳的藥丸丟掉吧。」她說。

我瞪著她。

「試試看。」

「別告訴查理。」我說。

我等查理出門跑步後才拿起藥罐握在手裡，想像倒幾顆在掌心吞下，光是想到就讓我喉嚨緊縮。反正也沒剩幾顆了。他們說爲了預防萬一，藥罐一次只能倒出幾顆而已。

我把藥罐拿到樓下的廁所，用大拇指推開蓋子，把藥丸倒進馬桶裡沖掉，看著菱形藥丸旋轉消失。

終於只剩下我和我自己。

我回到廚房喝下溫溫的茶，洗了馬克杯，在改變心意前走到外面的冷風裡。我邁開大步，以快到會痛的速度走到可怕的那天我和查理見面的那個公園。我繞著公園走了三圈後回家，以爲自己快吐了，最後一段還用跑的，視線有點模糊。我泡了很久的澡，放了薰衣草浴鹽，喝了三杯水，把ＣＤ放進播放器聽他媽的排笛音樂。我努力專注在自己的內在力量。等著看接下來會發生什麼事。我向自己宣戰。

那糟透的感覺緩緩出現，滲透到第二天，如眞實存在般在我的體內，在我的血液裡。

第二天半夜，我聽到外面有聲音，窸窸窣窣的腳步聲。我起床把臉貼在窗台上，有人躲在外面的陰影中嗎？我把窗簾拉緊，坐在床沿，努力思考該怎麼做。叫查理，對，他會告訴我。我張口發出微弱而細長的喊叫聲。

「查理！」我大叫，再更大聲一點，喉嚨很痛。「查理，你在哪裡？」

沒有回答。他不在家。我眼眶泛淚，用睡袍袖子抹掉眼淚。

突然之間，我不再害怕了。不論外面有什麼東西，都不可能比我腦袋裡的東西更可怕。我下樓打開通往院子的後門走出去，踩在那粗糙的碎石路上還有長了一半的草地。草地上有泥巴，光腳很冷。吹過來的風打在我的臉上。

「來找我啊！」我用盡力氣大叫。「來啊，李斯，還是迪恩還是史都華還是黛博拉，不論你他媽的是誰！我不在乎！你們來了是在幫我的忙。」

我閉上眼睛等著，至少一切很快就會結束了，這骯髒討厭、叫作人生的東西。

「他媽的來啊！」我發出哀嚎，可是我知道外面沒人。

有窗戶打開的聲音。

「有人還想睡覺。」一個聲音說。

我大吼回去，只有張嘴和尖銳的聲音出現。

「把頭伸進烤箱裡吧。」那個聲音說。

去死吧你，解決自己，去去去。那些字眼是從哪裡來的？裡面還是外面？我把手指塞進耳朵裡，可是那些字眼還是在我的腦袋裡轉來轉去。我蹣跚走回屋裡，睡袍下襬已經濕透，雙腳因碎石和冰冷而刺痛。

我看看樓梯，實在陡得爬不上去。我看著走廊的電話，可是太遙遠，而且裡面的聲音總是對著我的耳朵喃喃說一些不好聽的話。我伸出雙手，它們是透明的：我看得到藍色青筋還有像爪子一樣的骨頭。我打開一個抽屜看著所有的刀子，尖銳的銀色和鋸齒對著我閃閃發亮。我脫掉浴袍，厭惡地瞪著自己雪白而筋疲力竭的身體。我用手指撫摸很痛的肋骨，很痛的胸部，一路到我的喉嚨。我在磁磚上跪下，額頭靠在冰冷的磁磚上。

「我做不到。」我說，「我做不到做不到做不到做不到。」

我無法繼續下去了。

接著一個友善的聲音出現，不是別人，不在外面。親愛的心臟，你不一定要繼續下去。

「我不用繼續下去，」這次我大聲說出來，全身如釋重負如清水一般。「我不用繼續下去。我可以停止這一切。」

26

就像一隻冰冷的手放在我又熱又滿是汗水的眉毛上。我終於認知到，我想死。

我能以幾個星期來未曾經歷過的清醒度考慮這件事，毫無疑問。我不要痛苦或混亂的死法，希望把對別人的損害減到最低。我稍微擔心了查理一下，可是很快知道，顯然他沒有我會過得比較好。這個世界沒有我會比較美好。

如果屋裡有槍，我會當場放在嘴裡扣下扳機。屋裡沒有可以馬上達到目的的東西。我不想割腕。我希望像預料中的客人般接受死亡的歡迎，而不是用生鏽的刀片亂砍皮膚。當然，我引起大騷動的地方是倫敦最有名的自殺地點，想當然我會被死亡和絕望的氣味吸引到拱門區橋。人們從英國各地來到這裡從橋上往下跳，距離我家步行只要幾分鐘而已，連外套都不用穿。可是我卻沒有受到誘惑。我的理由似乎很荒謬，近乎無禮，像拒吃盤子裡食物的小孩。如今橋上裝設了各式各樣的銳角和護欄防止我這種人，我懷疑自己能跨過這些障礙。我能想像自己被割傷，劃破衣服。更糟的是——就算在我聽來都覺得很愚蠢——我一直有懼高症。我希望如退去的潮水般慢慢邁向死亡，而不是先經歷驚恐。

我和索恩醫師有約。查理想跟我一起去，我說我比較想自己去，「畢竟，」我說，「我得習慣這麼做，不是嗎？」

索恩醫師有上次的驗血報告。鋰鹽含量過低，他要增加劑量。這是個明亮和煦的早晨，他心情很好，我是當天的第一個病人。

「妳看起來好些了。」他說。

「我覺得好多了。」我愉快地說謊。我愼重更衣，在鏡子前檢視自己，確定衣服很整潔，頭髮梳好，笑容也準備好。

「妳有感覺到藥物的副作用嗎？」

「沒有，」由於不希望自己看起來過度愉悅，我又說，「我的嘴巴很乾，有點水腫，可是比預期好。」

「太好了，」索恩醫師說。「多攝取一點水分就可以解決口乾的問題。」

「我有這麼做。」

「很好。妳的情緒如何？」

「我覺得比較平靜了。」

「我們需要更多時間讓鋰鹽發揮藥效。」

「我知道。」我說。

「妳有按時服藥嗎？」他問。

「有。」我說，這當然也是謊話，我已經超過三天沒吃藥了，不知道查理爲何沒注意到。

「很好。」他說。

「可是我有點問題。」我不經意地說。

「什麼問題？」

「查理和我考慮出門一、兩個星期，我們需要時間獨處。我不確定會去哪裡，可能是偏遠的地方，我擔心藥量不夠。」

「別擔心，」索恩醫師說，「我會寫一張處方箋給妳，你們什麼時候要出門？」

眞是太容易了。

「查理正在安排，」我說。「找那種最後一分鐘的特惠方案，我希望我們明天就出門，也可能是一星期、兩星期後，我不確定我們會出門多久。」

「眞幸運，」索恩醫師忙碌地寫著。「我最討厭一年的這個時間點，因爲最適合度假。」

我讀過很多人衝動自殺，突然跳出窗外或臥軌。對我而言，倒像是在準備祕密假期。所有的東西都必須在第二天，也就是星期二準備好，因爲查理說他那天有事要出門。他說是上課，我知道他在說謊。他會在早餐後出門，傍晚才回來。我問了好幾次他幾點會回來，他問我會不會有事。我微笑著告訴他我已經覺得好多了。

見過索恩醫師後，我去買東西。雖然知道自己什麼都吃不下，我還是買了燻鮭魚和全麥麵包當晚餐，幫查理買了一些新的襪子和四角內褲，回家後整齊折好放在抽屜裡。不知爲何，此舉讓我覺得就算離開了也還在照顧他，那是我身爲人妻少數爲他做的事之一。剎那間，我想像我們在一起的生活可能是什麼樣子，在另一個世界裡，可是現在都太晚了：我知道自己正急速滑向灰飛煙滅，彷彿已經失去求生意志。

我們度過平靜的夜晚。由於希望早上快點來臨，我早早上床。我正要開始一段漫長的旅程，希望等待趕快結束。我睡得很沉，也睡了很久，醒來時查理已經出門，我們甚至沒有說再見。可是沒關係。是要怎麼說再見啊？最好就這樣揮揮手趕快走開，不要回頭。

我起床淋浴、洗頭，從抽屜裡拿出乾淨、寬鬆而舒適的衣服穿上，知道自己刻意忽略一些不可以想到的事。我正走在一條狹窄的木板上跨越無底洞，只要不去想底下的深淵和腳下狹窄的踏板，我就能走到另一頭。如果我讓深淵和狹窄的踏板進入意識中，就會跌倒。

我發現自己在鋪床，發現此事的荒謬而停下，但還是鋪完，把棉被撫平。剩下的事只能交給別人處理。

我得繼續行動，不要停下來思考。我從冰箱拿出一盒剩一半的蘋果汁，放在廚房餐桌上，還有一個大杯子，然後進浴室拿藥。我有三個多禮拜的藥量，應該很足夠。現在我在邊緣，蹣跚不定。我再度想起小時候站在牆上，在攀爬架上，父親在下面張開手臂，「跳吧，」他會說，「跳下來我會接妳。」他會逗我，伸出手又突然縮回去，彷彿要讓我摔下去，其實會在最後一刻把我接住。我一直想到這個遊戲。有趣的是，不論我多麼努力，就是想不起他的臉，或查理的臉。不過我看得到梅格的臉。

我突然發現，對於我正要做的事，梅格所受到的影響會最深，也會最內疚。我本來決定不留遺書，可是現在，在最後一刻我又改變心意。我拿起一隻筆，從客廳抓了一張紙思索了一下。當妳已經下定決心時，該怎麼說抱歉？該如何說再見？我不想提到她和查理，最後只簡短寫下：「我親愛又忠心的梅格，」我寫道，「眞的眞的很對不起，我只希望這一切停止。原諒這一切，我最要好最眞誠的朋友。所有的愛，荷莉。」

我把筆蓋蓋上，把遺書放在廚房餐桌上，開始吃藥。一次兩顆配蘋果汁吞下，喝完後改用柳橙汁，又快又簡單。我走到玄關時注意到查理的鑰匙還在掛勾上，擔心了一會兒他晚上該怎麼進門。我慢慢爬上樓梯，躺在床上，想起剛剛如何用手撫平被單，眞是浪費時間。我也想到昨晚是我有記憶以來睡得最好的一個晚上，不知道現在會不會變得很難入睡。

我想翻身，可是動作遲緩又沉重。我努力回憶任何外在的東西，任何來自過去、任何美麗的事物。我想到山和陽光然後變得很脆弱變成碎片碎片開始往下掉變軟又泥濘然後變暗又黏黏的。它們變得很慢然後陽光退去世界變冷然後泥濘灰暗灰色變成黑色然後太陽……太陽……

我身在一個很深很深坑洞的最深處。形狀在昏暗中移動，向我而來。我感覺到周圍的動作。感覺作噁、翻騰、可怕、噁心。很快就會退去、離開、結束。然後發生了什麼事，我看到父親的臉看著我，瞪著我。他沒有笑，我小時候他常常粗獷、喧嘩、充滿歡樂地大笑。他也沒有在哭，像衝倒整個世界的洪水那樣哭泣。沒有，他只是直視著我，非常溫柔地看著我，我已經不介意了。我終於一無所有。

「噢，爹地。」我努力想叫他，可是完全叫不出來，話語散落，知道自己已落入沉默。我感覺到可怕又美麗的生命從身上消逝：文字、風景、聲音、記憶。逐一離去。我讓它們離開：讓水流過拱起的雙手。

我告訴自己，「荷莉，妳已經放手了妳在墜落很快就會結束，活著才是唯一的地獄。」

那一刻，在侵入的黑暗中，我突然感覺到一陣令人難過心痛的後悔。我突然想起一幕，生動到我好像真的在那裡。

我在國外，和梅格一起坐在河畔的餐廳。午餐吃了很久，陽光很低，餐桌上有盤子和空殼、酒瓶、水瓶和菸灰缸。當時我們都是菸槍。陽光以奇怪的角度照射著，因此我們看得到清澈如藍色玻璃的河底，淺水處有魚在啜著漁船的纜繩。我們都穿著洋裝。我看不到自己的穿著，但看得到梅格的洋裝是淺藍色，胸部收緊。她往前靠咯咯笑，我突然很嚴肅地說：「我要把這一刻收起來放進瓶子裡，我就可以一直留著，在最黑暗的時刻幫助我度過。」她把手放在我的手上，我聽不到她說什麼，可是看得到她親愛的、親愛的臉。

我的內心深處出現一個想法：打電話給梅格。我從床上重重跌到床下，一併拉下床頭櫃的電話。我的臉很黏，我伸手拿電話，看號碼，時遠時近。我慢慢用盡力氣按下去，把話筒放在耳邊，什麼都沒有。電話沒聲音。我無法思考，不知道該怎麼辦。所有的東西都太重、太遙遠、太難。我的思緒變得很慢，每一個思緒都很沉重，彷彿陷在泥巴裡，一片泥濘。我拖著身體越過地板，一寸一寸拖著往前，用手指拉著。去哪裡？我還能去哪裡？我試著撐起身子可是沒辦法。我的力氣在消失，眼皮很沉重，張不開了。

我做出最後的努力，看到什麼東西，是窗前的輪廓，一個熟悉的形狀。三角型，一條電線，那座雕塑，那座醜陋的雕塑。我體內湧上一股盲目而最後的衝動，一個連我都幾乎認不出來的想法。我把自己往前推到桌前，像噴著鼻息飢餓的動物一樣。我的臉很痛，可是我繼續推，桌子歪斜，發出很大的撞擊聲，還有玻璃破掉或什麼東西破掉，外面，那不是玻璃。然後我縮起身體沉入自我，彷彿墜入漆黑海洋的船錨。墜落，墜落，墜落。

可是有人在那裡，有人在那裡看著我。就算我已經無法睜開眼睛也感覺得出來。我感覺得到他們站在我身邊。有人。

我試著張開眼睛，出現一小道波動的光線。在那一條光線裡我看到眼前有鞋子，因太過接近而模糊。我沒辦法讓眼睛對焦，一陣討厭的暈眩傳遍全身。

可是有人在那裡。我知道，我聽得到他們在我上方呼吸，在我即將離開的世界裡。

我伸手摸鞋子，它們縮回去，第一隻，然後第二隻，成為遙遠的形狀。我的手想跟著過去可是做不到。

我試著轉動脖子看是誰穿著那雙鞋子可是沒辦法。我的頭沉重的如即將死去的行星。古老、混亂的光線在我眼前閃爍不定，模糊、搖曳、正要熄滅。

我想說「幫我」，可是嘴脣動不了，氣息卡在喉嚨，潮水往後退。一波一波離開我，我躺在無人的沙灘上，感覺生命漸漸離開。

有人在看著我死。

我聽到鞋子離開的聲音，很緩慢的，安靜之前最後的聲音。

然後世界變成黑暗與冰冷與沉靜接著最後的光消失了。

第二次死亡

27

她雙眼緊閉，面容枯槁，腫脹的嘴脣周圍一圈瘀青，比我印象中更削瘦，白色床單下似乎空無一物。我瞪著她，直到眼睛刺痛，注意到以前未曾注意到的地方：鬃毛似的頭髮的分叉、上脣細微的絨毛、左耳下方的一顆小痣，手臂內側柔嫩肌膚上平行的擦傷。她看起來像個蠟像模特兒，所有部分都恰當得令人毛骨悚然，卻少了那股賦予生命的元氣。認識荷莉那麼多年來，我從沒看過她靜止不動，也沒看過她睡覺或單純靜下來休息。她的表情總是如風中火焰般不斷變化，說話時誇張地比著手勢，不耐煩地把頭髮往後撥，坐在椅子上彎身向前，往後靠，用鉛筆敲桌子，咬大拇指。她總是不斷跳動、走動、改變姿勢，彷彿找不到一個舒服的姿勢。

現在她真的停下來了，完全靜止不動，也不麻煩任何人：不麻煩查理，也不麻煩我，更別說前面櫃檯的那名護士。她領我來到這張床前，小心翼翼拉上簾幕給我隱私。簾幕後方有醫院病房的味道和聲音，荷莉的床前則一片靜悄悄。我一接到電話就直接從辦公室趕來，丟下荷莉上班最後幾星期留下的混亂。我們努力收拾她留下的爛攤子，有時很難釐清她到底做了什麼，更別說原因了。我們才剛剛安撫完一個不悅的客戶，就收到由義大利送來的一整箱昂貴絲襪，應該是公司裡每個女生都有一份；第二天則收到十張能避免背痛的昂貴辦公椅。我看了最近的支出，支付完大部分的款項，和銀行經理進行冗長而複雜的會議，還得面對某天早上帶著兩名助理和美麗藍圖出現的建築師，打算幫我們改造工作環境，裝設玻璃梁柱，還要打通辦公室樓上的地板裝天井。顯然荷莉認爲樓上那群穿著灰色西裝，目光銳利的律師會同意。

看著她安靜地躺在我面前，我眞的不明白她怎麼有辦法從每天繁忙的工作中抽出時間造成這般災難。我彎身向前，捧起床單上她冰冷而爆青筋的手。如果她現在死去，從這死亡般的睡眠中流逝，這些災難會與她一同死去，那些不安、憤怒與痛苦，還有當她這個人與認識她的人所經歷過、那令人眼花撩亂的疲憊感，這一切都會消失。我努力讓內心某個不安的想法浮現，然後正視它：部分的我希望她死去，一切歸於平靜，讓我們終於得到清靜。荷莉把那些藥丸塞進嘴裡時，一定也是這麼想的：我們都希望她死掉，我們都會覺得如釋重負。

我用大拇指輕撫她手背上突起的青筋，她身上有消毒水和嘔吐物的味道。她的嘴脣微微張開，我看到白色的舌頭。她微微張開眼睛片刻，茫然地瞪著我又閉上。我認識荷莉時，她穿著誇張的靴子進公司，當時我就知道我想當她的朋友。她很迷人、總是專注地聽我說話，認眞地看著我，注意我，有時甚至到讓我不舒服的程度。其實，與她之間的友誼進展可比一段戀情，她會突然買禮物給我，半夜想到什麼突然打電話給我，突然因爲我有說或沒說的話而生氣。她曾經跟我說她愛我，當時我們在法國南部，坐在餐桌前吃著海鮮喝著酒，眺望大海在午後的陽光下神奇地閃閃發亮。我記得自己漲紅了臉，支支吾吾說了什麼，覺得有點醉，像極了典型的英國人。她並不介意，一手搭在我的手上，咯咯笑著說她知道我也愛她，不需要說出來，我們會一直當好朋友。她就是冒險的化身。

「梅格？」

「荷莉？我在這裡。」

「我要吐。」

我拉開簾幕大叫護士，無助地看著荷莉靠在一個塑膠盆上嘔吐，流下一滴滴帶著血絲的無色嘔吐物，然後乾嘔呻吟。護士似乎不是很關心，荷莉吐完靠在枕頭上，用面紙擦擦額頭，把盆子放在一邊。

「我有可能被關。」她說。

「別傻了，」我說。「已經不犯法了。」

「什麼？」

「妳知道，企圖……」我幾乎不想說那幾個字。「……自殺。」

她緩緩搖頭。「不是的，」她說話的聲音彷彿在呻吟，每句話之間都停下來痛苦地呻吟，我得彎身靠在她的嘴邊才聽得懂。「妳聽說了嗎？我又做了一件壞事，我把那座醜陋的雕塑從窗戶推出去，差點砸到路上的老先生。是他打一一九報警的。」我彷彿在她疲倦的眼裡看到一絲慧黠。「我差點殺了他，他卻救了我一命。」

她靠回床上，閉上眼睛，我靜靜坐著，握著她的手。

「然後查理也來了，可憐的查理，他大概覺得我活該。」荷莉低聲說。

我故做輕鬆地說，「沒錯，妳眞是個大笨蛋。」

荷莉的眼睛還閉著。「梅格，對不起，我要爲所有的事跟妳道歉。」

「妳不需要……」

「需要，我需要說。對不起，眞的很對不起，我毀了一切，所有一切，我不值得活著，我現在眞的很想吐。」

「我該叫護士來嗎？」

「已經吐到剩膽汁而已，眞是一團混亂。」

「查理去樓下呼吸點新鮮空氣，要我去叫他回來嗎？」

「不要，不要離開我，拜託不要離開我。」她的睫毛下冒出淚水。

我等待著。看著她腫脹灰暗的面孔，冒著青筋的手焦慮不安地放在床單上。我用力吞口水，吸進腐敗的嘔吐味，突然想呼吸外面冰冷清淨的空氣。可是我終於生硬地說，「我愛妳。」

「我有打電話給妳。」

「什麼？」

「我快死的時候打了電話給妳。」

我彷佛接收到冰冷的訊息般一陣顫抖，這會兒我永遠無法擺脫她了。「妳打了電話給我？」

她說話時露出疲倦至極的笑容，每個字都很費力。「電話線不通，沒有通話聲，妳知道的，我跟科技不合，每次都這樣。我試圖留遺書給妳。不要告訴查理，我應該要留給他才對。沒必要惹惱他，就算有必要也不想惹惱他。」

「上面寫些什麼？」

「其實也沒什麼，就是道歉而已。警方沒找到那封遺書，查理也沒看到，也許我是在夢裡寫的，快死掉時做的那種醒著的夢。我知道妳會覺得我這麼做是妳的錯，可是並不是。我眞的懂妳跟查理。」

「什麼？我跟查理？」

「唔。」

「天啊，荷莉，妳是說妳眞的以爲我們……我有可能……」我停下來捧起她冰冷的手，用雙手握住，把它搓暖。

「都是我，」她淒涼地說，「我毀了一切。」

我低頭對她露出微笑，覺得喜歡她到荒謬的程度。「妳知道嗎？我待會兒就要走了，因爲有人在外面等我，是他載我來的，他叫陶德，妳記得嗎？我沒告訴妳是因爲那是我們的祕密，暫時還不想公開。」

荷莉張大雙眼，眼眶泛淚地瞪著我。「妳眞的沒有……」她說。

「沒有。」

「妳是說，妳從來沒有……？」

「妳是我最好的朋友，我怎麼可能這麼做？」

「我很確定，」她說。「我以爲是自己愚蠢的錯誤才失去你們兩個。」

「不論怎麼說，妳的確有點難搞。」

「陶德？」

「對。」

「幸運的陶德。」

她口齒不清，我把她的手放回床單上摸一摸。「睡一下吧。」

「梅格？」

「什麼？」

「我現在很快樂了。」

「很好。」

「我眞的眞的很快樂……」

她的嘴脣微微張開，呼吸變慢，眼皮下的眼球顫動著。她在做夢。

查理捧著一束乾枯的黃色康乃馨從走廊另一頭過來，那一定是在醫院樓下的商店買的。他當天早上刮了鬍子，也梳理了蓬亂的頭髮，卻如喝醉酒般步履蹣跚，皺眉盯著地上，一副若有所思的樣子。

「查理。」我叫他。

他停下來瞪著我，我卻覺得他的視線穿透我，看著別的東西。

「我去看過她，她又睡了。」

他的外表和病床上的荷莉同樣蒼白疲憊。

「她一直這樣，」他說。「醒來也完全沒精神，講話講累了又沉沉睡去。」

「她覺得很內疚。」我說。

「她有很多感覺。」

我覺得很尷尬，不想和他比誰比較清楚荷莉在想什麼。「查理，她會沒事的。」

「也許吧，」他悶悶地說。「目前來說也許。」

「你已經盡力了。」

「噢梅格，」他首次接觸我的目光。「我當然沒盡力。我留下她一個人，我該知道的。」

「你沒辦法二十四小時守著她。」

他沒有回答，只是聳聳肩，把臉埋進康乃馨裡說，「我會再跟妳聯絡。」

「我今晚下班再過來。」

「謝謝妳。」

「你該睡一下，要是連你都生病，就沒辦法照顧她了。」

「好。」他敷衍地說。

那天晚上，我七點回到病房時已經來了一大群訪客：換上乾淨牛仔襯衫的查理、我表哥路克、藍色眼影太濃的娜歐蜜，還有我很害怕、卻終於看到的荷莉的母親。她直挺挺坐在病床前，黃銅色頭髮下一張正直的苦瓜臉；雖然握著女兒的手，卻彷彿有人要求她握著這個令人不舒服的東西，照顧幾分鐘。荷莉像屍體一樣躺在床上，身旁塑膠瓶裡的百合花香氣濃郁。只有我看得出來她在裝睡嗎？

第二天，索恩醫師巡房時我也在場。他個子瘦長、脖子很細、敏銳的灰眼珠，看起來像送子鳥，立刻讓人覺得很親切。我看到他便起身離開。

「不要走。」荷莉說。

「可是我——」

「留下來。」

我坐在一旁。索恩醫師看著荷莉的病歷，拉張椅子坐下來問她很多問題，荷莉用輕柔的聲音簡短回答。她爲什麼停藥？計畫了多久？是什麼原因讓她覺得無法繼續活下去？誘因是什麼？這是她第一次嘗試自殺嗎？手臂上的割傷呢？她會怎麼描述企圖自殺前的心情？他要荷莉給自己的心情一個顏色，荷莉想了一下說，「紅棕色。」她吃了幾顆藥？吞下去之後才發現想活下去嗎？她會怎麼形容現在的感覺？他要她給目前的情緒一個數字，從一到十，一最低，十最高。荷莉眼中帶著一絲舊時的光彩，瞪著他說三又五分之二。索恩醫師對她露出微笑，彷彿眞心喜歡她。他的問題沒完沒了，又檢查她的舌頭、量她的脈搏，問她是否聽到聲音或看到奇怪的東西。荷莉看了我一眼又轉開，彷彿突然很害怕，需要我的幫助。

「或許，」她喃喃說，「你怎麼知道那些聲音和面孔來自腦袋裡還是外面？」

「當時妳很害怕嗎？」

「對，」她的聲音輕得幾乎聽不見。「很害怕，怕自己瘋了。我死掉的時候還以為……」

「以為什麼？」

「以為有人在看著我。」

「我認為這一點很正常。」

「我看到兩隻鞋子……」

他們繼續說。我覺得自己不該目睹他精確的問題和她喃喃的回答，彷彿一層層撥開後看到血淋淋的傷口。我盡可能靜靜坐在百合甜膩的香味中。

「妳希望自己自殺成功嗎？」他終於問她。

荷莉又看著我，表情裡有一絲我解讀不出的狡黠。

「不，」她終於說。「我覺得我想活下去了。」

28

雖然發生了這麼多事，我卻很快樂，這麼多年來最快樂就是現在。有時我覺得很內咎，卻無法克制，每天醒來看到陶德在身邊就滿心歡喜，那一天宛如大幅標語般在眼前展開。以前工作上難以面對的挫折現在變得很容易；以前讓我覺得無聊的事現在則很有意思。我找到了一股新的能量與熱情。我陷入了愛河。

有時我在他家過夜，有時他在我家過夜。我們的公寓像犯罪現場，留下愈來愈多陷人於罪的證據，證明我們的存在：牙刷、內衣褲、化妝品、襯衫、上衣、平裝書，我總是找東西找到一半才發現放在陶德家。這種安全的探險很好玩，永遠不確定當天晚上會睡在哪裡。

我所知道的是，不論我們之間如何發展，這樣的日子未來永遠不會再有了。如果依照我的願望進行，也許我們會很沒有想像力地來到一個階段，不再無時無刻想念著對方，可能一天、兩天、三天沒有性生活，另一個人只是熟悉的家具。可是現在不是。現在我們對彼此還充滿無窮的好奇，陶德是一個我想進入的迷宮，想解開的謎團，一個充滿魔法的神祕旅程。我們談論自己的人生、工作、舊情人、犯過哪些錯，做了哪些對的選擇，訴說彼此的祕密。

每一天都短得不像話。不論未來的發展如何，這種激情和能量都會消逝，也一定會消逝，如此一來我們才能變成正常人，正常的情人、情侶，或只是朋友，或再度成為陌生人。

可是現在還得擔心荷莉。我坐在陶德的公寓裡吃早餐，他準備了水果、咖啡和某種多穀麥片，我說下班得先去探望荷莉，晚點才見得到他，他只是點點頭。

「這件事會佔用我很多時間。」我說。

「當然。」

「你如果不高興的話，我能理解。」

「我不會不高興。」

「我知道你認識荷莉的時候出師不利……」

「妳是說我出師不利？」

「其實問題並不在你身上，婉轉說的話是這樣。」

「身為她最要好的朋友，妳不覺得妳好像有點怕她嗎？」

我需要一點時間思考這個問題。「荷莉一直都是個需要高度關注的人，」我說。「我是說情緒上，可是她很值得這麼做。她曾經把我逼到抓狂，你無法想像她怎麼讓我難為情……」

「喔可以的，我可以想像。」陶德說。

「可是要不是她，很多事我根本不會去做。她就是這樣的一個人，她會刺激妳去做一些似乎很瘋狂的事，讓妳覺得有何不可？最近出了一些差錯，所以只剩下瘋狂的部分，你看到的並不是真正的她。」

「妳不需要說服我。」

我伸手撫摸他柔軟的棕色髮絲。「需要，」我說。「尤其是你。荷莉不只毀了自己，也用盡力氣逼我離開，逼走愛她的人，也許，這是她傷害自己的另一種方式。」

我起身拉起陶德，雙臂抱緊他西裝柔軟的毛料說，「我希望你幫我一個忙。」

「當然。」

「大部分的人會先問『什麼忙？』」

「我不會，對妳不會。」

「喔。」我對他眨眨眼，差點忘記本來要說什麼。「也許你將來還是會喜歡荷莉，但我希望你爲了我現在就開始喜歡她。」

「我試試看。」

「我今晚晚點會過來。」

「這也算是其中一個交換條件。」

我坐在荷莉床前將近一個小時，沒有開口。她會微微張開眼睛片刻，又沉沉睡去，連我都差點睡著。所以她開口時我嚇了一跳，起先聽不清楚她說了什麼，只是喃喃自語。

「妳說什麼？」

「我很害怕。」

「怕什麼？還是只是害怕？」

「怕回去。」

「什麼意思？」

「離開這裡，回到那個世界。我在這裡很安全。」

「查理說史都華保釋獲准了，可是我不認爲他會來找妳麻煩。」

「我不擔心他。我一直覺得根本不該提出告訴……」

「妳該這麼做，一定要這麼做。他差點要了妳的命。」

「他只是先下手而已，不是嗎？」

「什麼意思？」

「就算下手的不是他，不是我，也有可能是李斯，我死掉的時候一直覺得旁邊有人。」

「旁邊？」

「很多人都希望我死掉。我猜那個人是我自己的想像，妳知道，想報復的目擊者。」

「妳害怕的是李斯嗎？」

「對，嗯，他還有……」

「繼續說。」

「妳保證不會告訴查理。」

「也太多祕密了。」我說。

「先讓我喝口水。」

我拿了一個塑膠杯裝水餵她，她每喝一口都皺眉頭。

「我參與了一場牌局，」她說。「我清晨去找妳然後我們吵架的那天晚上。」

「我記得。」

「總之，我輸錢給一個叫維克．諾瑞斯的人，」她對著我皺眉頭。「很多錢。」

「多少？」我以為她會說一百鎊或什麼的，在我聽來已經很多了，我頂多只在全國賽馬比賽下過五鎊，而且就那麼一次。

「一直都在增加，」她輕輕說。「只要我沒還錢就一直增加。」

「還錢不就好了。」

「有一個平頭男一直來。」她說。

「告訴我妳欠了多少。」

「梅格，」有一個聲音叫我。「妳好嗎？」

「一萬一。」她厲聲說，露出難以想像的苦惱表情。我目瞪口呆，同時看到查理走向病房，手上拿著一大堆要給荷莉的書、雜誌和水果。她拚命捏我的手。

我接過他手上一些快掉下來的雜誌，他吻了我雙頰。「妳能來眞好，眞的很貼心。她好嗎？」

「我覺得好些了，她——」

一小群人出現打斷了我的話，索恩醫師帶著一名護士和一名留著短髮、穿著白外套的年輕男子過來。護士檢查管子，彷彿荷莉是很麻煩的鍋爐，我碰碰索恩醫師的手臂引起他的注意。

「我想跟你談一下，」我的聲音很低，不讓荷莉聽到。

「談什麼？」索恩醫師問。

「我們可以過去一點嗎？這樣好一點。我叫梅格・桑默斯，我們前幾天見過面，我是荷莉的好朋友，也是同事。」

「對，她提過妳。」

「我很擔心荷莉。」

「我們都一樣。」

「不，我是說我很迷惑。你聽我說，我並不想詳細討論她的病情，只是有些事不合理。」

「什麼意思？」索恩醫師問。

「荷莉企圖自殺，你在治療她的重度憂鬱。」

「精確的說應該是雙極性障礙。」

「也就是精神疾病。」

「沒錯。」

「重點是，我剛剛跟荷莉談了很久，有沒有可能她的憂鬱症狀其實是針對高度壓力的合理反應？」

「什麼意思？」

我深呼吸一口，簡短地向索恩醫師解釋我從荷莉口中聽來的故事。「你看不出來嗎？」我說。「如果是我遇到那樣的麻煩，也可能會崩潰的。」

索恩醫師露出若有所思的表情，接著他說，「我們去喝杯咖啡。」

我還以為他會帶我到辦公室喝眞正的咖啡，可是他指的是病房走廊上的咖啡販賣機。眞的很難喝。

「我剛開始念生物學的時候，」索恩醫師說，「無法接受鳥巢和遺傳學的概念。鳥巢非常獨特，在同物種裡卻很相似。問題是，鳥類的基因怎麼可能掌管一個尋找苔蘚、草或樹枝與使用泥巴或唾液的過程？可是事實上，大腦的發育大多仰賴外在刺激。人類的大腦就是設定要學習語言，但發育中的兒童需要暴露在外在的語言環境裡，才能刺激大腦的語言區域。大腦的語言發展會用到來自外在的語言。因此，另一個看待鳥巢的方式就是把它當成鳥的大腦的延伸，只不過鳥類利用的是外在的東西，而不是電脈衝。」

「我不是很懂……」

「荷莉也跟我談過她的恐懼。」索恩醫師繼續說。

「我想問的是，」我說。「她人生的這些災難是眞實的，還是她疾病的一部分？」

索恩醫師露出微笑，彷彿解了一個很困難的益智問題。「可以說它們是眞的，但同時也是她疾病的一部分，這就是我提到鳥巢的目的。荷莉的心靈在受苦，部分外顯成自我傷害的形式。過去幾個月裡，她所做的就是將周遭的環境變成自己心靈的延伸。可以說，她是把對自己的厭惡外化了，也就是製造一個情境，讓裡面的人對她的感覺相當於她對自己的感覺。她的疑心很重，製造了一個環境，讓自己疑心的感覺合理化。」

「你的意思是，荷莉的恐懼其來有自？」

「我是醫生，不是警察。我清楚知道的是，光用化學藥物治療荷莉・克勞斯的心靈，給她心理治療還不夠，雖然這些也很重要。她並不只是裝在罐子裡的大腦，而是現實世界裡活生生的人。我希望有一天，她能再出去那個世界生活。」

「對，可是……可是現在那個世界裡有人想傷害她。」

索恩醫師的表情很嚴肅。「我不想說很容易做到。我曾經有些病人，他們做過一些可怕的事。對他們而言，復原是最難的部分，他們在復原後才完整了解自己生病時所造成的傷害。比如說，有些人接受治療後復原，然後才知道他們生病時傷害、甚至殺死自己的小孩。看清世界是福也是禍，突然間，妳必須面對心靈一直在保護你不要看見的東西。」

「眞抱歉。」我說。「我並沒有比較懂。」

索恩醫師露出淺淺的微笑。「但至少多知道了一點資訊。」他說。

29

如今荷莉不在公司，我好像變成了她，填補她留下的空間。我每天工作十個小時，午餐在辦公桌前吃三明治解決，下班趕到醫院探望荷莉，再和陶德一起熬夜。我以前總是需要至少九小時的睡眠，突然變得只睡六小時或更少，卻一點也不覺得累。我告訴翠莎這件事，她笑了。

「怎麼了嗎？」

「不是，梅格，」她用那總是讓我害怕的加強語氣說。「相信我，妳跟荷莉一點都不像。」

「我知道我們不像。我是說我突然覺得精力旺盛。」

「她像慧星一樣精力旺盛，」翠莎說。「或是即將起飛的飛機，讓人難以忽視。她就算坐在辦公桌前沒有移動，都彷彿是一股脈動，身邊的空氣是氣流，只要一開門就感覺得到。我只要半秒鐘就知道這一天會很辛苦還是很順利，我不喜歡這種無法掌控。她才是那個總是處於掌控中的人，就算失控的時候也一樣。妳知道我的意思。」

「我猜是的。」

「妳跟她正好相反，可能正因爲妳們的個性天差地遠，才會這麼要好。妳是很可靠的。」

「被妳這麼一說好像很悲哀。」

「才不會，我們很喜歡，」翠莎說。「妳讓我們覺得很安全。」

「是嗎？」

「對，荷莉是最先進的遊樂設施，妳就像……像……」我等著她尋找恰當的比喻。「像一棟房子。」她終於說。

「這是好事嗎？」

「對。」她堅定地說。

她把她能幹的小手放在我的肩膀上，親吻我的雙頰，我想她和我一樣意外。

匆促而忙碌的一整天，我不斷想到翠莎、荷莉和索恩醫師的話，尤其是荷莉迫切提及的敵人。她不久就要出院了，我不希望到時她面對的是一個充滿敵意的世界。我不確定索恩醫師和他的鳥巢理論，可是我知道的足以了解到，有時候，荷莉出自於對自己的厭惡而創造了一個世界，這個世界裡很多人都希望她沒有好下場。我看過很多次，她努力讓大家放棄她，連我這個最要好的朋友都差點這麼做。我知道我永遠無法了解荷莉的遭遇，但約略知道她所處的地獄。

翠莎說我給人安全感，那實在沒什麼意思，我寧願被比喻成遊樂設施而不是房子：像荷莉一樣令人興奮、性感、亮麗、危險、任性、脆弱、可愛、大膽、讓人爲之瘋狂。可是現實就是如此。荷莉信任我，她留遺書的對象是我，垂死之際打電話找的是我。我想要，不，我需要讓這個她即將返回的世界更安全。當我想到她在病床上虛弱的身形，當我想起她前一天抓著我的手，懇求地看著我時，荷莉就像是我的責任，一個繁重而無法逃避的責任。

陶德載我到醫院，約好半小時後回來接我。查理剛走，不過荷莉的母親瑪西雅正在整理瓶子裡的一大束花。她還很年輕，乍看之下約五十歲，也許美麗的外表卻穿著一副莊嚴的盔甲。我在幾年前第一次見到她，當時簡直無法相信她是荷莉的母親。後來才明白她就像荷莉的另一面：整齊、謹慎、合宜、低調、節約、有道德、自制、非常焦慮。對她而言，有荷莉這樣的女兒一定令她很害怕。

我吻她的臉頰，再吻荷莉的額頭。「妳看起來好多了。」

「騙人。」

是眞的。她看起來很憔悴，臉頰上褪色的瘀青使她的面孔看起來不對稱地枯槁，可是她的眼神沒那麼呆滯了，看起來也沒那麼枯朽而衰弱。

「妳今天見過誰？」

荷莉不理會我的問題。「我們剛剛在談我爸的事。」她說。

「是妳在說他的事，我沒有。」她母親說。

「我問他怎麼死的。」

我覺得荷莉的確好些了，至少會令人難堪的那部分性格已經恢復，我很想歡呼。

「他的生活方式總是帶來很大的壓力。」瑪西雅說。

「媽，」荷莉說。「不要再弄花了，拜託看看我，我企圖自殺耶。」

「我知道，」她母親對著玫瑰和百合喃喃地說。「所以我才在這裡。」

「只是妳都沒有提過。」

「我是來幫妳度過這些事的，而且梅格來看妳了。」

「梅格不會介意的，對不對？妳一直說爸跟我一樣，我只想知道他是不是自殺的。」

「荷莉，現在不是時候。」

「那什麼時候才是時候？」

「現在不要。」

「他是自殺的對不對？他有躁鬱症，他是自殺死的。」

「妳不能講得這麼簡單。」

「我的血液裡也有這種因子，是他傳給我的。」

「別說了！」

「噢算了，」荷莉說。「反正妳也不能怎麼辦。」

她靠在枕頭上，她的母親拿起包包，沒必要地再整理花束一次，很快吻了一下女兒說，「別讓自己太累了。」

「不會，」荷莉說。「我不會的。」

荷莉的母親離開後，她對我說，「我猜她快把查理逼瘋了。她不想在這裡，我也不希望她來這裡。可是這種時候母親就是該這麼做，所以只好這樣了。」

我坐在她的床上，拿起一顆葡萄丟進嘴裡。「妳什麼時候可以出院？」

「索恩醫師一直含糊其詞，問我問題，說還想試試另一種方法。」

「查理還好嗎？」

「應該還好吧。」

「妳可以告訴我，該去哪裡找妳欠賭債的那個人嗎？妳說他叫什麼名字？維克・諾瑞斯？」

「妳怎麼一下子從『查理還好嗎？』跳到那裡？」

「告訴我。」

「為什麼？反正我完全不清楚。」

「另一個人呢？他叫什麼名字來著？東尼？」

我彷彿成了荷莉的監護人，比她自己還清楚這些細節。

「東尼・曼寧。怎樣？」

「他在哪裡？」

「不知道。其實我知道，他說他在泰特現代藝術館附近蓋一批新的公寓，顯然那個地區正開始興起。為什麼要問？妳知道妳無能為力，妳又不能說服這些人變好人。」

我還沒有機會回答，娜歐蜜就從簾幕後方探頭進來，活潑地打招呼。「哈囉，」荷莉喃喃說了什麼後閉上眼睛。

「我想她有點累了。」我說。

「我帶這些東西給她，」娜歐蜜在荷莉胸口放下一個棕色紙袋，空氣中都是酵母的味道。「番紅花麵包，」她說，「剛出爐，還溫溫的，來，吃吃看。」

荷莉搖搖頭。

我並不喜歡番紅花的味道，可是她似乎很熱心，我不想傷她的心，所以拿起一個咬了一小口。「很好吃。」

「很好，我覺得這裡的花束和水果已經夠多了。」

「妳顯然幫了查理和荷莉很大的忙。」我說。

「大多是幫查理。」荷莉說，同樣是幾乎聽不到的咕噥。

「很樂意，」娜歐蜜說。「他們是我的朋友。而且我是護士，知道荷莉經歷過的處境，而且還在經歷中。」她又說。「人們覺得她在復原，可是他們該記得她得的不是病毒，而且還深陷其中，荷莉，對不對？」

「大概吧。」

「她需要我們很長一段時間的支持，不是嗎？」

荷莉轉過去背對我們，埋入枕頭裡。我彎過去親吻她凹陷的臉頰。「別擔心了，」我輕輕地說。「什麼都別擔心，一切都會沒事的。」

30

我還沒機會找到維克・諾瑞斯，第二天李斯就先找到我。當時我正在辦公室寫電子郵件，向每一個員工解釋該如何正確報銷開支，不能只是用口紅在面紙上亂畫。他走進辦公室敞開的大門，悠哉地走到我的座位前，在我眼前的桌上放下一個厚重的棕色信封。「帶妳朋友去警察局之前，妳可能會想先看一些她的照片。」他說。

「你怎麼知道這些事？」

他露出微笑。

「我看著妳們進警察局，」他說，「看著妳們出來，可是警方還沒找我去問話，對吧？警方不想知道，我說對了嗎？眞要上法院的話，誰會相信她的話？我們的荷莉是個活在幻想世界裡的人。總之看看這些照片，對了，這是加洗的。」

他轉身離開，我坐在那裡瞪著他的背影，體內的憤怒幾秒鐘後才爆開。

「就是那個傢伙對不對？」我背後的蘿拉說。「那個跟蹤荷莉的變態。」

「對，聽著，這裡給妳顧一下好嗎？我馬上回來。」

我衝過她身邊跑下樓梯，她的臉上充滿困惑的表情，像卡通人物一樣張著嘴，差點把我逗笑。我找到他時他才剛離開大樓，我抓住他的袖子。

「聽我說。」我說。

「什麼事?」

「我知道你做了什麼事。」

「妳知道荷莉說我做了什麼事。」

「我知道你做了什麼事,」我重申。「我警告你,你要是再接近她,可沒這麼容易脫身。」

「我爲什麼會想接近她?她只不過是個……」他停下來尋找正確的字眼。「賤渣。」他終於說,我聞得到他嘴裡的啤酒味。

「反正你離她遠一點,你不知道她所處的險境……」我吞下剩下的話。

「我想我知道,她企圖自殺不是嗎?眞可惜。」

「可惜?」

「可惜她失敗了。」

如果我拿著一把刀,我會把它刺進李斯的胸膛,抹去他臉上那心照不宣又惡劣的假笑。

「還有,不要去騷擾她的朋友。」

「她病了不是嗎?腦袋生病了。可憐的老好人查理。總之,歡迎他留著她。我才不想上瘋女人。」

我深呼吸一口,緊握拳頭阻止自己尖叫攻擊他。

「滾遠點。」我說,把他留在街上。旁觀的路人可能以爲我們是吵架的情人,這個想法使我不寒而慄。

回到辦公室，我拿起李斯丟在我桌上的棕色信封，用手指撥開塗著膠水的封口，拿出最上面的照片，荷莉被拍到在盧伊吉咖啡店睡覺。他一定是很靠近拍的，否則就是用望遠鏡頭。她靠在桌上，頭放在臂彎裡，眼睛閉著，睫毛膏跟口紅都糊掉了，皮膚像蠟一樣，甚至看得到半張開嘴角的口水。我無法忍受荷莉看到這些照片，或懷疑這些照片的存在。我皺著眉頭，動作迅速地把照片放回信封裡，塞進檔案櫃最下面抽屜的最裡層。

十一點半，我開車到南岸的工地。荷莉說得很模糊，不過還是很容易找。我問一個身材健壯、鼻子斑駁、帶著橘色帽子的男子，是否可以告訴我東尼．曼寧在哪裡。

「東尼？」

「對，東尼。」我努力表現出公事公辦的樣子，好像他知道我要來。

「他不在這裡，星期四都不在這裡，在俱樂部。」

「俱樂部？」

「打高爾夫球，和客戶交際應酬。」

「哪一個俱樂部？」

「在京斯頓。」

「喔謝了。」

我考慮直接回辦公室，放棄找人，告訴自己已經盡力了，卻發現自己開車前往京斯頓，詢問前往高爾夫俱樂部的方向，接著走進大門，努力表現出一副我常來這種地方的樣子。酒吧裡的人都在喝琴湯尼，我說要找東尼．曼寧，一名穿著難看棕色燈芯絨長褲的男人指著外面，說他在球場上。

我點了番茄汁，卻被告知非會員不能在酒吧喝酒。我說我坐在角落等人，被告知非會員不能進酒吧。我只好在走廊流連，看著目錄上滿是格紋帽和流蘇鞋帶鞋的照片。終於有人說，「什麼事？」

我的眼前站著一名身材高大紮實的男子，撥弄著口袋的零錢，身上並沒有這邊大多數人所穿那種很蠢的衣服，臉上沒有一絲微笑或好奇的表情。

「你是東尼．曼寧嗎？」

「對。」他的聲音裡帶著一絲不耐。

「我是梅格．桑默斯，荷莉的朋友，荷莉．克勞斯。」他什麼也沒說，臉上的表情也沒有改變，我深呼吸一口。「她在醫院，身體不適，我得幫她找人，解決她的債務。」

他臉上出現一絲微笑。「是嗎？」

「對。」

「然後呢？」

「我要去哪裡找他？」

「妳得去他的公司總部。」

「聽起來很偉大。」

「是肯寧頓的一家店。」他潦草地寫下地址遞給我。

「什麼樣的店？」

「有的沒有的，」他轉身離開後又回頭說。「別想跟他殺價，他處於有利的位置。」

我覺得該找個人一起去，所以帶了蘿拉，只不過，她是你在危機處理時最不會想到的人。她的個子嬌小，天真無邪，容易驚慌受騙。可是她像寵物崇拜主人一樣崇拜著荷莉。我只要她坐在車上等我，至於原因則說不上來。

考登兄弟是一家當鋪，夾在木板封起的旅行社和理髮店之間。櫥窗裡有一支單輪車、一把薩克斯風、一把電吉他、一座老爺鐘和很多珠寶。還有一個很小的標示寫著，「貸款。條件好，保密到家。」我推開門時，鈴鐺發出很大的聲響。

櫃檯後方坐著一個精緻小臉的胖男人，他正在讀雜誌抽菸。一個比較老的男人在他後面觀賞電視上的賽馬轉播。「我找維克．諾瑞斯。」我說。

「妳是？」

「梅格．桑默斯，荷莉．克勞斯的朋友。」

「我不知道妳是誰，也不知道她是誰。」

「我覺得維克・諾瑞斯應該知道荷莉是誰。」

他把香菸在滿出來的菸灰缸按熄說，「他不在這裡上班。」

「有人給我這個地址。」

那名男子緩緩從菸盒裡拿出另一根香菸點燃問道，「妳找他有什麼事？」

「顯然我朋友欠維克・諾瑞斯錢。」

「天啊，那妳來這裡做什麼？」

「她生病了。」

男子深深吸了一口香菸，咳嗽起來，發出哮喘似的聲音。「什麼名字？」

「荷莉・克勞斯。」

「等一下。」他走進櫃檯後方那扇門。

老男人轉頭看我又回去看賽馬。

那個胖男人回來後變得比較和藹。「沒錯，妳的年輕朋友欠了一萬六。」

「一萬六？我以爲是一萬一。」

他咯咯笑。「小姐，還有利息，」他說。「妳的朋友還錢的速度太慢。」

「這樣不公平，」我說。「她根本就是無意的，而且她生病了。」

那個男的似乎沒有聽到我的話，只是轉身問另一個人，「誰贏了？」

「『說個不停』。」老人說。

「幹。」胖男人說。

「我說這樣不公平。」

「妳的朋友借錢時應該小心一點。」他說。

「她沒有借，她是被騙去撲克牌局的。」

男子聳聳肩。「下星期就變一萬七，然後一萬八。不過……」他又聳聳肩，低頭看雜誌。

「她如果付不出來會怎樣？」我問。「付不出錢的人怎麼辦？」

胖男人露出微笑，露出上排牙齒的縫隙說，「他們一定會付的。」

我看看他，再看看他背後的老人，看到架子上排列的物品——舊音響、鼓、鞋子、一個茶壺和同花色的水壺、運動腳踏車、好幾支手錶、馬車時鐘、臃腫的黑色照相機。

「今天星期四，」我說。「我星期二帶錢來，星期二晚上六點以前。」

「星期二就變一萬七了。」

「那我星期一來。可以用支票付嗎？」

「支票要收服務費。」他說。

「多少？」

「百分之三十。」

「那我付現。」

我離開時，鈴鐺再次響起。

31

我的特別儲蓄帳戶裡有將近一萬一千鎊，已經存了六年，打算買房子用的。嗯，也許只是在郊區買一間狹窄的單房公寓，但至少是個開始。有朝一日我會擁有自己的房子，附一個小院子種香草、花和裝飾的果樹，也許養隻貓。荷莉能買房子是因爲他們有兩個人，而且她母親借他們一半的自備款。公司剛創立時，我的夢想是能夠很快開始存錢，可是事實當然並非如此。

我把對華屋生活的幻想擺在一旁。我有一萬一，還得再湊五千，可是完全想不出該怎麼籌這筆錢，更別說在星期一之前。我的透支上限只有五百，我猜用得上，可是五千？

那天傍晚，我坐在辦公桌前思考。KS聯合公司有三萬鎊的透支額度，我們目前已經透支一萬九千四百鎊，這表示我明天早上可以寫一張現金支票，還不會破表。我甚至已經從抽屜裡拿出公司支票放在包包裡了。可是我環顧四周，看看蘿拉和翠莎還有其他信任我的人——他們以爲我像房子那麼安全，於是我把支票簿放回原位。簽了那張支票等於放棄我們努力的成果。

「妳聖誕節會跟我一起去我父母家吧？」

他其實不是在問我，而是在我用叉子將飯送進嘴裡時不經意地說出來。面對這段感情的穩定與溫馨，我的內心突然充滿一種平靜的快樂。我放下叉子說，「好，」努力壓抑聲音裡的陣陣情緒。「如果你希望我去的話。」

「我希望妳去，」他說。「他們也想見妳。」

「眞的嗎？」我高興地說。「好，我也想見他們。」

我們對彼此露出笑容，繼續吃飯。我已經很久沒有期待聖誕節了。我爸媽大多去德文郡的姊姊家過節，她和丈夫、兩個幼兒和一隻貓住在前不著村後不著店的小房子裡，門前是爛泥巴，海邊就在眼前。我總覺得自己像備份零件一樣，遲到又孤單地扮演女兒和歡樂阿姨的角色，一、兩天後便急於逃回倫敦。去年我去荷莉和查理家過節，荷莉堅持喝醉酒玩猜謎遊戲，我們早上五點才睡。我記得她站在餐桌前，穿著厚跟高跟鞋，紙帽歪斜，咯咯笑個不停。可是今年不一樣，今年陶德和我計畫共度，我們要一起買聖誕樹，新年一起出門旅行，也許一起許下新年願望。新的一年似乎充滿光明與希望。

我讓荷莉從思緒深處回到眼前。她今年的聖誕節會很不自在。我和查理討論過，他說荷莉的母親同意待到她出院回家，等她安頓之後再離開。查理的母親也會來待幾天。娜歐蜜負責煮聖誕大餐。我想到可憐的荷莉，呆滯、蒼白、瘦弱地躺在病床上，任由身邊的人討論她的事，幫她做計畫。

我一直覺得荷莉是個大膽的人，她是我所認識膽子最大的人，可是現在她卻很害怕。我不知道她害怕的是體內那陌生、折磨著她的惡魔，那個原本以爲是自己個性的一部分，現在卻覺得像恐怖入侵的自我；還是很快需要回來面對的外在世界。也許她害怕的既是內在也是外在：兩者都逃不掉，也無處躲藏。她曾經告訴過我，她就算睡覺時都會做可怕的噩夢。我這輩子從來不曾爲誰這麼難過，更別說感覺到自己有責任。可是我和荷莉之間的感情好像已經超越一般的友誼，她比較像我的女兒、姊妹、母親三者合而爲一，就像我心頭的一塊巨石。就算我和陶德在一起時，一小部分的我還是掛念著她、擔心她，在爲她做計畫，就像今天的計畫。我還沒告訴陶德，因爲我知道他會說我很蠢。

「怎麼了？」陶德問。「妳又在皺眉頭了。」

「是嗎？不知道爲什麼。」

「妳在想什麼？」

「喔沒什麼。」

「梅格，我不是瞎子，告訴我。」

「不是我的事，是荷莉的事。」

「是荷莉，我該猜到的。」

接下來的整個晚上，我們之間瀰漫著一絲冷淡。躺在床上時，我終於告訴他荷莉的債務，我去高爾夫俱樂部還有考登兄弟店裡的事。

「妳知道我怎麼想嗎？」

「你覺得我實在一整個笨到不行。」

「我覺得妳是有史以來最善良、親切、最慷慨的朋友。」

「噢，」我感覺得到自己的雙頰在黑暗中變得緋紅。「沒有啦。」

「妳仔細考慮過了嗎？」

「我想是的。」

「荷莉會感激妳這麼做嗎？」

「我不打算告訴她這件事。我只希望她出院時會很安全。」

「所以妳不但要做，還不期望人家感謝妳，那眞是非常不正常。」

「現在已經不是謝不謝的問題了，」我聽到自己說，了解到的確如此。「感覺是生死之間或理智與瘋狂之間的問題。我覺得沒什麼選擇可言。」

一陣沉默，陶德心不在焉地撫摸我的頭髮。

「你在想什麼？」

「我在想妳該早點告訴我。」

「我想說，可是那是荷莉的祕密，她才能決定要不要說，不是我。」

「妳不該自己去的。」

「我帶了蘿拉一起去。」

「太好了。」他見過蘿拉。

「沒事的。」

「妳眞的要這麼做嗎？」

「對。」

「嗯，好，我想我可以給妳四千鎊，我只有這麼多，差不多只有這麼多。」

「不行！」我說。「不行，不行，不行！不可以這樣。你根本不認識荷莉，你唯一一次跟她見面時，她對你既唐突又無禮。我如果知道你要出錢，就什麼都不會跟你說了。現在我覺得好糟糕。」

「是我想這麼做的。」

「不行。」

「梅格，我想這麼做，已經決定了。」

「這是不對的——我不能拿你的錢。」

「爲什麼不能？」

「就是不行。」

「那就算借的好了吧。」

「可是……」

「不用付利息。」

「陶德。」

「什麼事？」

「我不知道該說什麼。」

「爲什麼一定要說什麼？」

我向翠莎還有一個在金融區上班的老同學借了剩下的一千鎊，她住在肯頓區的大宅裡，每雙鞋都值五百鎊。我解釋只是現金周轉的問題，保證聖誕節過後還她錢，大家都有點尷尬。

星期一早上，我緊張到快暈倒。我強迫自己工作，可是完全無法專心。我花了一小時回覆一些例行電子郵件，再慢慢打開信件，努力裝得很忙碌的樣子。午休時，我到銀行領了一萬一千五百鎊，我的現金帳戶透支四百零六鎊，特別儲蓄帳戶只剩一點五六鎊。我把一大疊鈔票塞進塑膠袋再塞進包包裡，覺得暈眩：混雜著英雄式的自我犧牲、悲傷和怨懟，愉快而陌生。我不習慣這種瘋狂而戲劇性的舉動，彷彿一腳踏進別人的人生。

我和陶德在他們公司外碰面，他出來時像個罪犯般誇張地四處張望，胸前抱著我沒見過的磨損公事包。我忍不住想咯咯發笑，緊緊擁抱他，親吻他冰冷的臉頰。

「嗨。」他低聲說，自顧自傻笑。

「你餓了嗎？想先吃點東西嗎？」

「什麼？帶這麼多現金在身上？拜託梅格，我們趕快在弄丟或被搶之前把錢送去了斷吧。」

「你還好嗎？」

「感覺很奇怪，不正當，好像要去搶銀行還什麼的。」

「怎麼可能，記得嗎？我們才是被搶的人。」

「車子在哪？」

「停在街角的計時停車格裡。」

「走吧。」

「陶德？」

「什麼事？」

「謝謝你。」

「晚點再說。走吧。」

這次只有胖男人在，不過後方有些聲音傳出。我們進門後，他鎖上大門，把標示翻面成「休息中」，再回到櫃檯後方。我交出塑膠袋和陶德的兩個牛皮紙袋，他用食指輕沾一下舌頭，熟練地數鈔，我們瞪著他。我看著他的小手翻過鈔票和他一直舔的玫瑰色嘴脣。

「很好。」他終於說。

「可以給我一張收據嗎？」

他從雜記簿上撕下一張紙，潦草地寫了個數字遞給我。

「這不算什麼正式收據。」

「那又怎麼樣？」

「我怎麼信任你？萬一你否認收過錢怎麼辦？萬一你繼續騷擾荷莉怎麼辦？」

胖男人看起來很受傷。「我們是做生意的，」他說，「這麼做對我們的名聲有什麼好處？妳已經付清了，快走吧。」

32

這麼說不太好，可是我很替自己驕傲。我一頭栽進荷莉留下的亂子裡，解決了問題。我不確定解決這個問題相當於殺死惡龍，還是只是春季大掃除的程度，可是，我減少了荷莉世界裡的敵意。我很期待告訴她這件事，逗她臉上露出笑容，告訴她一切都會漸漸好轉。可是，事情並沒有這樣發展。我走進她的病房時，病床上的她背對著我，那姿勢看起來很不自然，帶著一絲不祥。我走過去才看到她蒼白的面孔與黏膩的皮膚。起先我以爲她睡著了，她卻張開死魚般的雙眼。

「荷莉，」我說。「妳好嗎？」

她喃喃說了什麼，我聽不清楚，再靠近還是聽不出意思，只是沒有意義的音節。「怎麼了？」我說，「發生了什麼事？」

我警覺地跑去找護士，把她拖到荷莉的床前。「她很不對勁，」我說，「她需要醫生。」

護士彎身向前看看荷莉，拿起床尾的病歷。「克勞斯小姐在休息，」她說，「她剛接受完治療回來。」

「什麼樣的治療？」

「電療。」

我差點跟索恩醫師的祕書打架，硬是闖進了他的辦公室。他正在講電話，看到我時露出疑惑的表情。我固執地站在那裡等他放下話筒。「我是荷莉．克勞斯的朋友，」我說，「我們前幾天談過。」

「是的，梅格，我知道妳是誰。」

「到底發生了什麼事？我剛剛去看她，她完全沒有條理，然後我發現她接受了電療。」我停下來，沒有得到反應。「怎麼回事？」

「這麼做又是爲什麼？」我說。

「是我下的指示，」他說。「經過克勞斯小姐和她先生的同意。」

「很抱歉，我眞的不能和妳討論她的治療詳情。」

「居然有這樣的事，」我說。「我要投訴。」

索恩醫師略帶警覺起身說，「等一下，」他說。「妳聽我說，我不能討論克勞斯小姐病情的細節，妳自己可以跟她討論。」

「她這個狀況根本什麼事都沒辦法討論。」

「那是因爲麻醉劑及肌肉鬆弛劑的關係，和電療無關。」

「我不敢相信你居然給她這麼極端的治療，這是古代的療法。」

「一點也不，」索恩醫師說。「妳的印象大概來自一些老片，我向妳保證完全不是如此。這是安全的治療，我們用在懷孕婦女身上取代藥物，普遍用在老年人身上。」

「可是你電擊她的大腦。」我說。

他聽我這麼說露出微笑。「嚴格說，用電殺人才叫『電擊』。」

「不要玩弄文字遊戲，這麼做對她的大腦有什麼影響？」

「有些病人會經歷某種程度的失憶，」他說。「通常會恢復。重點在於這是有效的治療方法，對某些病人來說非常重要。」

「你是說非常嚴重的病人？」

他看起來不太自在。「例如，如果病人有立即危險，那麼這種治療就是必要的。」

「你是說荷莉有自殺傾向嗎？」

他做了個無助的手勢。「很抱歉，」他說，「那不在我能討論的範圍之內，我只能說妳是她的朋友，妳了解她，妳知道她經歷了什麼。」

「這太瘋狂了，」我說。「荒謬，她並不是病重，而是好很多了。我不相信居然發生這種事。她告訴過我，她說她想活下去，我知道她不會再自殺了。」

索恩醫師不肯繼續討論，他再度坐下，顯然我們的會面結束了。

我回到病房時查理在場，荷莉已經清醒了，看到我時露出虛弱的笑容。

「妳還好嗎？」

「有點模糊，」她說。「頭暈腦漲，妳知道的，腦袋一片混亂。」

我覺得，至少在荷莉面前我有責任淡然處之。

「我和索恩醫師談過了，」我說。「他對這個療法的態度很正面。」

「我對這件事有點……妳知道，好像杜鵑窩，還以為妳進來時會發現我的頭髮剃光，上面有疤痕，然後用枕頭把我悶死。」

她還是逗我笑，我摸摸她的臉說，「妳看起來很好。」

我們聊了一會兒，不過也只是斷斷續續。查理沒有加入我們的聊天，而是東摸摸西摸摸，幫我們買咖啡，整理病床和荷莉的東西。我覺得他很可憐。過去一年來，他在「偉大的荷莉表演秀」上扮演觀衆的角色，現在還得當起護士。對於我的出現，我不知道他是不喜歡還是如釋重負。我看看手錶，想到別處還有一個人生，可是我想先跟查理談談。我向他點點頭，示意他跟我一起離開病床前。我們來到病房外的走廊，這裡滿是推車、護士，還有一群穿著白色醫師服、面孔清新的醫學院學生。我告訴查理我有多驚訝。「我知道，」他說，「那是很難下的決定，可是索恩醫師認爲這麼做最好。」

「我不只是這個意思，」我說，「說到荷莉的病情時，他對我的態度謹慎到令人討厭，可是據他所言，他似乎認爲荷莉還有自殺傾向。」

一陣沉默。

「所以呢？」查理問。

「可是她並沒有。」

「梅格，妳在說什麼啊？妳是瞎了還是怎麼樣？妳以爲她在這裡做什麼？她在救護車裡死掉了，他們把她救回來是奇蹟。」

「我知道我知道，」我說，「但她不一樣了，是她跟我說的，她說她發現自己想活下去。」

查理搖搖頭。「我也希望是這樣。也許，她在妳面前還是表現出那個歡樂的荷莉，可是她在我面前不是這樣，她還是談到自殺，還在想。索恩醫師說那是關鍵的危險因素。」

「她跟他談過這件事嗎？」

「我不知道，」他說。「她跟我談過，我跟索恩醫師提過，這重要嗎？」

「這和她在我面前的樣子似乎差很多。」

他瞇起眼睛，嚴厲地看著我，我擔心冒犯了他。「妳知道荷莉多會裝，就算跟妳在一起，她也會說到被妳用枕頭悶死。」

「那只是開玩笑而已。」

「妳憑什麼判斷那是不是開玩笑？」他問。

「對不起，」我被查理突如其來的憤怒嚇到。「我們不要吵了，我們是站在同一邊的。」

「我知道，只是我讓這件事影響到我，這件事使人筋疲力竭。」

「一定的。」

「梅格，妳知道嗎？以前我常常擔心人們對荷莉做什麼事，現在我擔心她對自己做什麼事。有時我覺得已經失去她了，我覺得她就是想死。如果眞是如此，我不知道我們該怎麼做，才阻止得了她。」

33

荷莉出院的前一天，我帶著花束來到她家，卻發現滿屋子誇張地擺滿花瓶裝的百合和寒冬玫瑰，我那一束小小的銀蓮花眞是微不足道。屋裡人很多，查理的母親剛到，豐滿的體型放鬆地坐在沙發上抽著薄荷菸，荷莉的母親則在廚房裡與鍋碗瓢盤奮戰，查理正在一棵歪斜的聖誕樹上掛聖誕飾品，娜歐蜜把荷莉和查理的臥室漆上最後一層淺綠色。「我們想給她一個驚喜，」她從梯子上低頭對我微笑，臉頰一抹油漆。

我心中一股幼稚的嫉妒感油然而生。「妳該早點告訴我，好讓我幫忙。」

「我知道妳很忙，反正我喜歡裝修，」娜歐蜜小心地把刷子放在油漆罐的蓋子上。「妳想喝杯茶嗎？嘗嘗我做的薑汁蛋糕。」

「不用了，謝謝，」我簡短地說。「我不能待太久。」

第二天我並沒有過去，打算先讓荷莉安頓下來，可是晚上在回家路上就接到荷莉的來電。她說大家都很殷勤，繼而不屑地嘲笑，我的精神爲之一振。「眞麻煩，」她說，「兩個親家母根本不講話，查理努力取悅大家，像隻在主人之間跑來跑去的小狗。妳可以過來嗎？拜託！」

「妳是說現在嗎？」

「他們不會讓妳進來的，顯然我得休息，這一點就足以把我逼瘋，問題是我已經瘋了。妳明天過來。」

「我不知道這樣——」

「拜託。」

「好吧，幾點？」

「過來吃午飯。」

「我帶東西過來。」

「妳敢。廚房的食物都快滿出來了。大家都在他媽的煮湯。我知道了，帶妳的陶德來，畢竟是星期六。」

「妳確定嗎？」

「不要連妳都把我當病人。我想見他，看他夠不夠好。」

「不要——」

「不要什麼？不要對他沒禮貌？我？別擔心，藥物不會讓我這麼做的。」

那不是我要說的話。我本來要說，「不要把他偷走。」

我們中午抵達，袖子捲起的查理穿著圍裙來開門，給我一個擁抱，和陶德堅定地握手。屋子裡的花更多了，到處都是慰問卡，聖誕樹上的燈飾也打開了，有剛上油漆的味道。

我以爲荷莉會在床上，可是她坐在沙發，穿著舊牛仔褲、一件沾了斑點的套頭毛衣，袖子蓋住手。她的頭髮綁成辮子，素顏，看起來大概只有十二歲，蒼白、脆弱又可愛，讓我相形而下巨大又笨拙。我彎腰小心吻她的臉頰，她伸出兩手用力擁抱我。「妳知道，我不會壞掉的，」她說，「我是堅忍不拔的老鳥。」

她起身對陶德伸出手，「我們上次見面的時候我好像有點無禮，」她說，「不過他們說那是精神疾病的症狀。我們可以重新開始嗎？」

「正如我所願，」陶德尷尬地握住她的手。「希望妳好些了。」

「感覺像做夢，尤其當這屋子裡沒人要提起這件事，」她壓低聲音誇張地輕聲說，「我是說死掉，想死，還有躁鬱症也是。他們只說『妳的病』，或『發生在妳身上的事』。所以我才這麼需要梅格過來。你知道梅格，這麼……」

她在尋找一個字眼。我愁容滿面地坐在她對面，等她說「可靠」、「安全」或「舒服」。

「這麼眞實，」荷莉終於說。「我們只有寶貴的二十分鐘，然後查理的母親就會從超市回來，然後我母親不知道會惹出什麼麻煩。天啊，眞希望聖誕節已經過去，讓我在醫院待到新年還比較安全。梅格，妳爲什麼那樣看著我？」

「我在想用別的方式問妳好不好。」我說。

「別擔心，」荷莉說，「我不會再自殺了。總之我不想談自己，我很厭倦這個話題。告訴我公司裡發生的事，說點八卦，隨便什麼都好。」

我本來想告訴她李斯的事，還有她的賭債已經解決了，可是現在不是時候，查理在廚房裡，坐在對面的陶德臉上帶著尷尬卻欣然的表情。荷莉像個緊張的小孩般喋喋不休，我突然覺得筋疲力盡。

我們聊著一些輕鬆的小事，她要我幫她找聖誕禮物送查理。「可是我想不出要送他什麼，」她說，「查理是那種什麼都不想要的人。」她突然露出沮喪的表情，轉向陶德問道，「要是你會送他什麼？」

「嗯……完全不知道。跟工作有關的東西怎麼樣？」

「我不認爲他還在工作。我認爲，自從我正式瘋掉後他就沒在工作了，在那之前也沒做什麼。他一直告訴我目前不重要，先解決其他的事。」

「他說得對。」我說。

「我不希望他來幫我解決，現在這是我的任務了。我希望他去工作，他對自己的工作很拿手，眞的，妳也看過。我剛認識他的時候深信他會很傑出，不過我也深信自己會很傑出。我們不能把自己關在房子裡不工作，只是他媽的一直喝湯，吃娜歐蜜的薑汁蛋糕，忘了外面的世界，對不對？」

「也許吧，」我同意她的看法，想到也許該告訴她錢的事。

「睡袍如何？」陶德說。

荷莉的表情亮起來。「好主意，就買這個給他。陶德，你好厲害。」

「他很棒。」陶德去洗手間的時候，她輕輕說。

「很好。」我說，「我是說我很高興妳這麼想，可是我還有其他的事得跟妳談談。」

「我們待會兒去散步，我得出去透透氣。」

午餐時荷莉很安靜，查理則一直起身，到水槽邊做些沒必要的事，把碗盤弄出碰撞聲。我們其他人談到下雪的可能性，冬天的天氣，圍繞著同一個話題。我說在北極的某些地方，如果把滾燙的熱水拋到空中，落在地上之前就會結冰。陶德則殷勤聊到在挪威滑雪的故事，零下二十五度，睫毛結冰，鼻孔結冰柱。我看著對面的荷莉，擔心她也許會說出什麼嘲諷的話。她看著我，只些微揚起眉毛，但保持靜默。

門鈴響起，我看到荷莉嚇了一跳，才意識到她一直很擔心誰會出現，很想伸手安撫她。她一直緊張到查理帶著娜歐蜜回來才放鬆。她一屁股坐在查理的母親安西雅．卡特旁邊，像家人一樣跟大家打招呼。我們都喝了咖啡，安西雅一直用巧克力消化餅沾咖啡，濕軟的部分掉進杯底，再用茶匙撈出來大聲吸掉。她午餐時喝了兩大杯麥啤酒，無疑是有點醉。

娜歐蜜在自己的咖啡裡倒了些牛奶，接著在查理的咖啡裡倒了幾滴，正是他喜歡的濃度。這麼細微的事，這種家常的親密舉止，卻讓我震驚不已。我瞪著對面的他們，看到查理瞄了娜歐蜜一眼，娜歐蜜也短暫回應他的眼神，然後才將目光移開，睜大眼睛裝正經。

我知道他們倆有一腿。荷莉終究是對的，只是懷疑錯了對象。可憐的荷莉，可憐的荷莉，可憐的查理，可憐的我們。突然間，我覺得我們一群人圍著餐桌這樣坐著聊天、微笑、欺騙、說謊，是很不道德的事。

荷莉起身把椅子往後推，椅子刮著地板發出聲音。「我跟梅格和陶德去散步。」她宣布。

「妳確定這——」

「很確定。」

「妳要我一起去嗎？」查理問。

「你留在這裡透透氣，給自己一點空間吧。」

「那穿暖一點。」

他幫她穿上外套，扣上鈕釦，在她的脖子圍上鮮豔的圍巾。她歪著頭迎上去，可是他避開她的嘴唇，親吻她的臉頰，好像她是個生病的小孩。

陶德機靈地把我們載到公園就走了。荷莉似乎並不介意寒風刺骨。我終於告訴她去考登兄弟店裡的事，她不用再擔心了。

「他們就這樣撤銷債務了？」荷莉狐疑地問。

「可以這麼說。」我說。

「爲什麼？」

「我解釋那天晚上妳病了，然後——」

「梅格，這是我，荷莉，記得嗎？我不是個十足十的白癡，而且我知道妳沒有說實話。妳的雙眉之間有一道奇怪的小皺紋。」

「妳不用擔心，」我說。「妳已經安全了，可以專心復原。」

「妳把款項付清了。」

「那不重要。」

「妳把款項付清了，對不對？對不對？」

「算是。」我咕噥著說。

「多少？」

「就是妳欠的數目。」

「梅格，到底他媽的多少錢？告訴我。」她抓住我的手臂，我只好停下腳步。

「一萬二。」我說謊。

她閉上眼睛，我看得出她在心算。「不，」她說，「告訴我眞正的數字。」

「一萬六。」

「噢我的天啊，梅格！」

「數字不斷往上加，」我說。「如果到現在還沒付就會——」

「妳全部付清了？」

「我只是做了換成是妳也會做的事。」

「我不知道該說什麼。」

「我不要妳謝我。」

「我才不會謝妳，我要對妳大吼，妳這個低能兒！妳以爲自己在做什麼？」她舉起拳頭好像要揍我，卻嚎啕大哭起來。

我遲疑了一下，伸出雙臂擁抱她，人們經過我們身邊。「妳也會爲我這麼做的。」我又說一次。

「妳哪來的錢？」她一邊啜泣一邊問。

「到處湊一湊。」

「妳把自己的積蓄用光了對不對？妳要拿來買房子的錢。」

「其實這筆錢就是要用在這種時候，以備不時之需。」

荷莉發出打嗝般的笑聲。「梅格，那是我的不時之需，我——我——」

「沒關係。」我說。

我們走到黃金丘公園入口，經過鴯鶓前面，走向山羊。「沒有人能看到山羊還覺得不快樂，」我不動聲色地說。「妳的大腦怎麼樣了？」

「這個問題眞唐突。」荷莉把戴著手套的手伸進外套口袋裡。

一名幼童發出音調高到誇張的叫聲。

「我聽說電療的事時很震驚，」我說。「可是妳似乎沒事。」

「問我沒用，」荷莉說。「我整個過程都在睡覺，他們用輪椅把我推走，醒來時只覺得頭昏眼花。」

「他們說那是緊急情況，妳是急性憂鬱。」

「對，我聽說了。」荷莉說。

「妳好像在說別人的事，」我說，「難道妳不知道嗎？」

「他們說可能會影響我的記憶力，不過就我所知並沒有。」她露出悲傷的微笑。「也許我忘了。」

「奇怪的是，」我說。「我在妳接受電療之前跟妳說過話，當時妳看起來已經好多了。妳說妳做的時候——」我讓自己不為所動地使用那個字眼。「當妳想自殺的時候，妳說當時妳才發現妳並不想死。」

「沒錯。」

「我猜，我只是希望妳已經不打算那麼做了。」

荷莉聳聳肩。「我並不是最可靠的證人，只是那個頭部貼著電極的人。」

「我只是很意外罷了。」

「索恩醫師告訴查理說，自殺有幾個主要的指標。第一，已經嘗試過，這一點似乎見鬼的很明顯。然後是一心一意想死，不見得跟憂鬱有關。因爲妳可能絕望憂鬱到極點，卻沒有自殺的想法。另一方面，妳也可能不憂鬱卻有自殺傾向，可能像嗜好一樣執著於自殺。聽起來，我過去幾個月的情形好像混合著兩者，顯然我最近又開始談到這些事。」

「現在呢？」

「現在完全不想了，」荷莉把外套拉緊。「這些山羊很棒，」她說。

「我完全同意妳說牠們很有療癒效果。可是，妳不覺得有時候在溫暖的室內喝咖啡效果更好嗎？」

我們坐下來喝咖啡，荷莉吃了一個馬芬，我們討論她回來上班的細節。我到她家時，原本希望能說荷莉「從此過著幸福美滿的生活」，但現在我知道這麼說的意思是她從此過著守本分的生活。那些令人嘆為觀止、狂野的冒險、夢想、浪漫與幻想全都結束了。現在，荷莉得看清楚清醒人生的樣子，得經營事業與婚姻，專注過著安排工作、規畫行程、準時有序的生活。

荷莉似乎不太願意詳談這些事，彷彿我是嘮叨她練習音樂的家長。她說索恩醫師告訴她，起碼好幾個月別想工作，他表示她目前的任務就是復原。荷莉說她要復原，要解決私生活的問題，重新整理房子。最重要的是，她要修補和查理之間的關係。「當然，還有妳。」她說。

這話讓我笑了。「妳不需要修補和我之間的任何事。」我說。

「當然需要。妳知道我留給妳的遺書嗎？至少在我錯亂和接受電擊的腦袋裡，我記得自己覺得需要解釋的對象是妳。也許仍然覺得如此。妳知道，我永遠不會百分之百理智。」

「我們不能再走回頭路。」我說，「妳不能再像過去幾個月那樣生活，妳撐不下去的，我們撐不下去，我撐不下去。」

「再看看吧，」她說。「目前主要的目標是復原。不，不對，主要的目標是讓查理他媽走。復原可以等。」

我笑了。

「有那麼糟嗎？」

「難道妳不討厭涼䓤的味道嗎？」她說，「好像把不該混在一起的東西混在一起，有人升了營火又在上面倒了薄荷茶。」

「不過老實說，」我說，「我認爲妳目前不宜回來上班，除非……」

「我們叫個水果蛋糕一起吃吧。」

「她和我預期的完全不同，現在我知道妳爲什麼這麼愛她了。」陶德說。

「我知道你眞的認識她之後就會喜歡她。」

「她有一種感染力。」

「對，我知道，大家都這麼說。她讓每個人都覺得自己很特別。」

一陣短暫的沉默之後，陶德過來用雙手環抱著我。「怎麼了？」

「沒什麼。」

「我看得出來有事。」

「其實也沒什麼，」可是我無法拋諸腦後。「所以，你覺得她很美嗎？」

「美不美我不知道，起碼很可愛。」

「大部分的人覺得她很美。」

「梅格。」

「什麼事？」

「妳知道的，妳不需要擔心。」

「我不是擔心，我不知道你在說什麼。」

「我愛的是妳，妳才是我覺得很美的那一個。」

「我不美。」

「在我眼裡妳很美。」

「『在我眼裡』聽起來像憐憫。」

「比較像情慾。」

「眞的嗎？」

「貨眞價實，荷莉怎麼說妳的？眞實。」

我們額頭貼緊，擁抱對方。我們之間的關係出現了一種莊嚴的感覺，彷彿我們都知道正在進入某個偉大而宏偉的階段，已經沒有隨便回頭的機會。過了一會兒我說，「查理有外遇。」

「查理？跟誰？」

「娜歐蜜。」

「妳怎麼知道？」

「我就是知道，從他們看著對方的表情看出來的。」

「妳知道的，他這陣子不好過，」過了一會兒陶德說。「也許會無疾而終。」

「對，希望如此。所以你覺得我不該採取行動？」

「妳能做什麼？告訴她？天啊不要，希望她永遠不會發現才好。」

34

我直到一月二號才又見到荷莉，不過期間通過電話。我忙著享受幸福，可是並沒有忘記她，只是暫時把她放下而已。陷入愛河會使人變得自私而盲目。

新年假期時，陶德和我在多塞郡的偏遠小屋待了兩夜，回來後我去找荷莉。那天查理不在家，荷莉在電話裡說她想整理過去幾個月造成的混亂，在這幾週的恢復期裡，她至少能做到這些，而且有目標。

「我有東西要給妳看。」她一開門就說。

她穿著紫色運動褲，一件大了好幾個尺寸的運動上衣，袖子捲到手肘上。我跟著她到客廳，地上散布著打包的箱子，一半裝著檔案夾、舊報紙和練習簿。

「妳要搬家嗎？」

「只是大掃除而已。」她看看四周說。「這些是多年前的舊東西，有舊的作業和計畫，留下來是因爲這些東西花了我很多時間，不過，現在我打算生火燒了來慶祝。還有我以前小時候讀的書，也許會留下來，妳知道，萬一……」

「聽起來很棒，」我說。「非常棒，妳要我看什麼？」

「我找到這些。我不想背著他做什麼事，天知道查理忍受了什麼，可是我得找個人說說。」

她帶我到查理的工作室，指著桌上的一堆信。「我在最下面的抽屜找到的，」她說，「別說我不該翻查理的東西。我知道不應該，可是我需要找齊所有的電話費帳單記帳，讓自己有點用處，結果帳單丟得到處都是。總之，妳看看。」

我一一查看，覺得有點卑劣。所有的信都是關於沒有按時交、或根本沒交的工作。

「他就這麼停止了，」荷莉說。「我認爲他已經好幾個月沒作品了，可是他卻進來這裡說他在工作，在書桌前一坐就是好幾個小時。」

「可憐的查理。」我絕望地說。

「就是啊。可是，他爲什麼要對我假裝在工作？他爲什麼不跟我談這件事？梅格我跟妳說，我們的財務狀況一塌糊塗，我的銀行帳戶透支七千鎊，銀行已經不讓我領現金了。我賣掉外婆的珍珠項鍊，反正從來沒戴過。天知道查理的銀行帳戶狀況如何。他不肯說。他說那是他的問題，不是我的。」

「他不想讓妳擔心。」

「他以爲會怎麼發展？出現某種奇蹟嗎？」

「這陣子你們兩個都很難熬。他只是希望妳好點。」我的聲音聽起來很假，感覺得到脖子漲紅。

「也許妳說得對，」荷莉揉揉臉。「整理這些東西眞的很辛苦，花費很多時間跟精力，眞希望我有神奇藥丸。」她緊張地咯咯笑。「嗯，當然，我的確有神奇藥丸不是嗎？」

「妳有按時服藥嗎?」

「按時又認眞。別擔心,就算在我身上每個細胞都叫我不要吃藥的那些早上,我還是乖乖吃藥。我不給自己選擇的餘地。」

她把那些信件塞進抽屜裡,撿起地上的電話費帳單,皺起眉頭。「天啊,我們眞的花那麼多時間講電話嗎?妳看我上一季打了多少電話給妳。」

我不經意地看了帳單一眼,到頁尾都是我的電話號碼,但一個日期吸引了我的注意力,我從她手上拿過帳單仔細看。荷莉自殺那天的下午三點零七分,她的電話有短暫的通話時間。

「我以爲那個時間妳……妳知道,已經失去意識了,」我指著那些數字說。

荷莉瞇起眼睛看,跟我要手機。我遞過去,她撥了上面的號碼。「喂?」她說,「抱歉,妳是誰?喔天啊,對不起,我本來要打……嗯,妳知道,查理。抱歉,再見。掰。」她帶著疑惑的表情把電話還給我。「是娜歐蜜,我一定是打電話向她求救,對不對?我不記得自己這麼做,不過我對那件事的印象有點模糊。」

我忍不住一陣失望。荷莉曾說她在垂死之際試圖打電話給我,想到的是我。可是她卻也想到娜歐蜜,而且還眞的打電話給她,證據就在眼前,我的號碼根本不在上面。也許她說試圖打電話給我根本就是假的,只是想讓我覺得被愛而已。

「我還以爲妳說當時電話撥不出去。」我的音調比預期尖銳許多。

「我以爲撥不出去,我確定撥不出去。可是梅格,我當時的狀態並不好,誰知道我按了什麼號碼？」

「總之三點零七分的時候撥出去了。」

「顯然如此。」

「然後突然又不通了。」

「梅格，我在垂死邊緣，誰知道？也許我按了重撥鍵，我不知道。」

「妳一定跟她很要好。」我惱怒地差點說出眞心話。

「嗯，我跟她是很熟，她是我的隔壁鄰居。老實說，我根本就不確定自己是否喜歡她——她很……很……該怎麼說？放肆，妳知道，總是興沖沖，提供幫助，有點讓我抓狂。可是也許就是因爲如此，也許我以爲她就在附近，可以救我。」

「妳會背她的電話號碼？」

「不會，當然不會。」

「所以，妳陷入昏迷時還去查她的電話號碼？」

「梅格，」荷莉有點尖銳地說，「我不想討論電話費帳單的技術性問題。我們根本就不該看。我只想把它拋在腦後，忘了這件事。」

「妳說得對，這樣吧，」我笨拙地改變話題，連她都笑了。「妳本來要給我上次提過那家旅行社的電話號碼，專門辦偏遠地區假期那一家。」

「我可以讓妳把目錄帶回去看，只是查理想早點一起出去走走。我們需要修復婚姻，好好談談發生過的事。我們現在只是過一天算一天，對彼此友善而小心翼翼，也就是我沒有跟朋友一起在他的書房翻箱倒櫃的時候。」

她看起來疲倦又消沉，好像烏雲再度經過。她辛苦地從牆邊一疊雜誌和目錄裡拉出一份目錄丟給我。

「看起來的確很棒。」我翻閱著說。

我撿起查理桌子下面的一張紙片，抄下電話號碼和電子郵件信箱後放進皮夾裡。

「你們什麼時候要出發？」

「我猜很快吧。天知道我們怎麼負擔得起，不過我猜不能不去，查理是這麼說的。」

我把手放在她的肩膀上，過於開朗地說，「一切都會解決的。」

我們本來打算整理帳單和收據報稅用，最後變成過濾荷莉的衣櫃，因爲她想把不會穿的衣服丟掉。

「像這件。」她遺憾地拿起一件黑色小洋裝，重點在於「小」。

「妳去皇家節慶音樂廳的派對就是穿這件！妳看起來……」我遲疑了一下，「嗯，很正點。」

「妳的意思是很荒唐。我知道我的行爲很荒唐，幾乎不敢回想。那些日子已經結束了，不過很好玩不是嗎？也許我會留下來提醒自己。這件襯衫呢？」

「很引人矚目。」

「丟掉還是留著？」

「妳決定。」

「如果不確定的話最好留著，以防萬一。」

結果，她丟了一件拉鍊壞掉的襯衫跟好幾雙破絲襪，就這樣。爲了配合節制的新態度，本來該把那些鮮豔氣派的衣服都丟掉的，結果全都收回衣櫃裡，奇怪的是我卻覺得如釋重負。

她希望我待久一點，但我待了幾個小時後就說得回去了，有事要處理。

荷莉送我出門，我們擁抱對方說再見。她關上門，我等了一會兒才沿著馬路走幾步到隔壁，娜歐蜜住在頂樓，她跟我說過她家的樣子：一間小臥室、一間廁所、漏水的淋浴設備、小廚房、小客廳當書房，獨立電話線。

我按了門鈴，等了一會兒再按一次，終於聽到腳步聲。大門打開後，一位穿著寬鬆毛衣外套和拖鞋的老先生凝視著我。

「娜歐蜜在家嗎？」我問。

「不在，」他說。「他們出去了。」

「喔，」我想起一件事。「是她男朋友來接她嗎？」

「沒有，沒有，不是那樣。她沒有男朋友。」

我強迫自己擠出輕鬆的笑容。「你對她的事很清楚是嗎？」

「她做餅乾送我，」他說。「有時候我們晚上會一起看電視，我太太兩年前去世了，我該傳話給她嗎？」

「她跟誰出門的？」

「妳眞好奇。」他咯咯笑。

「我只是想——」

「只是鄰居而已。」

「查理？」

「沒錯，沒什麼奇怪的。」

他邀請我進去喝茶，我覺得他是個孤單可憐的人，可是我的腦袋嗡嗡響，很難思考。於是我盡快離開了。

「梅格，這種事不光彩，可是這就是人，」陶德說。「重要的是不影響到荷莉的復原。」

我皺眉頭。「你沒搞清楚，」我說，「不是外遇的問題，雖然老天知道我希望沒有這件事。那天她企圖打電話給我，可是沒打通。她不記得打過的電話打通了，她記得有打的電話卻沒打通。」

「妳爲什麼這麼在意這種細微的小事——」

「陶德，我想到一件很可怕的事，我是說眞的，眞的很可怕。」

「告訴我。」

我張嘴卻說不出來。這個想法太瘋狂、也太荒謬了，只有荷莉在瘋狂的時候下才想得出來。「算了，我只是疑神疑鬼而已。」我說。

不論陶德多麼努力說服我說出來，我都不肯，反倒爲自己的想法感到難爲情。

但我無法將它逐出腦外，晚上陶德平靜地躺在我身邊時，我也在努力思考該怎麼做。我一直想到荷莉那張蒼白而信任的臉。是什麼？我到底錯過什麼蛛絲馬跡？

35

「我在路口的酒吧。」

「哪個路口？」

「笨蛋，妳覺得呢？當然是公司附近的路口，可以過來嗎？」

「我現在就過去——沒事吧？」

「我下半輩子每次要見妳時妳都要這樣問嗎？出事了嗎？」

「沒有，我只是——」

「沒事。我只是得見妳，有東西要給妳。我該幫妳點一杯辣味番茄汁嗎？」

「加很多香芹鹽跟烏斯特醋——」

「——還有黑胡椒跟一片檸檬。快來吧。」

不論荷莉在電話裡說了什麼，我仍然認爲出事了，因此匆忙離開公司，一面穿上厚重的外套，一面大叫向翠莎道歉，說我盡快回來，到時再完成帳目整理。

她坐在角落我們的老位子，外套沒脫，脖子圍著圍巾，無聊地搖晃杯裡的水，憔悴的臉上帶著若有所思的表情，一見到我就喜形於色。

「這邊，」她說，「番茄汁還有……」她從包包裡拿出一個信封揮舞著，「……這個。」

「這是什麼？」

「給妳的。」

我喝了一口番茄汁，打開信封一看，裡面是張一萬六千鎊的支票，抬頭寫給我。

「荷莉！不行！」

「妳以爲我不會還妳對不對？」

「我不希望妳還我，那是給妳的。而且妳哪來這筆錢？」

「很簡單——嗯，還算簡單，只要加在貸款上就好了。不過，老實說我該警告妳，最好下禮拜再存進去。」

「我不要這筆錢，時機不對，完全不對。我知道妳的處境，拿了我會覺得很難過。」

「梅格，妳聽我說。我不想爭論這一點。這是妳的錢，我拿了才會很難過。我知道妳是自願拿出來的，這一點我也很感謝，我永遠、永遠不會忘記妳爲我做的事。永遠不會。」她的眼眶泛淚，不耐煩地眨眨眼趕走淚水。「這是我復原的一部分，這是新的我，爲自己做過的事負責任。梅格，我需要這麼做，我必須這麼做。趕快放進包包裡，否則誰知道我會怎麼做？」

我遵照她的要求，把自己的手搭在她的手上，靜靜坐了很久。我想到一件事，「所以查理知道了？」

「對，」她冷淡地說。「他確實知道了。」

「妳終究得告訴他。」

「沒錯。」她說。

「他的反應很差嗎？」

「不能算好。」

「那麼糟？」

「正當他以爲情況不能再糟了，誰怪得了他？」

「他怎麼說？」

「他沒說什麼，」她喝了點水。「只是非常非常茫然地回到書房裡。妳知道的，他假裝工作的地方。」

「噢。」我茫然地說。

「他已經無法承受了。我剛剛等妳的時候想到一件事，我在街上抓狂，攻擊路人，被拖到醫院時，我只是從家裡跑出去，他不知道我在哪裡。對他而言我可能跑去撞公車了。警察打電話通知他時他才到醫院。我像個瘋子一樣胡說八道個不停……」她露出刻薄的笑容。「什麼像個瘋子？我根本就是個瘋子。可是，當我看到他臉上憤怒與絕望的表情，那個沒有瘋掉的我覺得很內疚。我知道自己永遠無法彌補對他做的事。他可以對我大吼，衝出去一千次，也比不上他爲我承受的千分之一，日復一日，週而復始。他根本不該認識我的。」

「別這麼說。」

「我毀了一切。」

「來跟我們住吧。」我突然感到一股沒來由的急迫。「住到情況好一點就走。荷莉，不要回家了。」

她看著我，露出悲傷的笑容。「妳一直跟我說會沒事的，」她說，「難道現在要說不是這樣嗎？」

「一陣子就好。」我說。

「朋友，喝完妳的番茄汁吧，」她溫柔地說。「然後回去辦公。」

36

我告訴自己查理是個好人，雖然不是英雄，但也不是壞人，只是和娜歐蜜有外遇罷了。經歷這些事之後，誰又能怪他？想到荷莉這麼苦苦掙扎地挽救婚姻，查理卻在搞外遇，如果真是如此，眞的很令人心痛。我不打算告訴荷莉。每當我想到她的時候，總是想到一個脆弱的人，精巧的運作機制隨時可能出錯，我知道我不能阻礙她復原。

我好幾天沒見到荷莉。我坐在辦公桌前，卻一直想像她會說什麼，彷彿我的腦袋裡不只有自己的聲音，還有她的聲音。史都華的審判訂在五月，她說她對整件事的感覺很矛盾。「我一直覺得是我的錯。」

「他侵入妳家攻擊妳。」

「還是一樣。」

「妳這樣上證人席一點用也沒有。」

「我會照實陳述發生經過，壞事照講。」

她說她每天都跑步游泳，每星期到穆斯威爾丘三次，跟一個女的做治療。「那眞是一種很自戀的存在，」她說，「我只要專注照顧自己的身體，療癒心靈就好，無聊，無聊，眞無聊。」

我說不出有多想回去上班——做一些跟自己無關的事，我相信現在回來上班對我有好處。

「妳很快就會回來了，」我說。「再等幾個星期就好。」

我問她查理的狀況，她說他又變得很「貼心」。「可是沒有性生活，有時候，我覺得也許我再也不會有性生活了。」

「是藥物的影響嗎？」我問，感覺像個叛徒。

「不是我，是他。他覺得我是個病人。」

「時候還早。」

「也許我可以趁度假時勾引他，」她說。「張牙舞爪，不接受拒絕。」

「你們什麼時候要出發？還有你們要去哪裡？」

「兩個問題的答案都是不知道。都是查理安排的，他想找個特惠方案。」

「這個週末跟那些特許房產鑑定員的活動結束後我再來看妳，除非到時你們已經出發了。」

「真希望我也能參加。」

她聽起來很渴望，我知道很容易就會脫口而出說，「那馬上回來上班吧。」或甚至，「別吃藥了：回到過去那狂野的快樂和無窮無盡的悲傷裡。」我強迫自己擠出溫和而愉悅的聲音。「我當然也希望妳回來，沒有妳就是不一樣，一點也不好玩。」

放下電話後，我感覺一股揮之不去的焦慮，像腦袋裡抓不到的癢處，開會與工作時都沒有消失。中午我在熟食店買了一個三明治，坐在空無一人的辦公室裡瞪著電腦螢幕，看到的卻是荷莉的面孔。

電話鈴聲響起，嚇了我一大跳，我們的律師對黛博拉的雇用條款有更多問題。我打開抽屜找資料，看到那天李斯丟在我桌上的方型棕色信封，裡面都是荷莉的照片。我本來把它像個骯髒的祕密一樣收起來，放下電話後，我拿出那些光面照片，對裡面的張數感到既訝異又驚愕。

這些照片都是偷拍的。荷莉以爲她獨自一人，沒有陌生人的凝視，結果全程都被偷看、拍攝下來。我幾乎沒有勇氣看，覺得這麼做很不道德，卻無法阻止自己拿起每一張照片凝視，努力在荷莉臉上看出她當時的經歷。這些照片記錄了她的病，追蹤她從狂喜、憂鬱到華麗而瘋狂的旅程。沒有人該看到她這個樣子。

我拿起的第一張照片有點模糊，是荷莉的半側面近照。她穿著麂皮外套，頭髮塞進古怪的小貝蕾帽裡，臉上的表情很少見：一種夢幻、出神的鬱鬱不樂。另一張照片裡她在公司外面，這次距離鏡頭更遠，我就在她身邊。我很焦慮，雙手插在外套口袋底，低頭皺眉，看起來好像跟荷莉處在不同世界。她則大步向前，充滿活力地說話，開襟外套往後揚起，舉起雙手熟悉而飛舞地比著手勢，頭髮如蛇般覆蓋在臉上，嘴脣畫著鮮紅脣膏，張開大笑。她看起來生氣勃勃，彷佛會在照片上動起來，但看起來也很歇斯底里。

接下來的照片裡，荷莉挽著一名男子的臂彎，我認得那是史都華，穿著某種很荒謬的鞋子。她沒有看著史都華，而是看著前方，嘴巴緊閉，他則狂喜地低頭看著她。

我翻著這些照片，其中一張是從荷莉的背面拍攝，她提著好幾罐油漆上計程車，一名面容枯槁的男子往前靠幫她上車，車上還有另一個人，可是照片是晚上拍的，完全看不出是誰。另一張從遠處拍攝荷莉和查理在公園裡散步，粗粒子的光線表示當時可能在下雨。我注意到他雙臂握緊，她的雙手則在空中，就算光看照片也看得出她鮮少靜止不動。其中一張照片裡的荷莉穿著沒款沒型的成套運動褲，一頭油膩的頭髮，肩膀下垂，看起來像個老太太。

突然間，一張照片讓我震驚到差點鬆手。荷莉迎面走向鏡頭，起先我沒看出來。照片中的她好像是卡通版的自己，所有的特徵都認得出來，可是都是誇大版。她穿著睡衣、左右腳不搭的高跟鞋、圍巾從一邊肩膀拖到人行道上、頭髮糾結在一起，嘴巴張得大大的——是什麼？可怕的尖叫，動物痛苦的哭嚎，無意識的性歡愉喊叫？我幾乎無法將目光離開這張照片那充滿張力、可怕的臨場感。現在我才知道，這麼多年來，我一直不曾讓自己完整想像荷莉的經歷，以及她所承受的折磨。

她身旁的人們幾乎都瞪著她，因此，雖然她在照片左方，卻感覺她是在中央。一名年輕男子指著她、嘲笑她。我的臉從髮根整個漲紅，繼而覺得憤怒。沒有人該看到這些影像，或看到我的朋友痛苦悲傷到近乎瘋狂，幾乎不成人形。我用兩隻手指和大拇指握住照片兩端撕成兩半，丟進辦公桌下面的垃圾桶裡。

不知為何，我突然僵住。我看見了什麼，卻又沒看見。我有某件事的記憶，卻不知道是什麼。我蹲下來，拿起撕成兩半的照片，看著荷莉和她身邊的人——她面前的人，後面的人。我看到我所看到的，卻沒看進去，知道，卻沒有了解。就在照片的邊緣，我看到他，就在荷莉後方幾步之遙，穿著他的皮外套，以鎮定、檢視的面孔看著那心神錯亂的女人，有別於他身邊那些好奇、歡樂、同情的表情。

是查理。

我閉上眼睛，聽到荷莉對我說，「我在街上抓狂，攻擊路人，被拖到醫院時，我只是從家裡跑出去，他不知道我在哪裡。對他而言我可能跑去撞公車了。警察打電話通知他，他才到醫院來。我像個瘋子一樣胡說八道個不停……」她是這麼說的，查理是這麼告訴她的。可是，其實他根本一直在跟蹤她，看著她在橋上崩潰。看著她？等著？等著她自殺？我瞪著照片，看見他的從容。

我拿起電話打荷莉的手機，卻進入語音信箱。「荷莉，」我說，「荷莉，是我，梅格。妳聽到的時候打電話給我，馬上打給我，聽到了嗎？打給我就對了，是急事。」

然後我打她家的電話，聽著電話在空無一人的房子裡鈴響，一直響。

37

我強迫自己鎮靜下來，才能反覆思考，卻幾乎聽得到自己的大腦在運作：恐怖的能量互相擦出火花、冒泡、嗶嗶啪啪。我像準備工作一樣列一張清單，確定一切都吻合，什麼都沒遺漏。所以：查理談到她自殺的心情，談到失去她，聽起來好像準備面對什麼事。他有荷莉所造成、不斷加劇的金錢問題。還有娜歐蜜，現在還有照片。這些事分開看可能沒什麼大不了，可是加起來眞的有一個模式？還是我像小孩一樣，想像力太過豐富？

然後，彷彿突然有人敲了我一記腦袋，我想到荷莉企圖自殺時查理在場。當他的妻子躺在那裡奄奄一息時，打電話給娜歐蜜的不是荷莉，而是他。他在場，卻見死不救。他一定是突然發現，荷莉死掉的話他的日子比較好過，沒有荷莉他就自由了：不再是那個受盡挫折、羞愧的丈夫，而是他們認識之前那個無憂無慮的英俊男人。

我提醒自己這是查理。我想像他的面孔。查理，那個我曾經差點愛上的男人。我喜歡、欽佩、同情、稱之爲朋友，如親人般的男人。我看到他皺起的笑臉與眼角的皺紋，舒服又皺巴巴的的衣服。我想起他專注做ＤＩＹ時的神情，看似皺眉，其實很滿足。我想像他看到我時總是露出的微笑，伸出溫暖的手放在我肩膀上。我想起他剛開始和荷莉在一起時幾乎被愛情沖昏頭，拜倒在她熱情溫暖的懷裡。不，不可能是眞的。這實在過於荒唐、可憎、誇張、瘋狂。

可是，就算我在這麼想的當下，當我低頭凝視著照片上他冷靜、觀察的面孔，卻發現不認識這個男人與他所處的這個陌生、不熟悉的情緒。我也看著荷莉在自我毀滅的能量影響下那原始、怪誕的影像，感覺體內一陣陣的恐懼。我再撥一次荷莉的號碼，知道她不會接。

「快點，」我對著電話說，「接電話。」

他們在哪裡？我慌張地努力回想和荷莉的最後一次對話。她說了什麼話可以當成線索嗎？她說了特惠假期，還沒安排好，負責計畫的是查理，不是她。誰有可能知道？我打給幾個朋友，可是荷莉最近沒有跟他們聯絡。我打給荷莉的母親，沒人接。我焦慮的像熱鍋上的螞蟻，強迫自己鎮靜下來。他們應該不會太難找：一定有一個很簡單的方法。我突然想起荷莉給我的電話號碼，從旅遊目錄抄下來的那一個，應該可以。我在包包裡翻找那張折成一半的紙，注意到上面有荷莉的筆跡，比平常還潦草，打開看號碼前仔細看了一下：「我最親愛和忠誠的梅格。」只有這樣。我沒時間思考這件事，只感覺胸口又被情緒揍了一拳。我是她親愛又忠誠的朋友，我得幫助她。我用顫抖的手指撥了電話。

一名女子接聽後，我說一個朋友跟他們訂了行程，由於緊急私事需要聯絡他們。我以為這樣說明很好：聽起來很恐怖，也會斥退過多的問題。她的態度很勉強，表示這是原則問題，不能提供客戶資料。我差點發脾氣，只不過我發脾氣的時候不會大吼，而是相反，我變得非常冷靜鎮定，幾乎變成法律專家。

「妳們是旅行社，不是醫療診所，」我說。「發生了緊急狀況，我需要聯絡他們，給他們一些非常重要的訊息。如果妳覺得有問題，麻煩請妳的上司聽電話好嗎？」

她要我等一下。我聽到她跟別人說話的低語聲。

「我看看能不能找到訂位資料。」她終於說。

我等了好幾分鐘。

「很抱歉，」那個女的說。「我什麼都找不到。」

「不可能的，」我說，「他們兩個的名字妳都查過了嗎？」

她查過，一點希望也沒有，我差點因沮喪和憤怒流下眼淚。但我突然想到一件事：娜歐蜜。如果有人知道，那一定是她。這件事太重要了，不能在電話上問，一定得見到她本人才行，這樣我才能臨機應變地思考。翠莎吃過午飯回來了，我告訴她我要出去一會兒，不確定什麼時候回來，會再打電話給她。我叫計程車到荷莉家，一路上都在思索該怎麼處理這件事。司機好像說了什麼非法移民的事，對我而言跟路上的噪音沒什麼兩樣，被我放空。我下車後先去按了查理和荷莉家的門鈴，以防萬一，可是沒人應門。我去隔壁按了娜歐蜜的門鈴，這才第一次想到她可能不在家，在這分秒必爭的時刻，這一切卻不幸地是在浪費時間。就在此時她開了門，我覺得自己好像在眩目的燈光下登上舞台，觀眾期待地觀看。

「梅格？」她意外地說。

我不等她邀請就走進玄關。

「我，呃，」我忘了台詞。「我有事來找荷莉，重要的事，我可以上樓嗎？」

「我……」她正要說什麼，我已經爬上通往她房間的狹窄階梯。

「一下子就好。」

「他們應該是出門了。」她開門通往一個一塵不染但抑鬱的房間：米色沙發、桌子靠在牆邊、旁邊兩張椅子，角落的橡膠植物吸收著光線。

「我有事得告訴荷莉，」我說。「工作有關的事，他們留下聯絡的電話號碼嗎？」

經過一陣太久的沉默後，娜歐蜜勉強擠出笑容。「沒有，」她說，「至少沒有留給我，他們爲什麼會留電話號碼給我？」

「查理有手機不是嗎？」

「對，」她太過急促地說。「可是我沒有他的號碼。」

「這件事很重要。」我說。

「我沒有他的號碼。」她重複。

「娜歐蜜。」我開口說，看到她倔強的下巴與警戒的眼神又停下來，想說服她是沒用的。我無法思考，不知道該怎麼做。接著我在她沙發旁的茶几上看到一本線圈裝訂的日誌，可能嗎？我能拿這個做什麼？我不能離開，還不能。

「所以，」我說。「妳覺得最近情況如何？我是指荷莉。」

「不太好，」她搖搖頭說。「查理認爲……」

「我知道──他認爲她會再試一次，妳呢？」

「有時候我很擔……」

「我可以喝點咖啡嗎？」

「什麼？」

「妳有咖啡嗎？」

「我有點趕時間。」她說。

「即溶的就好了。」

「我沒有即溶咖啡。」

「茶包也可以。」

「好吧。」她說。

我們看著彼此，討厭彼此。然後娜歐蜜離開房間。

我等了一會兒。「我可以幫忙嗎？」我大叫。

「過來吧。」透過薄薄的牆壁，她的回答聽起來近的可怕。

我拿起日誌，翻到這星期的頁面，上面寫了什麼，我本來希望是地址，不過那是電話號碼，很長的區域碼，不是倫敦。當然，這有可能是她母親或工人或什麼的電話。噢拜託，老天，我想著。拜託，拜託，我會永遠永遠不做壞事當個好人。號碼太長背不下來，我在壁爐上找到一隻筆抄在手背上，聽到腳步聲時趕快闔上日誌，寫下最後幾個號碼。

「妳在做什麼？」

她從我背後進來。我轉過身，荒唐地說，「想法。」

「什麼？」

「有時候我會突然有一些想法，得趕快寫下來，否則會忘記。可是需要的時候手邊總是沒有筆記本，所以我就寫在隨手可得的東西上，比如手上，我剛剛想到提案的內容。」我很快揮揮手，讓她看不清只有數字。「不過妳不會想聽的。」

「我是要問妳，妳要不要加牛奶。」娜歐蜜說。

「對不起，」我說。「我得走了，我剛剛才想起來要開會，已經開始了，我遲到了，實在太糟糕。下次再聊。我眞失禮。對不起，我得——」

我直接衝到人行道上叫計程車，可是這裡是住宅區，路上沒有計程車。我看看手背上的電話號碼，思索著有什麼用處？嗯，可以直接打這個號碼試試看。我用手機撥了號碼，卻只是響個不停，不知該做何感想。也許他們在外面享受漫長而療癒的散步，也許電話線拔起來了。我不知道該怎麼辦，也不能用電話號碼查電話簿。我想到翠莎，她知道這種事，我打電話給她。

「翠莎，」我說，「如果我想知道某支電話號碼的地址該怎麼做？可以買CD或打電話給誰查，還是網路上有什麼——」

「電話幾號？」

我讀出來給她。

「等一下，」她說，我聽到打字的聲音。「蘇福克郡克里遜村白楊屋，郵遞區號也要嗎？」

「要。」

她告訴我，我說明天才會進公司。

「週末的活動呢？」

「我很快就會回來。」

「有什麼我該知道的事嗎？」她說。

「妳會知道的，」我說。「終究會知道的。」

我掛斷電話，看著手機，彷彿它能告訴我什麼事。我只能想到一件事，一個人，我又按了號碼。

「陶德？」我想到這整個漫長而混亂的故事，心頭一沉，我需要比較快的方式。「前陣子我問你可不可以幫我一個忙，你說當然可以，並沒有問是什麼忙？……你是認眞的嗎？因爲我又要請你幫忙了，現在。」

38

「陶德。」我們離開倫敦，往東開在A12號公路傍晚糾結的車潮裡。「謝謝你。」

他發出某種哼聲，不過我覺得他並不是不高興，並沒有眞的不高興。他表現得很鎭定、很穩健，就連他很有耐性、不受干擾的開車方式都是爲了讓我鎭定下來。我緊張地窩在座位上，彷彿這樣可以增加前進的動能。

我們的話不多。一塞車我就用力咬大拇指，被迫減速就呻吟抱怨，瞪著地圖，彷彿可以奇蹟似地找到祕密通道，穿過停滯不前的車陣。我不停看手錶，想知道還要多久才會抵達目的地。我們停下來加了一次油，我幾乎無法忍受等待加滿的時間，還有付帳。我覺得彷彿每一分鐘、每一秒都很重要，每次排隊都有可能造成嚴重的後果。

天快黑了，下起濛濛細雨。前面的馬路上一長串模糊的車燈朝向我們而來，紅色尾燈則在我們前方遠離。我不禁好奇荷莉現在在哪裡，在做什麼？我第一百次撥了手機上的重撥鍵，第一百次聽見它一直響一直響，沒人接聽。「你覺得我瘋了嗎？」我又問陶德。

「瘋了？」他說，「兩個星期前，我把身上所有的現金都給妳，讓妳去交給一個罪犯。現在我載著妳開了好幾個小時的車，好讓妳去把期待已久、正在跟老公度假的密友嚇得半死。我不認爲我有資格指責世界上任何人瘋了。」

「噢，陶德，你人眞好。」

「也很有可能這個電話號碼跟查理和荷莉一點關係都沒有，我們正要闖入陌生人的家裡。」

「不可能的，」我說。「一定得是對的號碼。」

「好，」他說，「那妳一定是對的。」

我靜靜向前靠，恐懼啃蝕著胃部。我不相信上帝，此刻卻想禱告：讓她平安，讓她平安，拜託讓她平安。雨刷在擋風玻璃上來回刷著，把玻璃清出半圓形，立刻又被一波波的雨滴填滿。

車流慢慢減少後，陶德加速前進。沒有月亮的夜色昏暗，不遠的地平線出現小鎮的橘色燈光。我們終於離開主要道路，進入較小的馬路。樹木還滴著水，開過我們身邊的汽車改成近光燈，我們的車燈則照亮一大片犁過的田野、小樹林、荒郊野外的老教堂和四角形塔樓、圓錐形尖塔。我低頭看地圖，想找出到克里遜最快的路徑，就在海岸附近和交叉的大馬路形成三角形，跟其他村落聚在一起。

起先很簡單。我們在另一條Ｂ級道路的盡頭左轉，地圖上是黃色，穿過地圖上指示的幾個村落後再轉一次。

「快到了，」我說，「只剩幾英里而已，你隨時都會來到一個交錯的路口。」

幾分鐘後我說，「我很確定我們應該到了，等一下，我們完全不該在狐樹林村。」

「妳要我怎麼辦？」

「前面左轉，不行，標示說那是往林漢村。我不懂。噢天啊，直走，也許我們該掉頭重新開一次。」我的聲音近乎哀嚎。

「來，」陶德靠邊停車研究地圖。「眞的很亂，」他同意，「我們開到前面的酒吧，妳可以下去問路。」

「那快一點。」

車子還沒停好我就下車衝向酒吧，雨停得差不多了，雖然很冷，空氣中仍充滿濕氣，有壓迫感，彷彿所有的事物上鋪了一層冰毯。我用力開門衝到吧檯前，推開幾名男子，靠在吧檯上問正在服務的女人。「可以請妳告訴我克里遜村該怎麼走嗎？」

「克里遜？我想一下，」她想了一會兒，用金屬鏟子鏟了一些冰塊到杯子裡。

「我很急，」我說，「有急事。」

「她該走石頭路。」其中一名男人說。「那是捷徑。」

「石頭路在哪？」

他給了過於複雜的指示，我後退走出門外。

「左，右，右，左。」我一面複述一面衝到車上，踩到一個很深的水窪弄濕了鞋子。

「左，右，左，快點開車！」我對陶德說。

我們再次出發，很快來到克里遜村，路上散落著一些小房子。

「感謝老天。好了，磨坊屋，納丁屋，池塘……他媽的白楊屋在哪裡？我看不到。」

「那間呢？」

「那間連名字都沒有。我該跑過去看看嗎？燈光亮著，裡面有人。」

我衝上小徑，用拳頭敲門，以爲也許荷莉或查理會來應門。可是門打開後我卻得調整視角，開門的是個梳著辮子、穿著黃色睡袍的小女孩。「妳媽媽在家嗎？」我問。

「我媽媽死掉了。」她嚴肅地說。

「噢對不起。嗯，那妳爸爸在家嗎？」

「爹地，」她用尖銳的音調大叫。「爹地，有一個小姐要找你。」

「問一下她是誰好嗎？」

「是急事！」我在門前大叫，把門完全推開。「請問白楊屋在哪裡？」

他下樓來。「白楊屋？爲什麼問這間？我記得是村子裡那一間。我相當肯定。莉茲！」他往樓上叫。「哪間是白楊屋？花園盡頭有小溪流過那一間嗎？往『玫瑰與王冠』酒館的路上？」

「對，做什麼？」

「這邊有一個小姐要——」

「麻煩你直接告訴我，」我打斷他。「很緊急。」

「從那邊過去，第一個路口右轉進小路。」他說。

刷白牆的白楊屋獨自佇立在小山谷裡，後方有灌木叢，很像鄉間小屋。屋內燈光沒亮，煙囪也沒有煙，看起來冰冷無人。

我得再下車一次打開閘門，讓汽車開進去，然後我直接跑到屋前的小徑上。我站在門口的小屋廊下用力敲門扣，沒人回應。我蹲下，推開信箱口的金屬蓋子想看看裡面，卻只看到信箱口的刷毛。我把臉貼在窗戶上，在只有車燈照亮的朦朧中看到黑暗裡的一些龐大形體。

「荷莉！」我大叫，接著更大聲、絕望地搖著門把。「荷莉！妳在裡面嗎？」

陶德踩在碎石路上走向我。我轉身說，「裡面沒人，」開始啜泣。

陶德抬頭看著黑暗的屋子，低頭撿起一塊石頭，砸破一扇窗戶，破碎聲響意外地大。我們對望：我很確定他從沒做過這種事，我是一定沒有。陶德和我是理性的人，守法、守規矩。陶德敲掉剩下的玻璃，從裡面打開窗框往上推。非法侵入。他爬進沒開燈的屋子裡，我聽到他在裡面走動，接著大門開啓。我看看四周，尋找生命跡象。我們一起檢查每個房間，打開所有的燈光，叫她的名字。我走進一個房間裡，感覺空氣彷彿被擠出體外：荷莉的衣服從地上的皮箱散落出來，那是我和她一起整理的衣服。床頭櫃上有電話，陶德拿起電話線說，「拔掉了。」

「他們在哪裡？」

「一定是出門去哪裡了。」陶德說。

「對，我想也是。」

「眞是如此的話，」陶德從後面窗戶看出去。「那他們一定走不遠，他們沒開車。」

「哪裡？」

「妳看，從這邊剛好可以看到車子停在舊工具棚旁。」

「對，那是查理的車。」我說。

「我們該過去看看嗎？」陶德問。突然間，我們張大嘴凝視著對方。

我們兩步當一步跑下樓，衝出開著的大門，在崎嶇不平的路上絆到腳，往車子衝過去，感覺到灌木叢勾到我們的衣服。我的胸口怦怦跳，聽到自己的喘氣聲。我們接近時聽到引擎低沉的隆隆聲，有一個東西從排氣管連到前面的副駕駛座。陶德拉開塞住排氣管的衛生紙把管子鬆開。我絕望地拉開車門，可是車門鎖著。

「荷莉！」我放聲尖叫，玻璃起霧了，不過還看得到荷莉蒼白的臉往後翻露出的尖下巴。她動也不動。「荷莉！我們來了。」

「這裡。」陶德拚命在泥土裡抓什麼尖銳或笨重的東西，終於找到半塊爛磚頭。

「不要敲前面的玻璃，」我看到他舉高過頭時急忙阻止。「從後面，否則她會被碎片割傷。」

他用磚塊敲了旁邊的小車窗兩次，玻璃出現參差不齊的缺口，一陣陣瓦斯味撲鼻而來。他把手伸進去開鎖，我一把拉開車門。

「小心不要割傷自己。」陶德說，可是太晚了，我衝進車上的毒氣裡，荷莉軟趴趴地躺著，我把她毫無力氣的身體搬到冰冷的地上。

「荷莉！」我大叫。「荷莉！」

我把她冰冷的身體緊緊抱在胸前，陶德蹲在我們身邊，用大拇指和食指按住她瘦弱的手腕。「梅格，她還活著。」他一面說一面用手機打一一九。「她還活著……我們需要救護車。」她對著電話說。「有人企圖在車上用一氧化碳自殺。白楊屋，就在克里遜村外，往『玫瑰與王冠』的路上。請快一點，還有我們也需要警察。」他又說。

「問他我們在等待的時候該怎麼做。」我說。

他們已經給他指示，他再轉達給我。我用手指壓住荷莉的鼻孔，對著她的嘴巴吹氣。她的嘴脣像橡膠一樣，皮膚冰冷，可是我感覺得到她的心臟微弱地跳著。陶德和我輪流給她生命之吻，一陣陣冰冷的風從樹林間吹來，帶來豆大的雨珠。我不知道我們那樣等了多久，幾分鐘，幾小時。我們什麼也沒說。

接著發生兩件事。我們看到斜坡頂端出現車燈，救護車和警車出現，荷莉掙扎著睜開雙眼。剎那之間我們看著彼此，我覺得她甚至笑了。

在那之後，行動、燈光、聲音、忙亂。救護人員彎身查看她，以快速簡短的聲音發出指令。一名男子對著無線電說話，荷莉被抬到擔架上，用厚重的毛毯蓋住推進救護車後方開走，藍色警示燈詭異的照在樹林上，只剩下警車和兩名男子。有人在處理一切，我腿軟地走向陶德，緊緊擁抱他。我的臉頰全濕了，分不清是我的淚水還是他的，還是又開始下雨了。接著，我在他背後看到一個身影站在鬧門口，有那麼一刻，那個身影靜靜站著，接著從車道上向我們走來，繼而蹣跚地跑著。

「梅格，」查理到的時候說。「發生了什麼事？」他轉向警察，「我太太在哪？」

接著他淚流滿面。

39

我看著查理呑下淚水又問了一次。「發生了什麼事？」在警車的燈光下，他憔悴的臉色蒼白的像鬼一樣。他兩手拉著外套，帶著血絲的雙眼閃閃發亮，受盡折磨。在我的憤怒、哀傷與恐懼之中，我對他感到一股不情願的同情，以及一股巨大、近乎壓倒性的厭倦。

「先生，沒關係。」其中一名警察說，可是被我打斷。

「查理，她被救護車送走了。」我盡可能鎭靜地說。「你知道發生了什麼事。」

「什麼？」他激動地問。「怎麼了？」

「她還活著。」

「我不明白。」

「你很清楚。」我走向兩個正在說話的警察。「這是她先生，你們得跟他談談，這不是企圖自殺，而是他意圖謀殺。」

他們近乎難爲情地看著我，我不確定他們比較懷疑查理還是我。查理做了個急促的動作，喋喋不休地說什麼如果荷莉出了事他無法忍受。

「很抱歉，」其中一個說。「妳是……？」

「我是梅格．桑默斯，是荷莉最要好的朋友，」我說。「我跟我男友剛從倫敦開車上來，我知道她身陷危險，還好我們及時抵達。」

「我要看我太太，」查理說。「我要看荷莉，你們可以帶我去嗎？其他的事都可以等。」

「你怎麼下得了手？」我說，「怎麼下得了手？我知道你經歷過什麼，我知道娜歐蜜的事，我都知道。你大可以離開她，一走了之，你怎麼能這麼做？」

「桑默斯小姐，」警察說。「請鎮定一點。」

「我很鎮定，我有大哭大叫嗎？我很鎮定，非常鎮定。」

「梅格親愛的。」陶德拉起我的手。

查理轉向警察。「我太太有嚴重的憂鬱症，」他說，「她已經企圖自殺過，她接受了電療，幾個星期以來一直說要自殺。」

「最後那一部分不是眞的。」

「這不是她第一次嘗試嗎？」警察問查理。

「不是，她在幾個星期前服藥過量，她患有躁鬱症，大家都很辛苦。聽我說，我們可以待會兒再談，先讓我見荷莉。」

「就因爲她有躁鬱症，曾經企圖自殺，你就以爲能殺死她而脫罪，完美的不在場證明。大家都覺得她會再做一次，誰會懷疑是謀殺？」

「梅格，」查理靜靜地說。「拜託不要再說了。」

「你以前很愛她的，怎麼會到這種地步？」

「別說了，」他眞的用雙手摀住耳朵。「我聽不下去。」

「先生，我們馬上可以載你去醫院，」一名警察對查理說。「不過現在你最好先進去。」另一名警察還拍拍他的肩膀。「先生，我相信沒什麼好擔心的，」他說，「大概是個誤會。」

查理和那個肌肉結實的警察一起走向屋裡，留下陶德和我和另一個警察，他似乎並沒有懷疑、生氣或甚至關切，只是有點尷尬，彷彿我把一個很簡單的狀況弄得很複雜。

「外面很冷。」那名中年警察說，大概由於北方吹過田野的刺骨寒風而臉色紅潤，風吹得樹木都彎曲了。「我們都想離開不是嗎？你們何不先去車上等一下，我們先去查看一番。」

「你完全不相信我的話對不對？你怎麼解釋我為何知道她有生命危險，然後和陶德趕過來救她？你怎麼解釋這一點？巧合嗎？」

他沒有回答。

「我們到車上去等，」陶德說。「妳不用馬上證明一切。梅格，妳救了她一命，這才是重點。她應該已經喪命，卻還活著，她還活著，在醫院，她很安全。」

陶德打開車門，我坐在副駕駛座，雖然很冷卻沒有關上車門。我聆聽著樹林間的風聲，感覺陶德強壯的手指揉著我的頸背。警察就在幾碼之外檢查荷莉差點死在裡面的那輛車子，我們看到手電筒強烈的燈光在黑暗的汽車內部來回移動。有那麼一會兒，我們都沒開口。那名警員終於離開車子，由一圈手電筒的燈光引導慢慢走回屋裡。他戴著白色手套，手上拿著我看不出是什麼的東西，像抹布或一小片布料拍動著。

「總有一天，」我終於說。「當我們回頭看這件事時，會覺得像夢境一樣，像發生在別人身上的事。」

我們看著同一個警察離開屋子，向我們走來。

「請你們跟我來，」他走到打開的車門前說。「卡特先生有東西要給你們看，然後才讓我們載他去醫院。」

「我也要去醫院。」

「請跟我來。」

我們跟著他回到屋內，走進客廳，打碎的窗玻璃亮晶晶地散落在地上。查理坐在一張扶手椅上，雙腿張開，頭的角度很奇怪，似乎因疲憊而了無生氣。他看了我一眼，表情沒有改變。

「嗯，」我說。「我們要看什麼東西？」

「有一張遺書。」比較老的那個警察和藹地看著我說。

「什麼？」

「我們檢查車內，她旁邊的座位上有一張遺書清楚宣告自殺的意圖。」

「不可能，」我說。「那是假的，我要看。」

「給她看。」查理說。

那名警察向前一步，從透明檔案夾裡拿出一張紙片放在桌上，我一眼就認出荷莉華麗的筆跡。我們以前常常拿她的筆跡開玩笑，她是左撇子，寫字的時候手彎著好像不讓人看到，她的筆跡總是很難看懂。經過幾年的經驗後，我是唯一一個看得懂的人，常常得當翻譯。

「我們看不太懂。」警察說。

「我看得懂。」我嘆口氣說，彎身向前。那是一封很短的遺書，只有幾行字而已。紙張上方有撕裂的痕跡，文字寫在接近上方的部分，好像她本來打算寫很長，然後因爲沒什麼好說就停了下來。「對不起，」上面寫著，「眞的眞的很對不起，我只希望這一切停止。原諒這一切，我最要好最眞誠的朋友。所有的愛，荷莉。」

「不，」我說。「這不是眞的，有哪裡不對勁。」

我感覺陶德令人安心的手放在我的肩膀上。「這東西不對，」我說，「我不明白，有地方不合理。」

「妳做了對的事，」陶德說。「妳救了荷莉一命。」他帶著嚴厲的眼神看著查理。「你說對不對？」

查理的臉色像面具般僵住，他看著警察。「我也會及時回來，」他說，「我也會救了她的。」

「你是個騙子，殺人兇手。」

「請把你女友帶走，」警察對陶德說。「她情緒不佳。」

陶德二話不說帶我出去，我們回到車上，他把鑰匙插進去，還沒轉動前先湊過來吻我。

「準備好了嗎？」他溫柔地問。

「等一下。」我說。

「什麼意思？」

「有什麼東西，」我說。「我沒辦法……是……」

「梅格——」

「閉嘴。抱歉，不過先不要說話。」

我撐著頭用力按住太陽穴。快想到了。我知道快想到了，可是不知道到底是什麼。我想到站在地鐵月台上，列車快要進站的那一刻，起先什麼都沒聽到，只有感覺，從隧道傳來一陣溫暖的空氣，幾張紙片飛起被吹走，而列車還有半英里遠。我的腦袋裡有什麼東西，我卻不知道是什麼。然後我想到了，對。對！

我伸手進外套口袋裡，就是過去幾天穿的那一件。對，就在裡面，我根本不需要看，我看都不用看就知道上面寫著什麼。「我得進去。」我說。

「不行，梅格，別鬧了。」

「我得進去。」

陶德跟著我跑進去，他大概以為我瘋了，甚至嘗試阻止我，可是我把他拋在後方。警察開門時，臉上的表情明顯表示一點也不高興見到我。他們正要離開，查理還穿著外套在扮演哀傷的丈夫，已經準備好坐在病床前。那張遺書還放在廚房餐桌上。

「桑默斯小姐，妳忘了什麼嗎？」

「不是，」我說。「我想起了一件事，」我看著警察。「是你找到遺書的？」

「很抱歉，」他說。「我以爲我們已經談過了。」

「是你找到遺書的？」

他不耐煩地嘆口氣。「對。」

「你在哪裡找到的？」

「副駕駛座。」他不太高興地說。

「那是她的遺書。」

「對。」

「可是不是這次自殺的遺書。」

一陣停頓。

「什麼意思？」警察說。

我從口袋裡拿出那張撕下的紙片，上面寫著電話號碼那一張，我在查理的桌子底下找到的那一張，我把它跟桌上的遺書湊在一起，撕裂的地方完全吻合。

「我親愛又忠心的梅格，」我說。「那張遺書是寫給我的。」

「現在是什麼狀況？」查理說，「這是胡說八道。」

「不，才不是。」我說，「荷莉告訴過我，她企圖自殺時寫了一封遺書給我，卻一直沒有找到，我以爲是混亂之中弄丟了，可是其實沒有，是被查理拿走了，你拿走了。」我直視著他說，「那是你的免死金牌，對不對？不論你什麼時候策畫荷莉的自殺，只要留下那張遺書，就沒有人會問問題，只要把我的名字撕掉就好了。可是這次剛好相反，剛好證明是你下手的。」

一陣很長的沉默，警察小心翼翼地從邊邊拿起遺書和我那張紙片，放進檔案夾裡。

「查理，你真的那麼恨她嗎？」我問。

查理抬起頭。「恨她？」聽起來好在喃喃自語，一片茫然，受盡折磨，聽著自己的聲音，彷彿根本聽不懂。「我已經幫她收拾殘局一年了。她喝醉時我是清醒的，我得處理她得罪的人或上過的人。她以前都說會爲我做任何事，而且是認眞的。可是她做了什麼？她花光我們所有的錢，還花了我們根本沒有的錢，只爲了好玩就欠了一屁股賭債。她每天做的那些事，我要是做個一次就會……嗯，我不知道該怎麼放下。她對我做的事，就算最痛恨我的敵人都不會做。我認識她時是個有自信的人，但從那之後，她做的每件事都在踐踏我的自信。她破壞了我的一切，所有我認爲自己拿手的事。恨？愛？我已經不知道兩者的差別了，梅格。畢竟那只是文字而已。我只希望這一切結束。我已經忍無可忍。我想恢復自由，重新做自己。」

我所感覺到一點一滴的同情都消逝了，取代的是厭惡感：光是查理對自己的同情就夠了。

「卡特先生，」那名結實的警察說。「我得警告你任何——」

「讓我見她。」查理打斷他說。

我轉向陶德說，「我們走吧。」

我們手牽著手離開。

40

我聽到一個聲音，我認得那個聲音。我靜止不動站著，讓自己被當時的回憶淹沒。

「請給我這些白玫瑰。」她只說了這句話，但我知道那是誰。

那是九月的一個星期五，一個夏秋之交，燦爛而清新的碧藍秋日下午，在陽光下很溫暖，陰暗處則很冷。我在蘇活區從容地為派對採買，享受身邊的氣味和聲音。我在花店前面停下腳步，正猶豫該選橘色的菊花還是小蒼蘭，心思在其他事情上——乳酪攤、水果攤、尚未回覆邀請的人、晚餐要吃什麼，在別人的報紙上瞄到頭條新聞報導遠方的火山爆發。可是她一開口說那幾個字，所有的一切都消失，我回到那個以為已經永遠結束的故事裡，近乎不情願地轉身。

我幾乎認不出她。她穿著厚重的粉紅色花呢外套，尖頭細跟的黑色麂皮靴，頭髮變長變直，皮膚乾淨得發亮，身上的一切都呈現出昂貴而刻意的時髦，完全不像個有透支額度的護士。然而，她用那陌生而蒼白的棕色眼珠越過花束瞪著我，剎那之間，我看到一絲警覺或敵意，但她強迫自己露出笑容。

「妳是梅格對不對？梅格．桑默斯。」

「娜歐蜜，」我說。「妳好嗎？」

「我很好，至少不算太壞。妳不可能很快走出那種事的陰影，我告訴自己必須堅強走出來，不能被拉下去，不能變成他的受害者。真糟糕，對不對？」

走。」

她換成嚴肅而悲傷的表情。

「事發之後，」我說。「我試過聯絡妳。」

「是嗎？我要是知道就好了。我沒辦法繼續住在原來的地方，我相信妳了解，我得搬

「可以請妳喝杯咖啡嗎？」

「嗯，很樂意，梅格，但下次吧，下次我們可以好好敘舊，不過今天我眞的趕時間——」

「不要很久的。」我堅持地把手伸進她的臂彎裡，把她從擁擠的街上拉到最近的咖啡座，幫自己點了咖啡，幫她點了花草茶。我們坐在一大片玻璃窗前，陽光直接照在我們身上，感覺很熱，我脫掉外套，娜歐蜜的外套仍緊緊扣著。

「荷莉好嗎？」她問。「我很想去看她，又覺得對她而言可能太痛苦了。我聽說她好多了，已經回去上班了。」

我不打算告訴她一絲關於荷莉的消息。「妳有查理的消息嗎？」我問。

「查理？沒有。起先他從獄中寫信給我，可是我沒有打開。」她聳聳肩。「妳不會以為他對荷莉做出那樣的事情之後，我還會跟他有瓜葛吧？」

「他對妳做了什麼？」

「他利用我、背叛我。妳能想像我發現之後有什麼感受嗎？我愛他，還以為我們會廝守終身。」

我沒有回答，兩人之間陷入一段漫長而討人厭的沉默。

「我知道妳告訴警方我的事，」她說。「我能理解。妳心情不好，那是很自然的。我知道妳很愛荷莉，甚至把她當英雄一樣崇拜。梅格，對不起，我和查理的關係看起來也許並不……事實是我可憐他。我以爲他是個無計可施的男人，我以爲他需要幫助。我讓自己愛上他。」

「查理被判七年，」我說。「那表示他大概四年或更荒謬的時間內就會出來了。如果我晚個五分鐘到，他會被判十五年。我從倫敦開車上去把荷莉拉下車時不只救了她，也幫查理省了八年的牢獄之災。當我問妳妳是否知道查理和荷莉去哪裡時，妳看著我說不知道。因爲妳知道查理的打算，妳知道他需要時間。」

「那不是眞的。」娜歐蜜從包包裡拿出一雙手套，一根手指一根手指套上。

「我想知道的是，」我說。「妳半夜醒來是否會想到這件事。」

「我睡得很好，謝謝。」

我以爲她要離開，可是她想到一件事，彎身向前。「妳曾經想過嗎？」她問，「荷莉出現之前，大家都過得很好，查理也很好，他是個善良和藹、有天分的好人，對自己的人生很滿意，直到認識荷莉，現在因意圖謀殺服刑。那個黛博拉本來是個成功的事業女性，現在不但失去了工作、公寓，就我所知連理智都所剩不多。我在地方報讀到她男友史都華的審判，荷莉出席作證的表現迷倒眾生。那還是同一個荷莉嗎？史都華只被判緩刑，可是因爲她，他的犯罪紀錄永遠無法抹去。」

「想當然不完全是因爲她的緣故。」

「這些人遇到荷莉之前都不是壞人，都沒有暴力行爲，也不做壞事。他們只是過著日子的普通人，只是運氣不好擋到荷莉的路，就像被龍捲風掃到一樣。我也一樣倒楣。」

「看起來妳的日子過得不錯。」我說。

她看著我手上的戒指。「看得出妳也一樣，」她說。「恭喜啊，眞巧哪。」

她舉起左手，我看到閃亮的金色。

41

陶德把婚禮派對的安排交給我。「妳好我就好。」他說。

我不是很確定該被這一點感動還是覺得有點討厭。我決定被感動。我很清楚自己要什麼樣的派對，我要它完全不像ＫＳ聯合公司所舉辦的活動，不像遊樂場或特勤部隊訓練或里約嘉年華會或格拉斯頓伯里音樂祭。這個派對的目的是讓我們的朋友家人從世界各個角落來到這裡齊聚一堂，聊天喝酒吃東西，祝福我們。

我曾經擔心荷莉所扮演的角色。她是我在市政府公證結婚的證人，我怎麼可能選別人，我對那一點也有點緊張，但其實根本不需要。她很完美，沒有用降落傘到達，沒有打扮得像丑角。她穿著藍色小洋裝，頭戴薄紗平底無邊帽，打扮很端莊，幾乎和我一樣高興。她堅持爲我們一小群人安排婚禮後的午餐，包括陶德的家人、我的家人和他最要好的朋友法蘭西斯。她選了附近巷子裡的一家西班牙餐廳，店家用開放式火爐烤魚和牛排，用酒壺上了太多酒，一切都很完美。席間，我看著她和我的一個表兄弟聊天，覺得有何不可。她看到我在看她，咯咯笑了，我臉紅了。

她就是忍不住想對我的派對貢獻意見，她知道一些很棒的地方，例如倫敦塔橋上的其中一個塔、一個擁有大片玻璃，眺望牛津大街的房間、史皮塔菲爾德的編織工坊、運河平底船、廢棄的地鐵站，還有全世界最大的充氣城堡。她認識一個小丑、一個魔術師、雜耍師、手搖風琴師、還有一個來自川瓦爾的傀儡戲子。他們聽起來都很棒，她也很棒，可是我搖搖頭說，「不要，」我說。「這是我的大日子，我不要讓自己擔心會出狀況，連致詞都不要。陶德要我保證這是個成年人的派對，大家可以喝酒、跳舞，完全不會出差錯。」

「食物呢？」她問，提起一個她認識的廚師，會用豬的每一個部位烹調。

「陶德的父母要安排。」我說，「他們堅持。」

「我只是想幫忙而已。」

「可是妳會先問過我吧？」我說。「我是說幫忙之前。」

我擔心可能會讓她難過，可是她大笑給我一個擁抱。

陶德的朋友在哈克尼有一棟房子，大花園透過閘門連到一個更大的花園，打開後便可以連在一起，這麼大的祕密花園在都市裡很罕見，我們想在那裡辦派對。公司的女生花了一整天的時間整理，我看到時差點哭出來，樹枝上掛著一串串花環，風鈴在微風中輕響，到處都是蠟燭柔和的光線，在薄暮中愈來愈明亮。

關於這場派對，值得一提的實在太多了。我擔心沒人出席，又擔心飲料不夠，最後擔心大家都不走。我在那圍牆內的花園裡看到自己的一生，從小學畢業後就沒見過的人，到每天在咖啡機旁見到的人，從古早的姑婆到前男友。我看到陶德人生的斷面，接下來幾個月、幾年之間深入認識的人，因爲他喜歡而我也喜歡的人。見到陶德將近一百八十公分高的前女友讓我很不舒服，更討厭的是她人很好，不過，她的新男友顯然就算乍看之下也沒有陶德帥，所以我又覺得安慰。不過那是別人的故事，這還是荷莉的故事。

我不該讓人以爲我無時無刻不在擔心她，因爲沒有這個必要。再度回公司上班需要無比的勇氣。她回到山腳下，穿著水泥做的登山靴往上爬。之前的損害太大，有些客戶回流，有些沒有，我們得開發新客戶，就連那些新客戶也聽過一些小道謠言。我幾乎無法相信，可是她做到了：她埋頭苦幹，讓ＫＳ聯合公司重新振作起來。

這次不太一樣，也不能一樣。已經沒有那種即興的氛圍，或三十六小時的派對，踩在高空鋼索卻沒有安全網的那種感覺。很多事都沒有了，也許該這樣。那是清醒與酒醉、瘋狂與正常之間，笨得不知道自己在做什麼的年輕女孩和被迫學了一、兩次教訓的熟女之間的差別。

可是，我在派對上仍然幾度爲荷莉感到心痛，其中一個原因是，上次和她一起參加婚禮派對時她是主角。不過我見到她就覺得好多了，不可搶新娘光彩這個規則，顯然在婚禮結束後便不適用，她讓頭髮飄散在肩頭，身上的鮮紅色洋裝顯然特別爲一些值得譴責的行爲所設計。她搖搖晃晃捧著一個巨大而裝飾誇張的盒子走進來，上面綁了緞帶。我堅持當場打開，裡面放著一個地球儀，赤道的地方綁著另一條粉紅色緞帶，上面的標籤只寫著幾個字，「任妳遨遊，」她說。「就是取自『這世界任妳遨遊』……」

陶德過來給她一個擁抱。「我喜歡這種東西，」他像孩子一樣轉著。「看，你們知道紐約的緯度和羅馬一樣嗎？」

「不，我不知道。」我幸福地說。

「用來提醒我世界是圓的很有用。」荷莉說，「有時候。」

陶德把地球儀拿過去放在榮譽席上，荷莉擁抱我，細細看著我。「我覺得自己撐過來了，」她說，「大概百分之九十九是因爲妳。」

「只有百分之九十啦。」我說。

「這種細節我們可以協調。」她說。

「我只是做了朋友該做的。」

荷莉搖搖頭。「我不認爲大多數的人知道這也是友誼的一部分。」她捏緊我的手。「噢對了，查理送上他的祝福。」

「妳不是認眞的吧。」我說。

「他寫信給我，」荷莉說。「我交給律師前瞄了一眼。」

「這怎麼可以？」

「我一直在思考這是否是我的錯，在某些方面來說的確是。我覺得我愛上一個幻想，老天才知道我讓他經歷了什麼，他發現自己住在什麼樣的噩夢裡。是我毀了他。如果沒有認識我，他現在仍是自由之身，還是好人。是我把他逼成一個能殺人的人。」她環顧四周，看到其他賓客抵達。「這個時機點講這個不對。」她說。「噢，我的律師跟我說了一件事。妳記得查理的計畫嗎？殺死我，僞裝成自殺，再用保險付清房貸，另一份保險會給他一張大支票，可是他沒有讀清楚小字說明，所以不知道其實他不會得逞。不用說，那張保單不給付自殺死亡。可憐的查理，連當殺人凶手都這麼失敗。」她捏捏我的手，然後消失。

在那之後，我偶爾瞥到她的身影，在這種派對上，人們不可避免地聚成小團體，親戚、同事、大學同學。但荷莉不會。我每次看到她時，她都在花園的不同角落跟各種不同的人聊天。有一陣子我完全看不到她，環顧四周找不到她，不知道她是否偷跑回家，然後我想到其他的事，和別人聊天，忘了她。

我正在廚房和一個中學同學興奮敘舊，感覺有人從後面拉我手臂，發現是陶德。「開心嗎？」他說。

「太棒了。」

「我現在才知道妳的人生多麼豐富有趣。」他說。

「你跟哪些人聊過了啊？」我警覺地問。

「每個人，」他看看手錶。「妳知道幾點了嗎？」

「不知道。」

「快要午夜了，我想要──」

他沒有機會說完，就出現了最誇張的爆炸聲，整棟屋子搖晃了一下，一陣驚慌，不知道會不會是恐怖炸彈，接著就看到花園的煙霧飄進落地窗。陶德和我跑到花園裡，賓客熱心地對著房子指指點點。我們轉身抬頭，最上面的一扇窗戶開著，裡面冒出的煙霧，像泡泡一樣棕色的水沿著窗沿往下流。兩張沾著煤灰的面孔出現，像煙囪工人。我轉向身邊的人。

「什麼鬼……？」

所以，他們都在這裡，愛我的人與恨我的人，希望我活下去與希望我死去的人，努力救我和想放手的人。他們凝望著彼此，手牽著手，有些在接吻，看起來都很快樂。我看得出他們在對彼此未來的人生做出允諾，那將是一段精采而神祕的旅程。只是少了一個人。

有時候，查理彷彿不曾存在過，只是一個已經醒來的夢境，在我眼花撩亂的腦袋裡一個消逝無蹤的身影。在某種方面來說的確如此。就好像我幾分鐘前告訴梅格的，我愛上的查理只是一個幻想——我對他而言也是如此。他得把我從我自己身上解救出來。就像我的治療師每次會談都要他媽的說三次，「荷莉，只有妳能幫助自己。」她每一個句子都要用我的名字。「荷莉，妳對這件事有什麼感覺？」「荷莉，妳怎麼解釋這件事？」我想跟她說我也上過人事管理課程，那個教妳怎麼在初次見面時緊緊握手，直視人們的課程。我想說，一直談論自己讓我覺得很無聊，都是我、我、我。當然，持續內觀是好事，探索心靈迷宮般的黑暗與祕密，可是外面美好的世界呢？詩、音樂、熱情、綠色大海的波浪？然而，我想到我的朋友、我的家人，我想到親愛的梅格，就算在婚宴上是還是不斷盯著我，看我是不是真的沒事。我會繼續走下去，我會繼續吃藥、運動、說話治療，我不想死第三次，至少還不想。我先將死亡存而不用。

梅格問我是否想念那些情緒。通常，她臉上帶著那些焦慮的表情時我會迴避這個問題。事實上，我當然想念那些情緒，就像想念情人一樣地想念。我那狂野又極端的自己、魔鬼在墨水般的黑暗裡，還有燦爛的光線，墜落又飛翔；向下墜毀卻又猛烈向上，直到我是如此快樂，如此自由，幾乎因狂喜而死；一種近乎恐怖的極度欣喜。世界屬於我，我屬於世界。

不過，這樣的想念已經好多了。一開始我把自己管得死死的，幾近窒息。固定時間起床，固定時間上班，準時回家，適當飲食，早早上床。別穿最極端的衣服，別打情罵俏，不跳舞，不喝酒，不咯咯發笑，不哀嚎，不墮落。一點一滴地，我讓自己掙脫束縛。

今晚我感覺不錯，覺得很好，幾乎像過去一樣，一種燦爛、無法克制的能量撕裂我，使我幾乎無法好好站立。看看梅格善良又可愛的臉龐，她很快樂，沒有人像梅格這麼值得幸福，她總是把別人的快樂放在優先。我希望陶德永遠記得自己有多幸運。我希望我永遠記得自己有多幸運。

以前，我都覺得終究我是真真切切地獨自一人——這沸騰世界的每一個人都是如此。這是為人的條件，妳一輩子尋找愛情與親密感，從父母、朋友、伴侶身上尋找無條件的忠誠與肯定。我們對彼此付出承諾，我們相信這些承諾，或假裝相信。我們抓著這些希望，並不孤單。然而，在巨大的危機和黑暗的絕望出現時，唯一能救妳的是妳自己，別人都做不到。我一直是這樣認為的，在某些方面我仍然這麼認為，可是，我低潮無助、放棄自己的時候，梅格像奇蹟般出現。當我對自己失去信心時，她相信我，當我準備好要死去時，她讓我活下去。把我的魔鬼放在天平的一端，把梅格放在另一端，她是宇宙無敵。我說幸運就是這個意思。

派對漸漸散去，人們開始離去。我看看手錶，已經接近午夜，是時候了。我穿過擁擠的人群進屋，從客房的外套底下拿出事先藏好的包裹。

知道自己正要做一件愚蠢的事，我的喉頭一陣熟悉的歡樂。

我花了將近兩百鎊。賣我的那個男的有點意外，叫我記得看清楚說明書，有一個在買晶晶亮亮東西的女人則是一臉不以為然，說我怎麼能花那麼多錢在一個還沒數到十就結束、沒東西可看的東西上？她不明白這才是重點。努力好幾天、好幾個星期，在眩目的那一刻發光發熱。

我偷偷走進花園裡。廚房裡的梅格靠在陶德身上，他在她的耳畔低語。他們沒有注意到我。包裝上說應該距離人群八十公尺以上，真是荒謬，八十公尺表示我得到馬路對面的另一棟房子。所以我只走到花園盡頭，應該沒關係，大概沒關係吧。

第一個出了點問題。最後一刻支柱歪了，因此角度也歪了，射到房子裡。它射進窗戶時我有一種不好的感覺，聽到背後的大叫聲和尖叫聲，看到煙霧，可是現在想那些來不及了，因為墜落的火苗已經點燃第二支的導火線。我看著那小小的火光移動到火箭，潛進基座，有那麼一會兒彷彿熄滅了，可是接下來發出一陣短暫而響亮的嘶嘶聲，火箭壯麗地往上衝，飛入夜空，堅實的軀體撕裂，變成太陽和星星和炸裂的顏色。這是我給朋友的禮物。

時間停止。在那祕密花園裡，大家抬頭觀賞那綻放的花朵與完美流洩的光線，柔軟的火球如花瓣般靜靜落向我們。

我死過兩次。現在，我繼續活下去。

M小說26

墜落之際
Catch Me When I Fall

作　　者　妮基・法蘭齊 Nicci French
譯　　者　陳靜妍
封面設計　林　立

總 經 理　陳逸瑛
總 編 輯　劉麗眞
業　　務　陳玫潾
行銷企畫　陳彩玉、蔡宛玲
責任編輯　林欣璇

城邦讀書花園
www.cite.com.tw

發 行 人　凃玉雲
出　　版　臉譜出版
發　　行　英屬蓋曼群島商家庭傳媒股份有限公司城邦分公司
台北市民生東路二段141號2樓
讀讀者服務專線：02-25007718；02-25007719
服務時間：週一至週五9:30～12:00 ；13:30～17:30
24小時傳眞服務：02-25001990；02-25001991
讀者服務信箱E-mail：service@readingclub.com.tw
劃撥帳號：19863813 書虫股份有限公司
英屬蓋曼群島商家庭傳媒股份有限公司城邦分公司
城邦網址： http://www.cite.com.tw
臉譜推理星空網址： http://www.faces.com.tw

香港發行　城邦（香港）出版集團
香港灣仔駱克道193號東超商業中心1樓
電話：852-25086231/傳眞：852-25789337
email：hkcite@biznetvigator.com

馬新發行　城邦（馬新）出版集團
Cite (M) Sdn. Bhd. (458372 U)
11, Jalan 30D/146, Desa Tasik, Sungai Besi,
57000 Kuala Lumpur, Malaysia
電話：603-90563833/傳眞：603-90562833
email：citekl@cite.com.tw

初版一刷　2015年12月

ISBN 978-986-235-476-6
定價340元 (本書如有缺頁、破損、倒裝，請寄回本社更換)

國家圖書館出版品預行編目資料

墜落之際 / 妮基・法蘭齊(Nicci French)著；陳靜妍譯. -- 初版. -- 臺北市：臉譜出版：家庭傳媒城邦分公司發行, 2015.12
面； 公分. -- (M小說；26)
譯自：Catch Me When I Fall
ISBN 978-986-235-476-6 (平裝)

873.57　　101018171